曼陀罗悬疑馆

给您最好看的原创悬疑小说

U0952723

天眼奇侠录之

妖鼠传

田国鹏　著

贵州出版集团
贵州人民出版社

图书在版编目（CIP）数据

天眼奇侠录 / 田国鹏著. —贵阳：贵州人民出版社，2018.10

ISBN 978-7-221-14881-0

Ⅰ.①天… Ⅱ.①田… Ⅲ.①长篇小说 - 中国 - 当代 Ⅳ.①I247.5

中国版本图书馆CIP数据核字（2018）第250172号

天眼奇侠录

田国鹏 / 著

总 策 划 陈继光
责任编辑 陈继光
特约编辑 Echo
封面设计 源之设计
出版发行 贵州人民出版社（贵阳市观山湖区会展东路SOHO办公区A座）
印　　刷 长沙鸿发印务实业有限公司（长沙市黄花工业园3号）
版　　次 2018年12月第1版
印　　次 2018年12月第1次
印　　张 16
字　　数 200千字
开　　本 710mm × 1000mm　1/16
书　　号 ISBN 978-7-221-14881-0
定　　价 34.00元

天眼奇侠录之妖鼠传

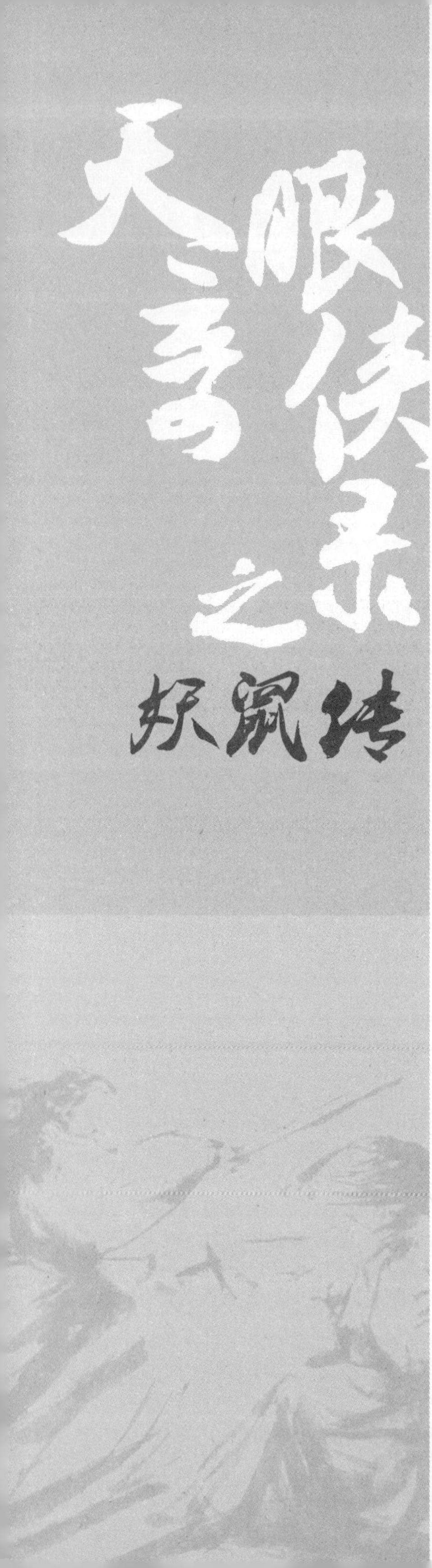

第一章　邺城诡案

看似平静多年的江湖，阴谋和霸权者却要兴风作浪，更大的阴谋正在拉开帷幕。西门豹上任以来惩治邺城恶势力，邺城在西门豹治理下国泰民安，但是恶势力蠢蠢欲动。

暗淡的月光下，两个模糊的人影对着弈棋，没有点灯，棋子落盘声逐渐紧促，最后一子落盘，回声久久回荡。

“这天下的局既然已经设好，那我们该找个好棋手替我们在局中弈棋了，哈哈，我们就歇着吧，自有他来为我们做事。”整个人被黑袍包裹得严严实实的男人双手环绕棋盘，捧起棋子又慢慢撒落，留在手中一枚白子轻轻揉碾，白子化成粉末。

身旁阴阳脸的灰袍人含笑应承道：“主人圣明！”躬身附和后拿起一个鬼王面具戴在脸上闪身而出。

“这一年中秋佳节，邺城格外热闹，而且家家户户喜庆盈盈。老百姓们一来庆贺丰收富足，二来庆贺举家团圆，三来庆贺清官上任少了许多苛捐杂税。宴席间人们谈论最多的就是风调雨顺，家家户户收的粮食堆满了粮仓，背井离乡的亲人也纷纷赶了回来与家人团聚，西门豹惩治了邺县三老和廷掾，减免了苛捐杂税。

邺城大街上人来人往，东郭牛靠着墙根晒太阳顺便变戏法，周围一群顽童时不时阵阵欢呼。

“话说天下大苞米，分久必合合久必分，分后就变成爆米花。”东郭牛晃悠着手中的玉米棒，摇身一变玉米棒不见了，嘭得一声从袖口中飞射出许多爆米花来。

众孩童拍手叫好:“喔，有吃的喽。”众孩童哄笑着争抢起爆米花来。

“再来再来一个嘛，笑死宝宝们啦！”众孩童边吃爆米花边央求起来。

“再来一个，再来一个，我要说一说，说一说咱们邺城的西门豹大人他不一般。他减免了苛捐杂税，他惩治了三老和延掾，他兴修水利让风调雨顺，他让你们家的粮食堆成一座座山，他让异客游子回来团圆，他让你们的日子像这冰糖葫芦香香甜甜！”东郭牛不断向空中弹射着山楂，落下的山楂正好扎进东郭牛手中的木签子上串成了糖葫芦，分发给众孩童。

“喔喔喔，真棒喔！”众孩童拍手称赞，欢呼雀跃。

大街上四名风流成性的公子哥正在调戏一名少女，少女粉面桃红衣袖遮脸，前后左右都被挡住，急得团团转。

四名恶少身后的狗奴才又重重叠叠围了第二圈，还有的对着跟前做买卖和过往的路人推推搡搡，甚是嚣张蛮横。

眼尖的人看出来四大恶少早就连跌带爬地跑开了，好似看到了狼群虎豹一般害怕。大家都人群一阵骚动，也有不少人虽然害怕但是好热闹，躲在远处伸头张望咬舌根。

“他们这帮狗腿子，出来又把道给占了，还踢翻了我的梨果。”一人咬牙小声骂道。

“那你还算幸运的，上次卖大饼的李老头仅剩的四颗牙都被狗腿子打掉了，打掉不说，还让他捡起来往肚子里咽。唉，作孽啊。”身后又一人叹息道。

一妇女愁眉苦脸地喃喃着：“四大少四大少，欺行霸道王法都不要。

“难道不能告官么？”一个小贩紧握拳头愤愤地说。

“官？官都是他们家的，你是外乡人吧，难道没听说过邺城三老么，那可是邺城的天。这四少是三老的儿子，有天照着，他们自然啥也不怕了。”一个书生模样的人摇头说道。

“不是有个新来的西门豹大人，正直的很呢，惩治了河伯娶妻的事情咧。”一位老者说道。

“切，强龙压不过地头蛇，新来的官能趟这里的浑水么？真要是管得了，这四少还能如此嚣张跋扈为非作歹么？”人群里有人嗤笑道。

这时一人高亢声音，“西门豹大人爱民如子，执法严明，惩治贪腐迷信，打击违法乱纪。只要是不平事，西门豹大人自然要管，不管他是三老还是什么天上地下，谁说西门豹大人不敢管的。来人，把四少以及那些为非作歹的奴才拿下。”

“遵命，贾大人，可是他们背后。”一队卫兵把围观的人群冲开一条过道，把四少等人围了起来，其中一个卫士长举棋不定地说着。

“可是他们背后怎么了，有势力你就没底气了？你们给我记住，你们是公正的执法者，而不是势力的执法者，不是欺软怕硬的执法者。”贾大人拂袖训斥道。

“遵命。”士兵们底气十足回道。

一名头戴官帽，脸蛋白净的中年男子浩然正气地站在卫兵身后，“尔等纨绔子弟光天化日之下调戏民女，伤风败俗目无法纪，该当何罪？”

“切，你就是新来的县令贾政敬？还没有人敢这么跟我们四少爷说话，你是不想混了吧？西门豹有什么了不起，你在他手下当差有胆子了是不是？告诉你，你们要想在邺城站住脚，就少掺和我们的事情，否则，有你们好果子吃。”二少扬着脖子咋呼起来。

“我们为邺城百姓做我们该做的事，自然就站得住，像你们这样为非作歹的人才站不住呢。把他们拿下，带回去严惩不贷。”贾大人毫不畏惧。

“你敢。”三少伸出手指恶狠狠地说。

“我怎么就不敢了，来人哪，还不拿下。”贾大人更加强硬地命令起来。

“动我们一下试试？”四少指着贾政敬威胁道。

一时间四少身边的狗腿子们和贾政敬的卫士们对峙起来，眼看双方要动起手来。

“哎哟哎哟……”四少和他们的狗腿子呻吟声四起，一个个倒在地上痛苦不堪。

东郭牛又弹出一粒米粒，最后一个狗腿子应声倒地，抱着大腿呻吟不断。

孩童们簇拥着东郭牛做起游戏来，东郭牛顽皮得像个孩子。

酒坊楼道一位身着彩衣的妙龄女子（孤星娘子）抱着五彩羽翎剑坐在楼顶观看东郭牛的戏法，看着看着甜美地笑了，正看得入神，隔空飞来一个锦囊，妙龄女子两指夹住锦囊，抖出锦囊内的纸团将其展开，看完后眉头紧蹙。不舍地看了东郭牛几眼，飞身腾跃而去，消失在此起彼伏的廊角后。

而在此时，霸气、庄严、辉煌，刀枪棍棒林立的武林之城宫霸城内，戴着奇怪面具的黑衣人凑到威武霸气的宫霸城城主耳根旁窃窃私语，宫霸天神情微妙。

“真有此事？那还等什么，马上安排人动手，决不允许它落到其他人之手！”宫霸天暴躁地命令。

“是。”黑衣人得令躬身而退。

邺城一处歌舞升平的酒坊，几个浓妆艳抹的娼妓陪在三老旁劝酒，三老模样相似，额头上都长着肉瘤，只不过肉瘤各有特点，赵一老额头中间长着一个肉瘤，像独角兽一样，赵二老额头两侧对称长着两个肉瘤，赵三老额头两侧对称长着两个肉瘤外鼻子顶上还长了一个肉瘤。

赵三老烦躁地吼起来：“别唱了，唱得老子心烦。”摔了手中的酒杯，气得鼻翼颤动。

赵二老劝道：“老三，发什么火呢，这喜庆团圆的日子消停消停，来来来，继续唱。”搂着两侧的娼妓，命令乐坊继续。

赵一老叹气道：“唉，老三也是个痴情的主，是不是又想起那个被西门豹扔到河里的粉头来了。你这个粉头也是，非要出头演什么神婆耍乐，这下可好，把自己的命耍进去了。”摇头哀叹。

赵三老摆手示意：“老大，别提河婆娶妻这档子事了，我们被该死的西门豹连惩带罚，可惜了我那相好的，我是咽不下这口气。”起身抢过琵琶弹奏起来。

“月圆之夜才子佳人搂搂抱抱，我那相好沉入泥河何处找。当初邺城三老如狼似虎豹，如今狼狈像是老鼠遇到猫。这口恶气难以下咽怒火烧，弹起琵琶唱出心中纷扰。”赵三老别有情怀地唱起了曲。

赵二老也说唱起来：“老三老三你别烦，邺城称霸还是咱。外来的和尚会念经，不如咱们的独门钉。强龙压不过地头蛇，你我只管喝喝喝。”拿着筷子有节奏地敲打，身旁的娼妓脖子也跟着有节奏地伸缩。

“说的比唱的好听，我们要是称霸就不会躲这喝酒了，早就城里摆大台耍去啦。”赵三老扔下琵琶喝起闷酒。

赵一老也拉长调唱起来：“老三，你听我说，我们家的底子你心中清，没有比我们心毒的人搞我们不定，谁说是我们不敢惹西门豹那人，可知我们翻脸比翻书还要快，到时候让他求爷爷也告奶奶！哈哈哈哈哈！”拿着鸡腿唱完哈哈大笑。

赵三老眼睛眯成一条缝坏笑道：“老大老二你们这是准备反攻了？”

赵二老和赵一老点头坏笑起来，拿起酒杯一饮而尽。

西门豹的庭院两排白菊在皎洁的月光衬托下，如温婉动人的佳人。清风徐来，一抹醉人的芳香飘到了亭子里。

“嗯，好香，没有污秽之气，好纯洁的花啊，定是采用无根之水育养。”东郭牛深深地吸了一下，十分受用，梳理了自己的八字胡须后意犹未尽地说着。

“呵呵，东郭兄果真是高人雅士，对赏花种草也颇有学问啊。”西门豹端起酒盅敬了过去，指着石桌上的青铜酒器赞道：“好醇香的酒啊，没有杂烈之味，定是纯粮酿制，酒色透净，想是糟粕除得极致。”

东郭牛饮了一口酒后，神清气爽，脸上开出两朵桃花来，神秘地说：“西门兄，这酒名曰百家酒，里面可就有学问了，乃是我集齐百家不同姓人家的粮食酿制的。今年借你的功劳，在你们邺城化缘了百家米，这米可都是好米，粒粒饱满，到时候尝尝，肯定不逊色这次的酒。”

西门豹放下酒盅，拉着东郭牛的手，故作嗔怒道：“好你个东郭牛，竟然学那搜刮钱财的三老和延椽，这米当真是化来的？”

“西门兄，正所谓吃人家嘴短，你喝着我的好酒，还要跟我这般打着官腔。大清官，我东郭牛又不是权势之徒，哪里有淫威搜刮抢掠百姓的粮食，这不是咱有一张好嘴嘛，给邺县的百姓说说各地的奇闻逸事，百姓们知道我是你的朋友，我一化缘，百姓们就成人之美了。”东郭牛把手一摊，显出一副委屈的样子。

“噗”，西门豹一口美酒笑喷了出去，舔了舔嘴边的残酒，正要说话。

这时，一个卫士匆匆忙忙跑了进来：“禀告县令大人，出事了。”

卫士看了看独自喝酒的东郭牛欲言又止。

“说吧，这里没有外人。”西门豹放下酒盅，看到卫士的表情预感到事情的严重性。

卫士咽了口唾沫，舒出一口长气说道：“今天夜值正是我带队，谁想这团圆喜庆的日子竟然闹出此等邪佞之事。县衙的粮仓护卫被杀了，死法诡异，粮仓被盗，颗粒无存。还有五个百姓来报案的，都是家里粮食被盗……”

西门豹听完卫士的禀报，心生怒气，拍桌而起，大声喝道：“真是岂有此理，国泰民安之际竟然有人谋财害命，真是胆大包天，看我不把他严惩示众。”

“好了，这酒留着破案之后再喝吧，西门兄快去现场查勘吧，估计有你忙的了。还有，人言可畏，要把民心稳住，千万不要让民众自己制造恐慌。”东郭牛语重心长地说完之后左眼跳了一下，然后告别而去。

“走，备马去粮仓，顺便吩咐下去，再加三队人马在城里好好巡视。”西门豹顾不得换上官服，穿着便服乘马朝粮仓赶去，头顶上的圆月躲进了云纱里，月光暗淡下来。

粮仓门前两个守卫面目全非，全身血肉模糊，分不清谁是谁，负责看守案发现场的卫士不敢去看如此恐怖的现场，一名卫士哆哆嗦嗦地说道：“你说这是谁干的，有什么深仇大恨，非得把人整成这个样子？”

“是啊，有谁敢有这么大的胆子，敢杀官府人抢劫粮仓？哪里是人力所为，两个守卫被弄成这样，还有那上千担的粮食如何能悄无声息地运走？八成是闹了鬼……”另一个卫士边说边左右张望，说出了内心的疑惑后又加重了恐惧感。

夜里秋风凉，负责看守现场的两个卫士感觉后面有一双眼睛正在盯着自己，突然一个卫士打破了寒夜的宁静大声呼喊起来：“啊……救命……有鬼啊……”这一喊可好，两个卫士扔掉手里的兵器，争相跑出粮库大院。

“你们两个不值守现场，乱跑什么？”西门豹身后的卫士长厉声叱喝道。

“有……鬼……刚刚……拍了我后脖颈……”喊鬼的卫士指着粮仓的方向，又指了指自己的后脖颈。

“你说是怎么回事，你们看到鬼了吗？”西门豹指着另一个卫士盘问起来。

那名卫士把刚才情况描述了一下，然后低头认错：“大人，我知道错了，可是李兀刚刚一喊，我也慌了，就跟着乱跑出来。”

卫士长拿起马鞭就要发作，被西门豹拦了下来，西门豹冲着李兀招呼：“你过来下，我看看你的后脖颈。”

那名叫李兀的卫士此刻还未从惊慌中缓和过来，战战兢兢地走到西门豹跟前依旧神色未定。

西门豹借着灯笼的光探过头去，然后伸出二指从李兀后脖颈处夹出一片焦黄的梧桐叶子给众人看了看。

“喃，这就是你说的鬼，就是一片叶子都把你吓成这样。大人当初说过什么，封建迷信不能信，你这种行为，擅离职守，扰乱民心，想要跟延椽还有三老学吗？”卫士长痛斥起来。

“我……我……大人……”李兀这才如梦方醒，但是语无伦次，支支吾吾地说不清楚。

西门豹还在细看那片梧桐叶，翻转过来时发现背面粘着一小缕灰色的毛发，看到这毛发时，西门豹目光如炬，登时想到了什么。那是前几个月发生的一起命案，着实骇人听闻不择手段，而现场附近同样发现了和这相同的灰色毛发……

第二章　案外谜案

西门豹没来邺县之前，有河伯娶妻之说，所以邺县的水都是神圣的，不允许一般人接触，只有在娶妻仪式上才能靠近河水，延椽主持祭祀河神的活动，协办者三老陪着巫祝把牛肉酒食和漂亮女子投入河里。据说当时根本不允许孩童和普通人在河水里打鱼或是洗澡，否则那是触犯河伯，轻则家破人亡，重则大水泛滥，把全城百姓都淹死。后来西门豹当任，好友东郭牛给他出了一条计谋，把巫祝投入河里淹死，以其人之道还治其人之身，然后又严惩了三老和延椽，颁布律令，禁止巫风，一时间树立了威信，同时也得罪了当地的恶霸势力。

当时东郭牛曾经说过“民风民俗根深蒂固，但有风吹草动，再加煽风点火，民心仍旧动摇，要想根除恶风，实为不易”。所以西门豹想到一个好办法，就是从根上做文章，既然大人们思想根深蒂固了，那就从孩子处入手，孩子们容易接受新事物，于是平日里西门豹总是拿一些糖果带一群孩子去邺县东门外的十里荡去游泳。

这十里荡乃是邺县城外主河流的一条支系，支系水流不大，形成了十里河塘，河塘水不是很深，所以比较安全。

蓝天白云下，一群孩童正在河塘里扑腾，成群结队的鱼儿在孩童身边擦过，时不时有大人手掌宽厚的鱼儿跳出水面。清风拂来，芦苇荡间或看见肥胖的野鸭趴在里面乘凉。

“瞄嗨嗨”，怪声传来，水娃子耳朵尖，拍了拍身边的小虎子，两人停止嬉戏，然后打断其他还在扑腾水的伙伴，“静一静，听，好像有什么声音？”

孩子们停止扑腾戏耍，浮在水面上朝西面岸边的芦苇荡处望，果真声音再次传来，“瞄嗨嗨”声音又尖又细，听起来怪怪的。芦苇荡一阵躁动后露出个红脸绿眉毛的头来，惊飞了芦苇荡里的野鸭，更是吓坏了水里戏耍的孩子。

“妈呀，有鬼啊。”也不知是谁带的头，一时间，河塘里又热闹起来，噼里啪啦跟开了锅似的。所有的孩子争相朝东岸游去，上了岸也顾不得穿衣提鞋，光着身子一溜烟朝郧县城里跑去。

孩子们回到家有的被骂了几句，还有的被打了一顿，偷着跑去河塘里洗澡本是不允许的，因为大人们还是担心年幼孩子的安全，毕竟在深河塘里戏耍还是惊扰河神的事。小虎子的爸爸说:“那儿以前就经常闹鬼，专门抓小孩，红眼睛绿眉毛，两颗獠牙白森森的，最爱剜眼睛掏心肺。”对于大人们来说，小孩子用吓唬是最管用的。

小虎子把他爸爸的话给水娃子讲了，水娃子的爸爸又添油加醋地渲染一下鬼怪的可怕，水娃子和小虎子与孩子们口口相传，不敢偷跑去河塘里洗澡了。

过了半月有余，一群不知哪里来的孩子先是在城里的芦苇喊来嚷去拿着许多好玩的，后来又跑到城外去，他们在河塘里捉鱼摸虾，岸上追戏野鸭，吃着农家饭，热热闹闹地和过大年一样。

邺城的小孩们心也痒痒了，手脚不闲着，小孩们又偷跑到河塘里去洗澡嬉戏去了。虽然有的小孩还是担心，有少许的害怕，但是听到水娃子说：“没听那些外地的小孩都来游泳，来的人还说么，咱这里是神仙住的地方，还有什么神游。怕什么，根本没什么鬼怪，全是大人吓唬咱们呢。”

小孩们没了疑虑，争相跳进河塘里玩耍起来，谁知水里露出一个丑陋的怪头，绿油油的眼睛死死地盯着河面上的孩子们，在场的孩子们脸都吓绿了。水娃子离怪头最近，当时惊吓过度手脚不听使唤，别的小孩都狼狈地逃跑上岸。可能是孩子们的惊叫声惊动了野鸭，野鸭“嘎嘎”惊叫着四处乱飞，鸭绒仿佛蒲公英一样在芦苇荡上空旋转。

小虎子和其他孩子一样，衣服鞋子都忘了去拿就跑，跑时还害怕那东西跟上来就回头看了看。就看到水娃子伸着舌头，惊恐地在水里一沉一浮的，八成是被那东西往水底拉呢。小虎子哪还敢再看，生怕那东西再把自己拉回去，跌着跟头就往家里跑。

孩子们跑到家里时，大人们顾不得打骂孩子，拿上棍棒绳索和渔网跑着赶到水塘处去救人。等大人们赶去的时候，河面一片平静，水娃子也不见了踪影。水娃子的爹爹第一个跳进水中去寻儿子，水娃子的母亲在岸边哭晕了过去。半天过去了，只可惜一村人把孩子们洗澡处的河塘翻个底朝天，水娃子依然是活不见人，死不见尸。

第二天才有村民帮忙报案，希望官府能够提供帮助，找到线索。西门豹亲自来了之后先是到了水娃子家了解情况，但是一个哭哭啼啼死去活来，另一个不在家中，仍在水塘子寻找爱子。西门豹又去了小虎子家问了当时的情况，在进来的时候不小心碰到了院子里的罐子，撒了一地的红色颜料，小虎子的爹爹慌乱地收拾破碎的罐子。西门豹又在村里询问了其他的孩子和大人们一些问题，对于孩子们普遍反映的鬼怪很是好奇，不知孩子们看到的是什么？难道真是这个东西作案吗？而这个东西作案的目的是什么？

西门豹又去了案发现场调查，一部分人帮助水娃子的爹爹寻找水娃子，另一部分在附近的芦苇荡里来来回回地查看，发现了河塘附近的芦苇荡有大片折断的芦苇，正是孩子们提供的出现鬼头的地方。明显是有人或其他东西在此处活动，而且官府卫兵还有重大发现，在几片芦苇叶上看到了点点滴滴的红色血迹。西门豹看到地面上还有不少野鸭子的羽毛和其他动物的毛发，有可能是野兽把野鸭捕捉到又撕咬的血迹。

正在官府人员仔细在芦苇荡里继续寻找线索的时候，突然从里面蹦出一个老头来，老头时笑时哭，时而发怒，还自言自语地说："你个龟孙子，淘气死了。"

陪同西门豹一起前来的村长跟西门豹解释道："这人是村里的李大爷，几年前十来岁的孙子就是不小心溺亡在河塘里，李大爷痛不欲生，受不了刺激，人便疯了。可惜啊，白发人送黑发人不说，活着的人还活受罪。"

当天水娃子的尸体仍未找到，西门豹再一次去了小虎子家里，搜出了那个打破的罐子，问了小虎子爹爹几个问题，小虎子爹爹磕磕巴巴地说不出话来，西门豹于是把小虎子爹爹带了回去。

村里人议论纷纷，都说原来小虎子的爹爹就是杀人凶手，以前小虎子爹爹和水娃子爹爹就因为其他问题发生过争吵，所以这次找机会拿人家儿子出气。

西门豹拿着粘了红色血迹的芦苇叶子严厉地问道："知道这上面的东西是什么吗？"

小虎子的爹爹哆嗦地点了点头，紧张地大汗淋漓。

"装鬼的人是你，你藏在芦苇荡里吓唬小孩子？水娃子是你害死的？”西门豹脸色铁青厉声问道。

小虎子的爹爹先是点了点头，紧接着又摇了摇头。

后来西门豹又让人又传唤了小虎子的母亲，小虎子的母亲说：“大人，我家男人可不会害人，你看他的胆子，看见穿官服的都不敢说话的主，他哪来的胆子。而且当天我家男人正在家里和同村的二胖喝酒，他又不会分身术。”

西门豹随后又传唤证明人二胖，经仔细询问后确认小虎子的爹爹案发时间确实没在现场，后来小虎子的爹爹回到家里不紧张的情况下解释了自己装鬼吓人是为了让小孩子们害怕，省得天天偷跑到河塘里洗澡，他心里还是很敬畏河神的，怕小孩得罪河神殃及全家。

西门豹接到举报，水娃子案件有人又发现了新的线索，西门豹带人急忙赶到十里塘。举报人正是村长，村长见西门豹带人来了，着急地说：“今天我们村的张家兄弟看到疯子李大爷在河塘处哭哭啼啼地说什么责怪自己的话，还在那儿烧着小孩的衣服和鞋子。莫不是这李大爷精神失常，然后就害死了水娃子，疯子本身就挺邪性的。”

西门豹又打听了其他一些关于李大爷的事情，总之都是说人疯了做出来的事情肯定都不是好事，说有这样精神不正常的人在村里很危险，影响人身安全等等。西门豹立即展开对李大爷的追踪调查，李大爷背着绳子和渔网正东看西看地在村里溜达，看到一只母鸡“嘿嘿”一笑，随即抓住就奔着河塘子去了。

村长指着李大爷小声说道：“大人，快看，疯子究竟有多不正常？”

西门豹顺着自己的胡子，拦住正要上前缉拿李大爷的卫士，摇摇头说：“慢着，谁让你们动手了。”

两个卫士不明所以：“大人，根据人们提供的口供线索，这个疯子李大爷很可能就是凶手，看看他的行为举止，真的太不正常了。”

“正常。”西门豹说了一句让在场人都大为奇怪的话。

村长嘴角咧了咧，舔了舔嘴唇，看着西门豹有话要说。

西门豹嘿嘿一笑，用手指点了点在场的人：“你们心里有话为何不说出来，村长你说憋在肚子里的话说不出来是什么感受？我知道，很难受，就像鱼刺卡在嗓子里，想要吐出来又吐不出来，想要咽进去却又咽不下去，难受得很。”

村长尴尬地笑了笑：“大人明断，小人们不敢乱言。”

“是啊，正经的话可以说，乱言就不必了。你们既然认定了李大爷是疯子，疯子当然做疯子该做的事情了，所以疯子做疯子的事情就正常，如果疯子不做疯子的事情才不正常呢。好了，留下来两个人跟踪就行了，其他人都跟我回去吧。”西门豹说完扭头就走了，看也不看村长一眼。

果然，那两个跟踪监视李大爷的卫士连续盯了一个月，终于发现一丝线索和头绪。李大爷日复一日地用鸡鸭之类的在河边做引子，终于引出一头吃鸡的怪物出来，李大爷用准备好的渔网和绳子把怪物捆住，跟踪监视的两个卫士也上前帮忙把怪物拖上岸来牢牢地拴在树干上，一名卫士急忙前去禀告西门豹大人。西门豹正在发愁案件没有任何进展，水娃子到底是被什么给害了，尸体又哪里去了，此案一直悬着困扰了西门豹足足一个月，听到卫士的禀告之后西门豹急忙带领一队卫士来到河边。

这怪物体形像猴子，手臂很长，爪牙锋利如勾，很像传说中的水鬼或者水猴子。西门豹不由得想起邺城年年的河伯娶妻仪式，有的百姓描述见过几次所谓的河神的样子，和这个怪物十分相似。这怪物既然和河伯娶妻相关联，那么肯定和主持河伯娶妻的延椽等人有瓜葛。

西门豹看着向外挣扎的怪物灵机一动：“都说老马识途，家狗认路，我倒要看看这是谁家养的畜生。来人，把这个畜生腿上割下一块肉来，脖子套上响叮当然后放了。”

“大人，好不容易抓到的怪物，你让我们放了它，这不又让它祸害百姓去了吗？”卫士长有点不解。

“放长线才能钓大鱼，放心吧，它逃不过咱们府衙黑狗的耳朵和鼻子的。现在召集卫士跟着黑狗全城大搜捕，那畜生幕后的主人该现身了。”西门豹看着那水猴子一瘸一拐地跳进河里朝着进城的水道游去。

回到城内，卫士们跟在黑狗后面沿着院墙角落几个迂回，然后黑狗带着卫士们来到了延椽家的后院，黑狗对着院墙左侧草丛处跃跃欲试。

卫士们拨开草丛，看到一处狗洞隐蔽其中，草叶上还有湿漉漉的血迹。

西门豹率领大队全副武装的人马火速赶来，命令卫士把延椽的大宅围个水泄不通，然后派一队卫士冲进后院。黑狗抢先在前跑进后院一处高大的假山石门前狂叫起来，西门豹命人打开石门。假山内果然别有洞天，原来这假山下全是空的，里面灯火通明，延椽正在和几名下人围着一个大铁笼，铁笼中不是别的，正是河边抓捕的那个畜生。环顾四周，十多个铁笼中还有各式各样的飞禽走兽。

“大……大人……怎么您……来……”延椽显然惊慌失措，说话都不利索了。

“这要感谢你们家的向导，是它带我们来到你这个秘密基地的，真是让我开了眼界啊。别人有收藏古董珍宝的，而你堂堂的延椽大人居然有收藏怪物的癖好。来人啊，控制现场，切莫走失了一个怪物，如有异动，就地格杀勿论。延椽大人，请你跟我回到府衙好好解释解释吧。”西门豹做出请的手势。

延椽脸色苍白，额头沁出豆大的汗珠，也不知是他发疯还是怎的，只见他打开水猴子的铁笼一阵怒号。那水猴子好像受了刺激，挥舞着爪子也不管主人不主人，顷刻间把延椽开膛破肚。水猴子冲出铁笼打算继续袭击西门豹等人，卫士们箭如飞蝗，顷刻间把水猴子射成了刺猬。

西门豹命令卫士们销毁了延椽饲养的其余怪物，由于主事人延椽案发自杀，又没有其他证据表明三老等人涉案其中，西门豹只能对三老进行了一些惩戒，此案只能告一段落。

第三章　人畜区别

西门豹紧锁眉头，心里叹道：上一个河伯娶妻和水娃子的案子就够离奇的了，如今又来个诡异的害命偷粮的鼠妖大案，案子如不能尽快破了，民心动荡。

正在这时，院内传来窸窸窣窣的声音，紧接着一声猫"喵呜"的惨叫。

"快，跟我进去，里面有情况。"西门豹二话不说首先冲进了大院内，大院内有一只黑猫倒在血泊里。

李兀神色慌张地左看右看，然后磕磕巴巴地说："大人……大人……尸体……不见了……"

另一个卫士霍春指着黑猫一个劲地点头："嗯，尸体不见了，刚刚我和李兀还在这守着，尸体当时就在那畜生跟前，我就感觉有什么不对劲儿，原来真是这畜生干的，看看它的嘴，还有血呢。"

其他卫士也跟着议论纷纷，"猫吃人，从来没听过的事情啊，除非猫成精……"

卫士们的兵器逐渐逼近黑猫，白森森的月光洒在一摊摊鲜红的血液上，黑猫猩红的舌头舔了舔右前爪，原来右前爪不知被什么伤了一块皮肉。黑猫发亮的眼睛盯着透着寒光的兵器，两只耳朵来回摆动着，卫士们的手里捏了一把汗，这黑猫的眼睛竟然没有一丝畏惧，简直太镇定了。

霍春鼻息越来越重，心里突突跳个不停，抖着嘴喊道："杀死这个畜生，杀死这个妖孽。"

这时一个黑影闪电般飞落到黑猫跟前，卫士们被突如其来的情况吓得一愣，停下来，甚至还有两个胆小的卫士往后退了一步。

霍春两个眼睛凸了出来，和李兀在一起看守现场时明明很胆小，可是现在不知哪里借来的胆子，而且借的胆子肯定有一百个。因为霍春不仅没有后退，不仅没有停下手里的兵器，反而咬着牙面目狰狞地喊着："妖孽，受死吧！"

"住手！"西门豹暴喝一声。

卫士们被惊雷般的命令惊醒，立刻收回手中的兵器。

霍春的兵器没有收回来，而且也收不回来了，一个人若是把全身的力气和精神都灌注在一点，就是势不可挡。

黑影在千钧一发之际抱着黑猫从地上直拔丈许，霍春的武器带着人从黑猫和黑影的地方冲了过去，紧接着"咔咔"之声。霍春的武器扎进了院墙中，院墙裂了三道缝，霍春也撞在墙上头破血流。

黑影再次如大鸟般落在地上，怀中抱着的黑猫"喵呜"地叫着，头依偎在黑影的怀里。

卫士们警觉地盯着黑影，等着西门豹下命令。

西门豹背负着双手，脸色不太好，嘴里骂道："去看看那畜生的死活，别愣在这里丢人。"

黑影回道："他是人，不是畜生。"

西门豹冷哼道："人做人的事，畜生做畜生的事，人做了畜生做的事，人就不是人了。”

“不错，畜生做了人做的事，畜生就不是畜生了。”黑影抚摸着怀里的黑猫走到火把前。

西门豹点了点头，轻叹了起来：“人不是人，畜生不是畜生，可笑可悲啊！”

“大人，霍春没了呼吸，由于刚才发力太猛，一头撞在墙上死了。”卫士禀告道。

“就是不撞墙上，你还是活不成的。”西门豹看着霍春的尸体，就像是跟霍春说话似的。

“死人不会说话，死人也不会回答大人的问题了。”黑影把罩在脸上的黑纱解开，英俊的脸庞露了出来。

“死人不会说话，你会说话，你可以替他回答问题。”西门豹顺了顺被夜风吹乱了的胡子。

“替死人回答问题好像很晦气，而且这个死人不招人喜欢，为他大费口舌好像……”

“好像也是值得的，因为憋在肚子里面的话不说出来会很难受，尤其是像你这样爱想问题又想把答案讲给别人听的人，不说出来就像去茅房没有清理好肚子。”西门豹挖苦起来。

“所以你知道我现在肚子很难受了，我要清理肚子，呵呵，好的，还是你了解我东郭牛，不过死人的问题等我去完茅房回来再替他回答，因为肚子还真需要清理下呢。”东郭牛把黑猫放在地上，捂着肚子挤眉弄眼地跑了。

东郭牛终于轻松愉快地走过来了，卫士们纳闷这样一个帅气的人形象简直太吊儿郎当了，而严肃执法的西门豹大人竟然会有这样的朋友。

“只不过就是去个茅房嘛，排场不用那么大吧，还要卫士站岗把守。

西门兄啊，天天一大群人在茅房外面看着，里面的人肯定方便不好。”东郭牛嘿嘿笑了起来。

“不过看你的样子肯定方便好了，不过你真好意思让我们等你这么久。”西门豹指着东郭牛故作生气道。

东郭牛委屈地像是一个孩子，说道：“你虽然是个父母官，管天管地管民生法理，却也管不得我拉屎放屁的，再说你等我是有目的的，要不然西门大人怎么会浪费他的宝贵时间。”

“我已经浪费了，现在好像还在浪费，但是好像我不得不浪费时间。”西门豹无奈地说道。

“好像什么人和西门大人在一起谈话都想尽快结束话题，否则肯定生一肚子气。”东郭牛小心翼翼地抱起了黑猫。

西门豹摆摆手道：“不急不急，还继续你的话题。”

东郭牛两个眼睛又亮了起来，兴奋道：“你真的不急，可是我却急了，憋在肚子里的话再不说出来，肚子又不舒服了。”

西门豹坏笑着说道：“你的毛病还真不少。”

“每个人都有不少毛病，你看到我有毛病，我也有自知之明，我这不就及时改了吗？嘿嘿，可是有的人意识不到自己的毛病，或者意识到了也不改，所以没有好下场。”

西门豹指着霍春的尸体，冷冷地说：“他就是那种有毛病不改的人，所以他死了。”

夜已深，惨白的月光照在死人惨白的脸上更显诡异。

“有毛病的人很是让人头痛呢。”西门豹喃喃道。

东郭牛右手食指按在额头上，叹息起来：“这个有更大更怪毛病的人的确让人头痛，而且也让畜生头痛。”

西门豹袖子一挥，愤愤地说：“无论多大毛病的人，我都可以治治的。”

东郭牛和西门豹相视一笑，东郭牛点了点头道：“你是个好大夫，可是我们要治的病人不会上门让我们来治，反而跟我们玩捉迷藏。”

“你东郭牛玩捉迷藏才是真正的高手，所以我不用担心了。”

“这个捉迷藏的人和狐狸一样狡猾。”东郭牛说。

“可是狐狸尾巴还是让你发现了，三只眼的东郭牛总比两只眼的人眼尖。”西门豹咧嘴笑道。

东郭牛食指挪开时，额头上多出一个深按的指印，就好像多出来的第三只眼睛。“狐狸的尾巴虽然发现了，恐怕狐狸不好抓啊。狐狸是条老狐狸，老狐狸都成精了，而且老狐狸精还养了成千上万的老鼠精，老鼠精不仅会偷粮食，还吃人不吐骨头。”

“真的是老鼠？”西门豹倒吸了口冷气，两指夹起枯叶，眼睛盯着上面的毛发几乎眯成一条缝。

老鼠，本是再寻常不过的动物，可是如今它们却让西门豹震惊，让东郭牛头痛。

第四章 初遇女神

平原上成千上万的老鼠在阳光下疾驰，这个情景也可以用壮观来形容，而且不止壮观，刚刚经过青黄的草地没了青，只剩下黄，黄黄的土地裸露在阳光下。无情的老鼠瞬间就啃光了一大片草地，啃草不留根，即使春风再来，草也不会再生了。

转眼间鼠群跑进了密林中，它们锋利的牙齿足可以毁灭大片的树木，但是鼠群却没有对密林里的树木动嘴，甚至对里面的花花草草也没有兴趣。

“啾啾”像是鸟鸣的哨音从密林深处传来，尖锐刺耳，鼠群动作更快。

“宛儿别胡闹，这哨子可不是乱拿的，若爹爹知道你可要被罚了。”一个美貌少女轻起薄唇，说话如一缕春风，柔柔的。

“爹爹不是要闭关一个月吗？呵呵，姐姐可不要吓唬我，爹爹还不让咱们上地面上来呢，姐姐不也是上来了吗？”叫宛儿的小丫头八九岁的样子，说起话仿佛就是一只唱歌的小百灵鸟。

“还不是你这淘气的丫头害得，爹爹要我看紧你，还是让你偷溜上来了。”美貌少女故作生气，眼波流转，看着头上的蓝天白云陶醉起来。

宛儿晃着脑袋，在林中蹦蹦跳跳，两个小辫了像百灵鸟的翅膀欢快地飞舞。

秋风吹来，青的、黄的、红的叶子飘飘洒洒，后面不远处一条瀑布从山顶奔泻而下，溅出的水雾在阳光下五颜六色。瀑布下是一个大水潭，水潭中不时有色彩斑斓的鱼儿跳出水面啄食随瀑布飞泻下来的饵料。

此景如画，良辰美景，美景中更有美人，东郭牛已然看得呆痴了。

“树上有个怪物，下来吧你。”宛儿小手一指，轻喝一声。

东郭牛只觉得整个人一沉，屁股下的树杈“咔嚓”折断，尾随着东郭牛掉落下来。

“哎哟，我的屁股，疼死了，要了我的命啦。”东郭牛在地上叫苦，斜着眼睛看了看刚刚待的树杈处，不明白怎么会突然折断的。

三只背部有白条的老鼠正捧着前爪龇着尖尖的两个小白牙，好像正在嘲笑东郭牛。

原来是这三只老鼠干的好事，怪不得东郭牛没有察觉，况且当时东郭牛全然陶醉在画里，所有的感官都陶醉了，可见这并不是一件好事。

宛儿“咯咯”笑个不停，居然捂起了肚子，看来笑得厉害，肚子都笑痛了。

宛儿的姐姐也笑了，脸上开起两朵桃花，姐妹的笑声清脆欢快，好像她们从没遇见过如此开心的事情。

被别人当笑话的东郭牛反而一点也不生气，东郭牛是个不吃亏的人，换作平时，东郭牛肯定会让笑话他的人真正地笑掉大牙。可是这次东郭牛认定了要吃亏，因为他从来没见过如此天真无邪如此畅快真挚的笑容，一切美好的东西都值得为它吃亏。东郭牛也歪咧开嘴，傻笑起来。

宛儿红扑扑的小脸蛋仿佛染上了一层夕阳红霞，咯咯笑着磕巴着说道：“好笑……极了……怪物……咯咯……”

“你是谁啊，为什么来这里，而且样子怪怪的。”宛儿姐姐虽然还未止住笑，但是开始对陌生人发问起来。

“我叫东郭牛，来这里是为了找这里的主人打听一件怪事，我的样子虽然怪，但我不是个怪物。”东郭牛站了起来，还不忘揉着屁股。

“哦，东郭牛？三只眼睛的东郭牛？”宛儿姐姐黑黑的大眼睛闪烁亮光，语气既兴奋又亲切。

东郭牛先是一愣，自己的名号在江湖之中自然皆有耳闻，不过看她们两个根本没有江湖气，那清澈的眼神，那淳朴的笑容，那爽朗的笑声绝对不是做作出来的。但是她们在这里出现，而且还有老鼠，那么她们跟鼠王上官天蜀又有什么关系？

东郭牛心里不想把这两个姑娘跟江湖联系在一起，江湖，浑浊的江湖；姑娘，清纯的姑娘。东郭牛发觉自己的头莫名其妙地痛了起来，当他想法和推断矛盾强烈的时候才会头痛，东郭牛已经好多年都没有如此头痛了。食指按在额头上，深按的指印，第三只眼睛，江湖上的人看到第三只眼，要么头痛，要么兴奋。

果然，两个姑娘都兴奋了，宛儿兴奋地拍手叫到：“三只眼，三只眼，真好玩，真好看。”

宛儿姐姐也兴奋地跺脚说道：“东郭牛，真是三只眼的东郭牛？”

东郭牛更莫名其妙了，问道：“你们知道我？”

“开始不知道，现在看到你三只眼的模样当然知道了，三只眼睛的怪物把我们耳朵都磨出了茧子啦。”百灵鸟的声音在林中回荡。

宛儿姐姐的眼睛盯着东郭牛不放，被一个姑娘盯着的东郭牛感觉脸部发热起来，尤其是一个美好画卷里面的美女，无论谁被她这样含情脉脉地盯着，都会脸红。

“你们怎么会认得我这个怪物，我们见过面吗？”东郭牛想摆脱尴尬的局面，而且他明白此行可不是风流游玩来了。

还是宛儿嘴快，抢着说道：“我们当然认得你，我们也见过面，现在我们不就见面了么？你这个三只眼睛的怪物在我们的故事里天天出现，所以我和姐姐私底下经常讨论三只眼睛的东郭牛，究竟是个什么样的怪物呢？我姐姐还画了许多她心目中的样子呢，还蛮像的嘛，姐姐，是不是？”

东郭牛无奈地笑了笑，对于古灵精怪的小丫头，东郭牛只能无奈，看着聪明伶俐的小丫头，东郭牛当然要笑。可是笑了一半，月亮弯的嘴又变成一条直线。

第五章 上官宛儿

此刻成千上万的老鼠把东郭牛围了起来，地上黑压压一片，树上密密麻麻的都是，老鼠们熙熙攘攘地蠕动，任谁看到这个场景都会头皮发麻。

东郭牛最终还是笑了出来，哈哈大笑，环顾了四周的老鼠，指着宛儿她们："好玩，真好玩，你们看看这些老鼠热闹不？"

宛儿两只眼睛滴溜溜瞧着东郭牛，好奇地问道："有什么好玩的，你难道不害怕吗？真是个怪人啊？"

"不怕，你们不怕，我当然也不怕了。"东郭牛还在笑。

"哦，我们当然不怕了，因为它们本来就天天和我们生活在一起，你不怕？我爹爹说任何人见到我们家的老鼠都会吓得要命的，你真的不怕？"宛儿好奇地追问起来。

东郭牛能感觉到老鼠的敌意，黑豆的眼睛里绿油油的凶光射向东郭牛，它们随时都可能扑上来吃人，因为它们是吃人的老鼠，而且足可以把骨头都啃得精光。

宛儿坏笑着把竹哨含在嘴里，宛儿姐姐脸色微变，轻声说道："别吹，你这一吹可就要了他的命了。”

宛儿侧过头盯着姐姐，拔出竹哨，又看了看东郭牛笑着说道：“爹爹说了，外人乱闯咱们北斗蜀山的只许进不许出。我们今天正巧碰到这么个外人，管他是两只眼还是三只眼，到这里，别说眼睛耳朵鼻子和嘴巴，骨头渣子都让他没有。”

东郭牛点了点头，挑起眉毛叹了口气，“唉，看来三只眼要变成百只眼千只眼了，不过你们的爹爹没说过东郭牛的骨头最好别啃吗？”

“哦，为什么，我们的老鼠不挑食，豺狼虎豹的骨头都啃，人的骨头当然更好了，不是吗？”宛儿伶牙俐齿，刚才还是一副孩子气，此时却比大人还要老练似的。

“因为东郭牛的骨头跟粪坑里的石头一样，又臭又硬，你再想想，你爹爹真的没说过吗？”东郭牛咧着嘴巴，一副认真的样子。

宛儿一跺脚，想起了什么似的，拉着姐姐的手为难地说道：“可不是嘛，爹爹说过这个怪物是个又臭又硬的脾气，天底下还真没有吃得了他的。姐姐，你说这可怎么办？”

宛儿姐姐宛然一笑，说道：“你这丫头若是肯听我的话就不会偷跑出来了，怎么说呢，他不算是外人而且还是个臭石头，就饶了他吧。”

“不是外人？”宛儿眼睛乱转，问道。

东郭牛赶紧接过话茬，心中十分感谢宛儿姐姐，一股暖流从心里流动起来。“对，我不是外人，我是你们爹爹的朋友，当然也是你们的朋友了。”

“我爹爹说他没有任何朋友，天底下的人都不是什么好东西。”宛儿冷言冷语地说道，好像痛恨极了世间人，那表情那模样肯定是另一个人的。

“可是你们的爹爹经常提及我啊，说明我们的交情还是很好的。”东郭牛继续厚脸皮地贴膏药靠关系。

“我爹爹说你这个人最让人讨厌了，自己没什么事偏偏去管别人的闲事。”

宛儿姐姐轻轻地叹气，自言自语道：“为什么？”

“为了生活。”东郭牛郑重地回道。

“生活？”宛儿姐姐抬头望望天空。

“生活，美好的生活，有灿烂的阳光，有蓝蓝的天空，有花鸟虫鱼可看，有朋友遍天下可交，这样的日子你们不想要吗？”东郭牛描述时幸福的笑容挂在脸上。

宛儿打断东郭牛地话，气呼呼地嚷道：“好你个三只眼，果然不是好东西，你说这些是故意气我们的吗？”宛儿把哨子含在嘴里，两腮微鼓。

宛儿姐姐眼睛瞪大，正要开口，可是还是太晚，刺耳的哨声响起。

树上的老鼠和地上的老鼠朝东郭牛扑了过去，树林里红的、青的、黄的叶子和灰色的毛团交织的天罗地网奇异无比。

东郭牛一动不动地站在那里，没有一丝表情，或许这时最好把自己变成又臭又硬的石头。

只见一个紫色身影云一般飘到东郭牛身边，紫色披风被宛儿姐姐挥舞出万千幻影，淡淡的芳香也从幻影里散发开来。

老鼠们不知怎么回事，空中的老鼠翻跟头改变方向跌落一旁，地上跳起来的老鼠也落回原地，不敢靠近，呆呆地注视着两人。

东郭牛背靠着宛儿姐姐的香背，心神荡漾，全然忘了眼前的危险，世界上还有什么事情可以美过与佳人相依相偎？

“你被吓坏了吧，怎么一动不动了啊？”宛儿姐姐关切地问道。

“哦，没有，谢谢你，我还不知道你的名字呢。”东郭牛回过神来尴尬地笑道。

“我叫上官凤，我妹妹就是这样调皮，我都管不了她的。”上官凤警惕地盯着宛儿。

宛儿的嘴巴努了努，拔出哨子生气地说："姐姐怎么帮起了外人？"

"宛儿别胡闹，会害死人的。"上官凤劝道。

宛儿瞪着眼睛说："我只是吓唬吓唬，又没有真吹，你看，我就是这样含在嘴里。"宛儿把哨子再次含进嘴里，紧接着尖锐的哨声再次响起。

老鼠们眼冒精光，龇牙咧嘴，老鼠这次根本不把眼前的上官凤放在眼里，跃跃欲试。

第六章 妖鼠异变

上官凤红润的脸色变白，喃喃道：“变了，变了，怎么回事？”

宛儿也拔出哨子着急地喊道：“不是我吹的，不是我吹的，可是它怎自己响了呢？”

老鼠们又交织成天罗地网把东郭牛和上官凤包裹起来，宛儿在外面根本看不清里面的状况。

只听“轰”的一声过后，一团焰火盛开，刺鼻的硫黄味道夹杂着皮毛烧焦的味道弥漫在林子里，“吱吱”鼠声惊叫着被焰火的轰击力冲击开来，“吧嗒吧嗒”像雨点似的落下。

东郭牛的长袖护着上官凤的脸庞，自己的脸蛋却跟黑炭似的，两只明亮的眼睛忽闪忽闪的，长出一口气道：“威力还真不小，差点就成烤东郭牛了，诸葛飞云这老小子太不地道了，还说是吓唬人玩的，都差点要了老子的命。”

上官凤从东郭牛的衣袖中钻了出来，看了看四周，老鼠们显然是被刚才焰火猛烈的轰击吓坏了，都退到二十米开外的地方警惕地看着。上官凤又在东郭牛跟前上下打量了很长时间，先是发呆了下，紧接着“扑哧”笑出声来，两朵桃花在脸蛋上盛开。

东郭牛挠挠头也笑了起来，歪过头去：“咦，你那淘气的妹妹呢？”

上官凤四处看了看，大声喊道：“宛儿，宛儿，你在哪里？”

除了鸟叫声和流水声，没有任何回应。

“喂，小丫头快出来吧，我和你姐姐都好好的，不会生你气的。”东郭牛也帮着寻找起来，走到刚刚宛儿站立的地方，捡起竹哨递给上官凤问道：“会不会自己回家了？”

上官凤接过竹哨，眉头微蹙，摇了摇头，担忧地说：“这不是她拿的哨子，这不是我们家的哨子。”

清风徐来，林子里的树“哗哗”直响，又有不少叶子飘落下来，正在东郭牛和上官凤交谈之际，数十片红黄相间的叶子迅疾飞旋着射向两人。东郭牛是何等人物，三只眼眼观六路，左手拦腰抱住上官凤，右手不知用怎样的手法解开上官凤披着的风衣，腕子使个巧劲儿就把风衣转成陀螺一样迎向飞来的叶子，东郭牛抱着上官凤跳到旁边的一棵树上。

“嘤，好锋利的叶子。”上官凤在树上站稳后看到数十片叶子把自己的风衣都穿破了，十分惊讶。

东郭牛也是一脸忧色，说道：“这哪是什么树叶，是要人命的暗器，要不是用你的风衣旋转起来的气流把它们吸引到一处，咱们要躲过这千女散花的飞叶暗器就难了。”

东郭牛看着插进树躯中的叶片，面色沉重：“林中还有别人，而且身手高深莫测。”

上官凤纳闷起来：“不会吧，北斗蜀山有我爹爹布下的北斗七星阵，外人根本进不来。”

东郭牛指了指自己：“我这不进来了，世上的高人很多，所以没有不可能的事。”

上官凤还是摇着头，回道：“你是个聪明的人，虽然走进来了，但是幸好你没有乱走，这北斗七星阵是大七星阵套着小七星阵，而且七星阵不是死阵，是活阵，你越在里面走动越危险，七星阵变化有七七四十九种，进得来出不去。”

东郭牛进来时就费了一番周折，搞得晕头转向之际幸好碰上了偷偷出来玩耍的上官凤姐妹，听上官凤说完后对北斗蜀山的七星阵暗自赞叹。

老鼠们抬头看看两人，突然头部颤抖了下就四处散开，好像十分害怕什么。老鼠散开后林中静得出奇，虫鸣都止住了，鸟叫声孤零零地间断传来。

“咱们还是找到你父亲再说吧，这事不简单。”东郭牛把上官凤从树上抱到地面上，捡起上官凤的风衣重新给上官凤披上。

“爹爹在闭关练功，不能见人的。”上官凤为难地说道。

“闭关？糟了，快去找到你爹爹，不然你爹爹可就危险了。”东郭牛眼睛瞪大，着急地说。

“可是。”上官凤还在犹豫。

东郭牛指着飞叶暗器道：“没什么时间犹豫的了，人命关天，你妹妹和你爹爹很危险。”

上官凤听了东郭牛的话，看着冒着冷光的飞叶暗器，不由得打了一个寒战，拉起东郭牛飞快地跑了起来，边跑边嘱咐道：“跟在我后面，千万别跟丢了。”

第七章　北斗蜀山

两人跑进密林里左折右转，深处树木浓密遮天蔽日，饶是东郭牛眼力好记性强也发觉方向感渐失。

两人跑到一处都是水缸粗细的巨树前停了下来，这些树木奇特怪异，树皮跟鱼鳞似的，而且树身上许多拳头大小的树洞，树冠如伞盖，树枝上长满黄黄的藤蔓垂落下来，也不知是什么树种。东郭牛甚为好奇，正要伸手去摸那些藤蔓，却被上官凤拉住。

“不要乱碰，你不要命了吗？”上官凤脸蛋绷紧责怪起来。

东郭牛指着藤蔓，说道：“这东西看着舒服，心里就不由自主地想去摸摸，看来摸一下也是要命的，那还是免了吧。”

上官凤玉手伸到树身上的一处树洞处晃了晃，一个尖头瘦脑的和老鼠似的动物露出半个身子，在上官凤手下嗅了嗅，然后钻进树洞内。只见垂落下来的藤蔓如蛇一样在空中游动起来，紧接着树洞发出“呼噜呼噜”的怪异声，眼前的树身竟然裂开一个大缝，确切地说是一个一人高两人宽的树洞。

东郭牛张大着嘴巴，看着树洞里面还有火光，赞道：“果真是鬼斧神工啊，诸葛飞云也不见得能做出这样的机关。”

上官凤回头白了一眼东郭牛，招呼道：“别啰嗦了，跟在我后面，一定不要乱碰。什么机关不机关的，机关是死的是人工硬造出来的，而这个树可是活的。这就是蚼蛇树，外人不小心碰了那藤蔓可就没得救了，全树的藤蔓立刻会把人给包裹住，藤蔓内部的芒刺就会插进人体内的血管中吸光鲜血，最后把干巴巴的肉身贴到树身上，让树洞里的鬼脸鼠把剩余部分吃光。”

“怪不得呢，原来是上古妖树，据说这个蚼蛇树的树皮散发出来的气味能够让人迷幻，而且晾干磨粉融水的话为剧毒之物，今天算是亲眼瞧见了。”东郭牛点了点头。

两人一前一后进了树洞，上官凤点了点头，“嗯，你这个三只眼知道的还不少，刚才你就是被树皮的气味迷幻了。”

树洞下是一条密道，密道每隔不远都有石台，石台上都有石碗，石碗中燃着灯火。

东郭牛问道：“这里面是什么，可不是普通的灯油。”

“当然是蚼蛇树根砍断留出树油脂，此油脂作为灯油经久耐用，我看你不光是三只眼，还有两张嘴巴，总是闲不住。唉，还是快点回去要紧，也不知妹妹和爹爹怎么样了？”上官凤急匆匆地在前走着。

两人在地下通道里走了小一会儿，前方出现向上的石阶，上官凤转动石壁上的圆形石球，最后一个石阶前的石壁“咔咔”几声响敞开一道裂缝，刺眼的阳光照射进来。两人上了地面，这一处的地面上没什么树木，都是一些花草，东郭牛只认得一些海棠和秋菊，其他的花草也不认得。

“好香啊，但是我却不想多吸进一口这花香了。”东郭牛捏住鼻子，声音怪怪地说道。

“难道你是怕这些花草的味道熏死你吗？”上官凤看到东郭牛滑稽的样子无奈地摇了摇头。

“确实啊，这里的花草香味可算得上是天香了，恐怕从这里出去后鼻子再也接受不了其他那些花花草草的味道了，我真怕出去后被俗花烂草给熏死。”东郭牛摇头晃脑地说着，眼睛突然停顿住，然后对到一起了，整个身子都僵在那不动了。

上官凤从怀里掏出一条黑纱巾，蒙住了东郭牛的眼睛，手指在东郭牛的天池穴轻轻一弹，轻喝一声：“开。”

东郭牛“咳咳”了两声动了动身子，发着鼻音苦叫道：“看来这花草不仅味道嗅不得，而且色相还看不得，至美之物果然不是凡间俗人所能接触的，否则一定会后悔的。”

“你不是很向往那些美好吗，为了美好又有什么可后悔的？”上官凤问道。

东郭牛把头摇得跟拨浪鼓似的：“不是不是，我追求的美好不要人命。”

“美就美得要命，要不然又有谁能在乎美呢？我爹爹常常跟我们说要命的东西才能让人珍惜。”上官凤回道，接着上官凤又拉着东郭牛的手问了一句：“来这里，你后悔了吗？”

“我想凡是来到这里的人都会后悔，一个处处要人命的地方我不得不说我来错了。”东郭牛叹道。

“可你毕竟还是来了，而且到现在还真没看出你有后悔的迹象。”上官凤冷笑着说道。

东郭牛嘿嘿笑了起来：“哈哈，难道我要大哭大闹上蹿下跳，这里本来就是一个让人来错的地方，我也没想着来对地方。况且，来这里又碰到了我想见的人。”

第八章 杀手白婷

上官凤停下脚步，拉着东郭牛的手突然用力地捏了一下，然后继续向前带路："你说的话太深奥，我根本听不懂。"

东郭牛依旧自然地笑着道："一点都不懂吗？"

"嗯。"

"都说世上有一种人让人讨厌，就是不懂装懂的人，但是我觉得懂却装不懂的人更让人讨厌，前者太肤浅，愚钝之人；后者太城府，阴险之人。"东郭牛仰着头对天说话，腔调诙谐。

上官凤挑了挑柳叶眉，笑道："看来我必须得懂一点了。"

"对，懂一点总比一点都不懂强。"东郭牛面向上官凤的脸庞，虽然蒙着纱巾，但是东郭牛好像能透过纱巾看到人似的。

上官凤脸上红晕浮现，眼波流转，羞涩地说道："你对女孩子都是这样轻浮吗？我真是你心目中要找的人？"

五颜六色的花花草草随风摇曳，宛如翩翩起舞的仙子，但是这些仙子确实美得瘆人。且看那红骨朵的花碗口大小，娇艳奇异，红得都要滴出血来，再看那吐丝白菊，苍白冷冽，好似招魂的使者……

东郭牛抽出手揉起额头来，“你认为你是个招人喜欢的女孩子吗？”东郭牛突然问道。

上官凤脸上的红晕消失，多了一层白霜，但还是轻言轻语地说道：“我不明白你的意思了，看来要别人看穿东郭牛的心思的确是件不容易的事。”

“我要找的人可能是你，可你却不是我心目中的人。”东郭牛摇摇头说道。

上官凤眼里闪现一丝怨毒，冷笑道：“你看出来了，哼哼。”

“是的，我看出来了，你装得很像。”东郭牛赞许道。

“我不仅在相貌上易容得一模一样，就是说话声音和一举一动都模仿得很到位，你被蒙着眼睛，这么短的时间就被你看出来了？”上官凤心有不甘地问道。

“易容很简单，模仿也并不是太难，但要一个人变成另一个人却是极难的，你就是你，我就是我，上官凤自然就是上官凤。”东郭牛讥诮地说道。

不知何时上官凤手里多了一把蛇形剑：“对，我不是上官凤，我是白婷，可你却不是东郭牛了，你马上就是一个死人。”

东郭牛嘿嘿一笑，说道：“我还不想死，所以你就别浪费力气了。”

白婷也不答话，手中的蛇形剑闪电般刺向东郭牛的胸膛，眨眼间蛇形剑已经刺进，白婷冷若冰霜的脸上挂起一丝得意的笑容来：“看来我不需多费力气了，呵呵，原来东郭牛并不像世人说的那样神，更不像世人说的那样聪明。你明明可以躲一躲的，起码也试试能不能躲过我的夺命剑。”

“蝶舞堂的人果然都名不虚传，你这夺命剑自然也没有几人能躲过，所以我又何必再浪费力气。”东郭牛一动不动地看着白婷泰然自若地说道。

“哦，你知道我的身份了，你……你居然……没有事……”白婷诧异地看着东郭牛，蝶舞堂是极为秘密的杀手组织，世人只闻其名，能见过蝶舞堂杀手的人是微乎其微，因为见过蝶舞堂杀手的人几乎都被他们杀了。

东郭牛解开外衣，胸口上缠着一大块乌黑发亮的丝状甲片，蛇形剑陷在里面却没能刺破：“我说了，何必浪费力气，我都不愿多费一毫力气的。”

白婷怒气冲冲地想要把蛇形剑拔出来再刺，可惜蛇形剑像是被一股巨大的吸力吸住，白婷牙根都咬得“咯吱咯吱”响了。白婷小蛮腿一勾，转而一弹，脚尖踢向东郭牛的裆部。

“好不害臊的丫头，你可会找地方。”东郭牛调侃起来，身子轻轻一斜，躲过了白婷的脚尖。

白婷一击不成，迅速回脚又来个神龙摆尾，脚尖直踢向东郭牛的心窝处。

东郭牛两手成乾坤之势，顺势把白婷的脚一拉一推，然后迅疾点了白婷的腕三穴，“嘿嘿”一笑说道：“倒也倒也，这样大家都不浪费力气了，哈哈。”

果然，白婷顺势倒在地上，脸上一阵红一阵白，气得嘴部发抖。

“唉，良辰美景，再配上个美人，看看这个美人的脸一会儿变成那个吐血的红花，一会儿又变成勾魂的白菊，可惜可叹啊。”东郭牛俨然一副惋惜的样子。

白婷摇摇头，不可思议地问道：“你，你能看到？”

“我不是瞎子，自然能看到，何况我还是三只眼。”东郭牛把黑纱解开，眼冒精光，吐出口气，胸口一鼓，插在胸口的蛇形剑飞射了出去。

“你杀了我吧。”白婷冷冷地说道。

“我不喜欢被人杀，也不喜欢杀人，尤其是女人。”东郭牛上下打量着白婷。

“我们这种人要么杀死别人，要么被人杀死，绝没有其他的可能。”白婷漠然地看着西沉的夕阳，残阳如血。

第九章 诡蝶鬼鼠

东郭牛听到这话时就知道了结局，可是他想去改变结局，他知道他不是神，但是他是一个多事之人，多事的人做多事的事，事成与不成，都要去做。

东郭牛认真地说道：“无论哪种人都不想被人杀死的，无论哪种人都想好好活下去的，所以不要那么悲观。”

“呵呵，东郭牛啊东郭牛，你倒真是个瞎操心的好人，只可惜你还是来错了地方帮错了人，蝶舞堂的人不会善罢甘休的。”白婷冷笑着说道。

“我觉得你们是不是找错人了，我跟你们蝶舞堂没有任何过节啊？难道你们要阻止我来北斗蜀山，阻止我去见上官天蜀？”东郭牛说出了心中的疑问。

“蝶舞堂做的事情本来不需要理由的，但我觉得三只眼睛的东郭牛还算是个不错的人，有些话还是可以告诉你的，凡是前来帮助上官天蜀的人都是蝶舞堂的对头。上官天蜀当年盗取了蝶舞堂的蝶舞花香和妫蛇树，你可知道这上古奇花和神树乃是我们蝶舞堂的至宝，我们蝶舞堂历经五年终于找到了上官大蜀的下落，岂能放得过他？”白婷说出了原委长舒了一口气，“但是这还不足以让我……”

话还没说完，白婷身后一片碗大的红花缓缓张开，浓烈的香味释放出来，白婷瞳孔撑大，转瞬间诡异地笑了一下，然后表情又恢复正常，白婷问道：“我也想知道你究竟是怎样发现我不是上官凤的，难道你真的没有被蝶舞花香迷惑住？”

“既然是上古奇花，我又怎能躲得过它们的迷惑呢？我相信，不认得这些花草的人如果遇到它们的话肯定都得像我一样被迷惑。至于我是怎样知道你不是上官凤的很简单，气味，上官凤有上官凤的气味，轻淡的香味，而你的气味和蝶舞花香一样，浓烈得过劲儿了。长相虽可乔扮，但是人味是如何也伪装不了的。”东郭牛指着自己的鼻子说道。

白婷听完东郭牛的话正要张嘴说些什么，突然一只粉红的蝴蝶迅速飞到了白婷的眼前，白婷的身子开始发抖起来，脸色变得煞白，任谁也想不到白婷身后的红花像是得了命令般齐齐朝白婷的后背喷出血色液体。大片的血色液体先是染红了白婷的衣服，紧接着如火一样焚烧起来，甚至更像是腐蚀的毒药，白婷的皮肉慢慢被融化，后背的脊骨露了出来。白婷脸部扭曲起来，但是嘴角还挂着一丝诡异的笑。

“上官凤呢？你把上官凤怎么样了？还有上官宛儿又哪里去了？”东郭牛焦急地问道，想在白婷临死前从嘴里得到些答案。

“章……章……于……”白婷的话语模模糊糊，还没说完，血色的液体喷到白婷的头部，白婷整个脸顷刻间都消融了……

眼看着白婷化成一摊血水，东郭牛却无能为力，东郭牛觉得眼睛无比酸涩，五脏六腑一阵翻腾，难受得要吐。别人都认为东郭牛有三只眼睛，解决了许多别人解决不了的大事，甚至做了别人想都不敢想的事情，别人甚至认为东郭牛有上百个脑袋，有上千个手脚，创造一个又一个神话。

但此时只有东郭牛自己知道，许多事情并没有那么简单。

那只粉红色的蝴蝶凭空消失了，东郭牛极力去搜寻那只蝴蝶，却连半个影子也没看到。蝴蝶肯定有问题，或许附近还隐藏着另一个蝶舞堂的杀手，当他发现白婷任务失败之后就找机会解决掉白婷，大多数杀手组织都是这样残酷严密，往往一明一暗行动。东郭牛心里还是没有明白为什么白婷不在东郭牛被蝶舞花香迷惑住的时候杀了他，那时东郭牛肯定没有任何机会活命的，虽然在密道里上官凤在拉手带路之际顺便给了东郭牛一个药丸，但是药性很慢，东郭牛还是被蝶舞花香迷惑住了，待和白婷聊了片刻后药性才发挥了效果。

夕阳已经沉下半边，天暗淡下来，吐血的花瓣收拢起来，风也停了，眼前的一切都静止住了，而且没有任何声响，东郭牛孤独的身影在草地上又细又长。

“上官凤……上官凤……”东郭牛不由自主地喊了起来，他盼望着有人能回应他，回应他的是自己一声声低沉的回音。

前方不远处有一个山冈，山冈偶尔有星火闪动，东郭牛有了主意，有火的地方肯定有人，这生火的人究竟是谁？上官凤还是上官宛儿？或者是上官天蜀，还是白婷所说的叫章于的人？东郭牛必须加快脚程，药性挺不了多长时间，一旦没了药性，东郭牛很可能就会和白婷一样变成一摊血水，成为草地的肥料。而且天即将黑了，这片吃人喝血花草的海洋里还有未知的其他危险也说不准。

东郭牛深一脚浅一脚地走着，胳膊和大腿被一些带刺的花草或割破或扎伤，此时东郭牛全身都已经湿透，汗水流到伤口处像是被虫蚁撕咬，东郭牛忍着麻痒的疼痛朝前继续走着，因为星火越来越近…… 东郭牛的脚越来越沉重，每前进一步都万分吃力，身下的杂草像是地狱恶魔的爪牙，要把东郭牛拉入地下，东郭牛喘着粗气，极力挣脱缠绕在身上的杂草。

前方十米处就是山冈的边缘，山冈处没有吃人喝血的花草，一颗颗两人高的松针树如士兵一样立在山冈上，东郭牛可以嗅到火烧松油的味道，这个味道是那么舒服那么亲切，东郭牛恨不得立刻飞到燃火的地方。

人的潜能都是被刺激或激发出来的，东郭牛此时本来疲惫的身体又被灌注了能量，活脱脱像个兴奋的小牛犊。

正在东郭牛大步流星地迈右脚的时候，这一脚没有踩在地上，而是踩到了一个肉呼呼软绵绵的东西上，东郭牛的脚没敢向下使劲。半腰深的草丛中看不清到底是什么东西，而且天已经黑了，东郭牛慢慢地收脚，“唰唰”草和腿摩擦的声音让人更加不安宁起来。

“哼……”也不知什么东西长哼了一声，一股湿热的腥臭气从草地里朝东郭牛喷了过来，紧接着草地“哗”的一下向两旁倒散开来，一个肥头大耳、体壮如牛的怪物从草丛中站立起来，油绿的眼睛比人的拳头还大，在黑暗中犹如鬼火一样闪烁着。一脸的褶皱，仿佛脸上长满了嘴巴。

东郭牛和怪物互相注视着对方，东郭牛心里没底，一不知道怪物是什么，二不知道怪物接下来会有什么动作，最好的办法就是一动不动地看着，或许怪物不是肉食性动物呢，东郭牛侥幸地想着。

“噗噗”声此起彼伏地响起，怪物丑陋的大脸上突然冒出许多肉嘟嘟的象鼻子一样的东西，喷出腥臭的液体射向东郭牛。

第十章　墨门护法

“哎哟。”东郭牛惊叫着连翻了三个后空翻，还未站稳，眼前黑影飞至。东郭牛急忙掏出最后一个轰天雷，伴着“轰”的一声巨响，东郭牛借着气流飞跃到了山冈的边缘。东郭牛经过这番折腾，早就筋疲力尽了，瘫软地靠在一棵树上大口喘气。

“呵呵，有趣有趣。”背后有人嘲笑道。

“有趣之人碰到有趣之事就怕发生无趣的后果。”东郭牛调匀呼吸，在这种情况下必须尽快恢复气力，陌生的人和多变的环境下处处不安全，随时都有危险。

“就算再无趣的后果在我墨路路眼里都是有趣，你们这些可笑之人就是给人做笑柄的，哈哈，可笑，有趣。”那人又笑着说道。

东郭牛眼前一亮，也跟着打趣道：“世人笑我无笑缘，我笑世人太肤浅，可悲可叹不可怜，好蠢好笨好可笑。墨门第一护法墨路路果真让我长见识了，学习了。”

“我可不是白让人长见识的，你既然长了见识，那么就知道得拿出东西来。”墨路路说的虽是玩笑话，可是这种玩笑话给人压迫感。

东郭牛笑得咳嗽起来：“咳咳，我长了见识，你看了我的笑话，你还想要什么，我终于知道为什么墨门把你逐出门墙了。”

墨路路脸色阴沉起来，一双黑亮的眼睛霎时变得血红，嘴巴一歪狂笑起来：“哈哈，哈哈，看来看别人的笑话有时也很麻烦。”

“对啊，要看别人的笑话就得先看看自己的笑话，因为别人的笑话虽然可笑，自己的笑话却一定更好笑。”东郭牛畅快地说道。

“如果这个人的眼睛瞎了还会不会看得见别人的笑话，如果这个人的嘴巴也被封住，看他还会不会笑得出？”墨路路威胁道。

东郭牛依旧笑着，就像是春风里的桃花：“只要人还活着，即使看不见说不了，但还有心，心也可以笑，甚至一个死人的灵魂都可以笑，你们墨门不是善于明鬼吗？呵呵。”

“看来我是笑错人了，那么我向你道歉，再也不会笑你了。”墨路路态度突然转换，竟然向东郭牛道歉了。

“笑人并没有错，笑死人可就是大错了，你们墨门讲究的是墨守成规，最好的进攻就是防守，可是你没有沉住气，还是没能留在墨门中，可惜了。”东郭牛惋惜道。

“看来我真的不该来这里，公输门下的上官天蜀又赢了，唉！”墨路路望天长叹，摇摇头很是失望。

东郭牛问道：“你也是来找上官天蜀的，你说上官天蜀是公输门下？”

“是的，本来我是想看上官天蜀笑话的，我要为墨门出一口气，虽然我不是墨门中人了，但是我仍旧把自己作为一个墨门弟子，公输家和墨家门下始终进行着明争暗斗，我好不容易打探到这个公输门下的上官天蜀，可笑自己却成了一个笑话。”墨路路自嘲道。

弯月挂树梢，清冷的月光洒了下来，墨路路拖着细长的影子走到东郭牛跟前，好奇地问道："既然你也不是来看别人笑话的，而且也不是让人看你笑话的，为何来这北斗蜀山？没有上官天蜀的人或是我们墨门的人引路，恐怕你进不来吧？"

"上官天蜀的女儿把我带进来的，没有她带路，我要么被花吃了要么被树啃了，要么被怪物吞了，要么也快饿死了……可是我运气不好，带路人失踪了。"东郭牛拍拍自己咕咕叫的肚子苦笑着说。

"哦，你运气并不差，起码你现在还没被饿死，而且又碰上个带路人，我们现在出去还可以赶到山下的小店内喝几杯。"墨路路指着山脚下几点星火，嘴角挂起微笑，想着和新交的朋友一起吃点小菜喝点小酒，人生何等可乐？

松林间传来"噼啪"火烧油木的声音，烟味间或夹杂着肉香味飘散过来，东郭牛贪婪地深吸几口，起身朝里走去。

墨路路抢在东郭牛的前面拦住，劝道："下山的路不在这边，带路的人是我，你走错地方了，你还是跟我走吧。"

"我并没有说现在要下山，等办完事情我会找你喝个痛快。"东郭牛笑着说道。

"你一定要去？"墨路路一字一句地问。

"我本身就是冲着这来的，何况现在实在饿极了，前面有人已经准备好了吃的，这个香味勾到我的魂了。"东郭牛指着自己的鼻子，做出一副陶醉的表情。

墨路路摇了摇头，说道："你明明知道摆在面前的是一个鱼饵，而你自己就是一条鱼，一条即将上钩的鱼。"

"我只想做一个填饱肚子的鱼，并不想做红烧鱼水煮鱼。"东郭牛继续往前走着。

墨路路并肩跟了上来，一脸的轻松，笑着说道："看来跟你在一起很不错呢，我也要做一条混吃混喝的鱼。”

两人走到了篝火之处，燃火的人心很细，把木材架成尖塔形，这样让火燃烧得充分旺盛，火上横架着一个黑乌棍，黑乌棍上穿插着几条烤得焦黄的大草鱼。

东郭牛和墨路路馋得直咽唾沫，墨路路东瞧西看后“咦？”了一声。

第十一章 墨守成规

“主人不现身出来接待一下吗，是嫌弃自己太丑怕吓走即将上钩的鱼吗？”东郭牛爽朗地笑了起来，接着说道：“既然主人不说话，我们就不客气了，可不要怪我们嘴下不留情啊。”

“哼哼，人人都说东郭牛眼毒，我看嘴巴比眼还毒。”这粗声粗气从头上传来，只见一身黑衣瘦长的人如蛇一般缠挂在树梢上，脸上戴着青铜鬼脸面具，两只眼睛如寒星透过来阴森森地盯着东郭牛。

东郭牛不客气地扯下一条烤鱼，闻了闻赞道：“好极了好极了，烤得恰到好处，树上的兄弟，你那样待着难受不难受？”东郭牛边说边撕扯着鱼肉，大口一张，囫囵吞吃起来。

“我这样待着只是为了让别人难受，你们快吃，我也等不及让你们难受了，哼哼。”黑衣人摩拳擦掌，舔了舔嘴唇，仿佛把东郭牛和墨路路当作捕捉的猎物。

墨路路正啃着烤鱼，此时看着树上黑衣人的一举一动和粗哑难听的声音，只觉得恶心，把刚刚吃进去的烤鱼又都吐了出来。

东郭牛拍了拍墨路路的肩膀，说道："还不是你把他们带进来的，看到没有，过河拆桥了。"

"既然是我把他们带进来的，而且他们不想出去了，那就让他们永远留在这里面吧。"墨路路话还没说完，手里面甩出十数枚鱼刺，只听"嘶嘶"之声，鱼刺刺破黑衣人衣服。

黑衣人摇了摇头，叹口气道："看来你真的只适合做个向导，在江湖里你的功夫恐怕还不如绣花的姑娘，既然这么着急看看我的手段，那我就让你们见识见识真正的针雨满天飞。"

东郭牛高声喝道："看来可以开开眼界，看到章千手失传的针雨满天飞了，不过直钩钓鱼恐怕没那么简单。"

黑衣人嘿嘿冷笑了起来："哈哈，看来世上还真有人听说过章家的名号啊。"

"而且我还知道你叫什么，你是章家单传子孙章于，十五年前你父亲章无极死于暴病，章家便没落了，你也因此不知所终，原来是跑到蝶舞堂当杀手去了。"东郭牛吐出嘴里的鱼刺，砸巴着嘴说道。

"知道的事情倒不少，我真的不想听你啰唆了，让我用针封住你的嘴巴吧。"黑衣人晃动着身子，整个松树都跟着摇晃起来，黑衣人嘴里"呼呼"地吹了起来，上千个松针飞舞着刺向东郭牛和墨路路。

墨路路早就忙活起来，从腰里拿出一个刀铲似的兵器，把东郭牛往跟前一截，然后按着刀柄上的一个机栝，铲尖处"咔咔"直响，立刻长出一大截，更奇怪的是突然冒出一个伞状的东西来，两个人罩在里面，就听见"叮叮当当"松针碰上伞状兵器的声音。

东郭牛伸出大拇指赞道："好厉害的兵器啊。"

墨路路不明所以，问道："你是夸他还是夸我呢？"

"松针细如丝，柔似带，在章于手里却尖如钢针，硬似石铁，自然是厉害至极。你墨路路手里这把丑陋兵器能遮风避雨，更能保护咱俩的命，自然也是厉害至极了，呵呵。”东郭牛泰然自若地说道。

墨路路手底下不闲着，手中又多了一把刀铲，对着脚底下的土地画了一个圈，也不知墨路路用了什么手法，刀铲竟然如陀螺一般转了起来，把土都甩向两旁，眨眼间就挖出一个地洞出来。墨路路先跳了进去，在里面一阵捣鼓，然后招呼东郭牛跳进去。

东郭牛跳进去大吃一惊，原来下面是现成的通道，下面支支叉叉如迷宫一般。“北斗蜀山下面是不是都被掏空了，这个工程可不小啊？”

“也没什么奇怪的，上官天蜀养了那么多的老鼠，这些挖洞的活对老鼠算得了什么呢？”墨路路不屑一顾地说道。

地道里贴在石壁上的火光来回摇曳，宛如黑夜中幽灵一样鬼魅，东郭牛打了一个机灵，紧了紧身上的衣服。

墨路路指着上面笑道：“听到没有，那个怪物还在傻了吧唧地使什么针雨满天飞呢。也不看看墨门下的人是好欺负的吗？人你也见了，咱们是不是该下山了啊？”

东郭牛摆摆手，看着上面说道：“我不是来看怪物的，而是朝他要人的。”

“上官天蜀的女儿？你管的闲事确实太多，好吧好吧，谁让我交了你这个多管闲事的朋友呢。”墨路路拍着自己的胸脯说着。

东郭牛看着洞壁上冒出的水珠，自言自语道：“看来要变天了，咱们抓紧时间吧。”

墨路路点了点头，拿着盗洞的兵器选好头顶上的位置一阵翻腾，没多大会儿，一缕月光洒落下来，墨路路手挥了挥，示意东郭牛上去。

东郭牛二话不说，纵身一跃，双手撑住洞壁两侧，悄悄地探出半个脑袋，东郭牛心中暗自赞叹墨路路选址精准，挖的洞正好在章于身后十米左右的灌木丛附近。

章于缠在松树上依旧把松针当武器朝着伞状兵器处发射，松针已经在东郭牛原来待的土地上扎满了厚厚一层，章于冷哼一声：“哼，你们不是愿意当刺头吗？那就让你们全身都是刺，哼哼……”

东郭牛抓了五个鸡蛋大小的石子，瞄了准头一挥，三个石子呼啸着朝章于飞了过去。

第十二章 杀手交易

章于本就是暗器高手，听到风声暗叹一声“厉害”，随后缠绕在树上的身子松脱开来，双腿轻轻一弹，从树干上飞跃起来，三个石子“啪啪啪”嵌入树干中，紧接着“咔吧”之声连响，章于刚刚待过的树干断了三节。

东郭牛看着正从空中下落的章于，坏笑着甩出手中余下的两个石子，章于脸色大变，在空中弓着身子再次拔高几许，可是谁也想不到，东郭牛甩出去的石子在半空中相撞在一起，其中一个石子如流星般击中了章于的胸口，章于吐出一口鲜血，瞪大了眼睛跌落在满是落叶的地上，仍然不相信自己被石子击中。

“请你下来真不简单啊，看这地上不是也挺好嘛，还有厚厚的叶子当软床，怎么也比粗糙的树皮舒服吧？”东郭牛从地洞中跃上来，开着玩笑走到章于跟前。

墨路路伸出大拇指，赞道：“我说你这戏法咋变的，石子自己还变轨道了相撞了呢，好玩好玩，改天教我这一手，我运用到墨门守规当中去。”

章于嘴角挂着血，如鬼鸟般狂笑起来：“哈哈哈哈，栽到你们手了，你们竟能逃过针雨满天飞?”

“看来你是小瞧了墨门的墨守成规，想当年鬼斧神工的旷世鬼才公输班都输给了墨子，你不应该把每个人看得都不如自己，要知道，墨路路虽然武功平平，但是防守却是一流的。”东郭牛指着墨路路说。

章于斜着眼睛瞅了瞅墨路路，浑黄的眼珠流露出异样的眼神：“墨守成规，嘿嘿，你们跟老鼠一样躲在地下洞里，嘿嘿，好个墨守成规。”

墨路路气得伸出手就要揍章于，回骂道：“我们像老鼠？我们这是迂回战术，我们有什么好躲的，不像你，连自己的真实面目都不敢示人，戴个破面具，而且还藏在阴暗的角落里害人。猥琐、卑鄙和丑陋，我想你连老鼠都不如呢。”

“哈哈，骂得好，卑鄙怎么了？丑陋又如何？我就要做卑鄙丑陋的人。你们天天一个个人模狗样地装什么正人君子，其实肚子装的就是又臭又脏的粪，我就恨你们这些伪君子，说什么侠义正义，都是为了自己的名利。”章于激动地说着，青铜鬼脸面具在脸上都跟着抖了起来，让人乍一看上去毛愣愣的。

东郭牛伸手拦住墨路路，竖起食指，“嘘，听到什么了吗？”

不知何时，刮起了大风，松林内被吹得此起彼伏，阵阵波涛之声中还夹杂着“喵呼喵呼”的声音，好似鬼鸟鸣叫又好似野猫叫春，月亮也被黑云裹了起来。

章于阴险地笑了起来，好像一点也不担心自己的处境。

东郭牛说道：“我们做一个交易如何？”

“呵呵，我从来没和人做过交易呢，那要看看这个交易我感不感兴趣了？”章于扶了扶自己的青铜面具，慢声慢语地说道。

“以命换命。”东郭牛回道。

“哦，我要公平地交易。”章于坏笑着说。

东郭牛手指着章于，也笑了起来，道：“好，公平地交易，两条命换两条命，哈哈。”

章于鼻子冷哼了起来，“哼，可惜白婷那条命没了，你拿什么换？”

“是啊，白婷的命没了，可是林子里还有你们蝶舞堂的杀手，你们加在一起不也是两条命吗？”东郭牛伸出两个手指头在章于眼前晃了晃。

墨路路东张西望地找了起来，拿着兵器防护着，嘴里问道：“哪里？我就说当时跟在我后边不少尾巴呢，都他娘的藏起来了。”

章于瞳孔扩张：“你真以为蝶舞堂的人命就那么容易让你掌握，白婷本可以把你杀了，可是我不知道她怎么变得啰唆起来，让你有了活的机会。”

“所以你就杀了白婷，或许你的任务就是杀没有完成任务的白婷，如今你也即将面临同样的结局，等待杀你的人。”东郭牛抬头望了望天，月亮终于又冲出黑云，东郭牛想着心事突然有点忧伤。

章于怪笑了起来，道：“呵呵，同样的结局，像你这样说我章于岂不是一条死鱼了，看来要想成为活鱼，我不得不和你做交易了。”

“你这样想就对了，我们都不赔本。”东郭牛说。

“只要有本钱就能有东山再起的机会，呵呵，成交。”章于伸出枯瘦的手，要和东郭牛击掌。

东郭牛摆摆手，摇摇头，说道：“你的手上都是针，我怕疼，击掌就免了吧，说吧，人藏在哪儿了？”

章于翻了翻浑黄的眼珠，小声说道：“你们也知道我们的人就在附近，所以千万不能让她听了去，不然先我们一步找到人，我们的交易就白瞎了，你们搀扶着我，我带路就是了。”

第十三章　可怖秘闻

东郭牛伸出二指，封闭了章于的穴道，嘿嘿一笑道：“嗯，我们搀扶着你，你用嘴指挥就行了，至于其他部位就歇歇吧。”

章于身子一僵，知道穴道被封，气得干瞪眼：“好，你这个三只眼想得够周到，老子拉屎撒尿也不用自己动手了，哼。”

墨路路朝旁边吐了口唾沫，脸黑了下来：“呸，你还蹬鼻子上脸了，你不是要拉屎撒尿吗？我这就给你弄个开裆裤，前后通透，方便省事。”

“得了，我章于碰上二位算是倒了血霉了，下贱的活就不劳二位，咱还是往前赶一步去吧，没听说过迟则生变吗？”章于拉着唱腔说道。

东郭牛轻按额头，三只眼的印痕逐渐清晰：“听你这口气是威胁还是激将？你肚子里还藏着什么坏水，干脆我一股脑都给你挤出来得了。”

“得咧，在你三只眼面前我又怎敢耍花样，你要是不急，咱们慢慢溜达便是了。”章于耍滑地说道。

东郭牛把墨路路的伞兵刀借了过来，对着章于的裤子“唰”的一下，在章于屁股位置划出一道口子：“多说一句让老子不高兴的话，你就等着光屁股吧。”

“你，你，没想到三只眼也会使这下流手段。”章于气急败坏又不敢多说。

“唰唰”又是两道口子。

“哈哈，有趣，对付这种人还得你三只眼有办法，只是污了我的伞兵刀。”墨路路笑得前俯后仰。

地上的枯草被风吹得东趴西倒，东郭牛和墨路路夹着章于深一脚浅一脚地踩在枯草上，“沙沙”的声音撩人心痒。

章于指挥着方向，三人七转八绕了片刻，墨路路终于忍不住了，骂道:“你可别耍什么坏心眼，老子的眼睛不瞎，脑子不傻，刚刚走了两次回头路了，你要是活得腻味，我墨路路倒是可以让你过得精彩点。”

章于不屑地哼道：“毛头小儿有多少能耐，还要让我过得精彩，恐怕没有比我做过的事情更精彩的了，哼哼。”

东郭牛饶有兴致地问道：“哦，难道说你比你爷爷章千手的本事还大吗？那可曾是轰动江湖一时的人物，至今盛名不减，据说章千手针雨满天飞达到出神入化的境界。但是你父亲和你的针雨满天飞我都领教过了，说实话，虽然可堪一流，但是……”

“但是不够精彩，远远不如我爷爷的精彩，哼哼，章千手，针雨满天飞，哼哼，名声？盛名？全他娘的狗屁。你们知道为了这个江湖中人人兴奋的名号，为了保持章家的威望，我爹爹用尽了一切办法，可是还是不能如愿，我爹爹自知永远无法超越我爷爷了，便把责任推到了我的身上，我练功表现稍有不佳，他就打我，骂我，说我丢章家的脸，后来我反驳他，没想到他竟如疯子般毒打我，还用针扎烂我的脸，要我记住丢脸就是这般痛苦……”章于浑黄的眼睛微眯，怨毒地说着。

东郭牛重重地长叹一声，看着章于脸上的青铜鬼脸面具，想象着丑陋、凶狠和诡异的鬼脸面具下曾经有一张清秀的脸孔，恐怕这张脸和面具一样让人望而生畏，无法入目了，而最让人意想不到毁这张脸的是一个亲生父亲的毒手。

“用不着你们假惺惺的同情可怜，在你们内心里说不准有多嘲笑多厌恶我这张脸呢，哼哼，你们嘲笑我、厌恶我、伤害我，我就以十倍一百倍来还给你们，报复你们。我可以亲手毒死我的亲生父亲，我还怕什么？我可以杀死你们这些天下假惺惺比我还丑恶的人……”章于咬牙切齿地说着。

墨路路听完后吓得打了一个趔趄，放下章于的胳膊闪到一边，磕巴地说了起来“你……你……你说……什么……杀了……你……亲生……”

章于看着墨路路吓傻的样子，阴森森地笑着爽快地答道：“对，我亲手杀死了亲生父亲，你不知道这是一件无比精彩痛快的事情，哼哼。”

东郭牛也停下脚步，但依旧平淡地注视着章于，盯着章于的眼睛一动不动，像一把锋利的剑刺入了章于的眼睛。

章于竟然不敢直视东郭牛了，眼睛斜向一旁，说道：“有什么好看的？”

“你怕被人看吗？怕别人看到你内心的痛苦，怕别人看到你脸上的印记，所以你就杀人？”东郭牛问道。

“对，杀人，死人永远也不会看到我的痛苦了。”章于说。

东郭牛冷笑着摇摇头，指着章于的鬼脸面具说道：“你的痛苦就是死人留给你的，活人给你的痛苦是一时的，死人给你的痛苦是一生的……”

“北斗阵，没想到上官天蜀还精通这阵法，确实小看他了。”墨路路盯着眼前的一排树木发呆起来。

这一排树木初看没什么与众不同，和其他松树没啥区别，只不过细看去里面排列奇诡，而且每次看时都发觉排列又都发生了变化，难道树会自己移动?

东郭牛眨了眨酸痛的眼睛，暗自点头，说道：“在阵外都让人错失方向，找不到标示物，如果走入里面，我们岂不要活活累死。这阵法真是不一般，如若把人藏在这里，恐怕没几个人能找出来了。”

墨路路挠着脑袋，蹙着眉头，说道：“这个北斗阵简单来说是公输班按天上北斗七星的星位研究的阵局，里面衍生变化奇诡，生门、明门、暗门、鬼门、奇门、死门、无门共有七门，只有一个生门是活路，其他六门凶险万分，步步要命。”

第十四章　迷雾天气

章于阴险地笑了起来，说道：“一个号称墨门中的高人，一个是天下人公认的万事通，没想到在几棵树前也低头折腰了，哼哼。”

“你真的把人藏到这里面了？”墨路路有点怀疑。

“你不相信可以走进去看看啊，哼哼，我可是跟你们好好做交易呢，地方我带到了，接下来就看你们的了。”章于眯着眼睛闭目养神起来。

墨路路摇了摇头，“不可能，不可能，就凭你根本不可能在此阵法中活着出入。”

东郭牛食指按住脑门冥思苦想了一阵，额头上深暗色的指印若隐若现，东郭牛点了点头，“我明白了，是上官凤或上官宛儿指挥着你进去和出来的。”

墨路路这才恍然大悟，“你是说章于当时带着上官凤姐妹两个进入这北斗阵的，里面藏了一个人，然后带着另一个出来藏到其他地方？”

章于本已闭合的眼睛瞬间睁开，直直地瞪着东郭牛张大了嘴巴说道：“你究竟是人是鬼，居然能把事情看得如此透彻？难不成你真的有第三只眼，而且是个千里眼？”

墨路路走到东郭牛跟前，瞅着东郭牛的额头，还伸手去摸东郭牛额头上的指印，说道：“我也很好奇你这个第三只眼到底是真是假，你是不是有神鬼莫测之术？”

“你们别骂人了，说我不是人是什么？章于，别耍小聪明，先找阵外面的人。”东郭牛推了推章于说道。

“轰隆”一道金光划破黑夜，林子瞬间亮了一下随即又黑了下去，东郭牛仿佛看到一个熟悉的人影，但是眨眼后再去搜寻时，眼前又是黑乎乎的一片树林。

“要下雨了，咱们可得快点，要不然下大雨挨浇不说，咱们视线受阻，肯定迷路在这里面了。”墨路路一脸担忧地说道。

章于望着眼前的树林发呆，仿佛不愿继续带路去找人了。

“看来蝶舞堂的杀手也有犹豫的时候，你在害怕？”东郭牛拉着章于的手，握住章于手腕的时候明显感到章于的脉象紊乱。

“哼哼哈哈哈哈，我害怕？我怕什么？”章于不自然地笑着，极力掩饰内心的恐惧。

墨路路依旧和章于保持一段距离，墨路路此时实在厌恶和一个六亲不认的变态的杀手在一起，这个青铜鬼脸面具以及想象中被针扎烂的脸让墨路路恶心，更恶心的是章于做过的事情。

“你自己知道你怕什么，算了，我也没必要让别人做他不愿意做的事情，我相信人就在附近了，墨兄，咱们自己在附近找找。”东郭牛松开了章于，朝着墨路路打招呼准备自己去找人了。

“别丢下我，东郭牛，你们干脆杀了我吧。”章于突然苦苦哀求起来。

墨路路摇了摇头，撇撇嘴道：“你这种人都不值得我们杀你，会污了我们的手。”

林中突然起雾了，白茫茫的一片，雾中冒出许多拳头大小的红光来，阵阵的腥臭扑鼻而来。

“它们来了，它们来了，我们都跑不了啦……”章于惊恐起来，此时他哪里还有一丝杀手的味道，世界上的事情就是如此变幻莫测，刚刚还是一个六亲不认的杀人魔头，一个冷血残暴让别人惧怕的杀手，如今也变成一个胆小鬼。

墨路路心里更加厌恶章于，摇了摇头心里骂完章于后又回过头瞧起白雾中的红光来，红光说不出的诡异，像幽灵一样来回游移。

东郭牛闭着眼，深深地吸了一口，“好熟悉的味道。”

“我说蝶舞堂的杀手也有害怕的时候啊，真想看看是什么能让你变成这个样子？”墨路路把伞状兵器打开，拧了拧顶端的连接处，伞状兵器突然旋转起来，一股旋流产生，风吹散开眼前的迷雾。

“是它？”东郭牛看到这个怪物时也不由得一惊。

肥头大耳，体壮如牛的怪物从迷雾中若隐若现，血红的眼睛比人的拳头还大，在黑暗中犹如鬼火一样闪烁着。一脸的褶皱，仿佛脸上长满了嘴巴。东郭牛不明白此时那个怪物的眼睛为何由油绿色变成了血红色，但更让东郭牛头痛的是怪物的数量很多，从四周白雾中的红光来看，怪物已经把他们包围了。

“真他娘的碰到鬼了，这都是些什么怪兽啊？”墨路路牙齿打战起来。

东郭牛解了章于的穴道，说道：“它们过来了，我们不能这样等死，你肯定知道它们的来历，正所谓知己知彼百战百胜。”

“鬼象鼠……鬼象鼠……知道它们的来历……还是……死……”章于嘴巴颤抖，合都合不上了。

第十五章 上古象鼠

“真的是传说中上古妖物鬼象鼠？那可是开了眼界了，它们真的存在啊？”墨路路既兴奋又忐忑，复杂的心情让自己不知所措了。

东郭牛赶紧接话过来:“鬼象鼠也是上古妖物，倒是我孤陋寡闻了。”

墨路路左手握着兵器，摇摇右手，说道：“这上古妖物当然没有什么人知道了，关于它的野史并没有几人知晓。传说当年大禹治水，河水被一处高山拦断，大禹就命人开凿山体，可是开凿的河工开始莫名其妙地失踪。后来有人发现在晚上睡觉的时候有成千上万的老鼠把河工给抬走了，抬到了山洞里去。于是河工把蹊跷事情汇报给大禹，大禹就让河工们用火烧老鼠洞，烟熏老鼠窝的办法把老鼠们给逼出来。没想到从洞里刮出一股旋风，把堆在洞口的干柴和火堆全都卷跑了。后来大禹又命令河工往洞中灌水，想用水淹老鼠洞，可是水进洞没多久后一股腥臭的水雾从洞中涌了出来，先是离洞口最近的几个河工惨叫着抓挠全身，再见他们身上满是血泡，最后全身溃烂而死。吓得其他河工落荒而逃，大禹也没有办法，只好从上游开叉改道绕行。直到商朝出了个神人姜子牙，听闻渔民在这附近打鱼经常莫名其妙失踪，来此假装钓鱼，等到夜幕降临的时候，眼如红灯笼，肥头大耳的怪物喷着白雾出现了，姜子牙凭着钓鱼神器制服了怪物，用镇妖符贴在巨石上把洞口死死封住，自此以后渔民再没有发生不测事件。”

“噗”怪物喷着一股腥臭的液体射向三人，东郭牛把闭着眼睛的章于拉到自己跟前骂道：“你的命虽然不值钱，可别贱死在我眼前。”

怪物喷出的黏稠物可真要命，喷到又厚又硬的树皮上那么一点液体就入木三分，落在地上岩石上愣是腐蚀出一个坑出来，掉在草地植被上“嗞啦嗞啦”响着，跟油炸锅了似的。

墨路路瞪大了眼睛看着旁边的树皮，又摸了摸自己的脸，心里侥幸脸皮还在。

东郭牛看着墨路路狼狈的样子还不忘调侃下，道：“放心吧，你脸皮那么厚，伤不着你的。”

怪物可没和他们开玩笑，两只鬼象鼠一扭一扭，目露凶光地先走上前来，身上满是肉嘟嘟的念珠似的长肉瘤，仔细一看跟蛆一样蠕动着，但凡哪个肉瘤膨胀起来，肯定是要喷腥臭的毒液了。这鬼象鼠前肢短小有力，两个前爪锋利无比，被它抓着便会被开膛破肚；后肢粗壮，都是腱子肉，弹跳力肯定超强，所以别看鬼象鼠块头大，行动和速度确实十分敏捷。

“你别光愣着呀，快把墨门守规的绝学都拿出来，我还指望着你保命呢。”东郭牛走上前拍了拍发呆的墨路路。

墨路路这才回过神来，手中的伞兵刀一抡一晃，对着旁边的树木挥挥砍砍，然后一阵倒腾，先是两头木牛瞬间出现在眼前，晃悠着身子齐头并肩地迎向那两头鬼象鼠了。紧接着三匹木流马也出来了，木流马背部被掏了个半米深的槽子，正好容人坐进去，墨路路吹了吹伞兵刀上的木屑，跳上一匹木流马坐在槽子里露出个脑袋说道：“快上马，行与不行只有试一试了。”

第十六章　木牛流马

东郭牛把跟个死人似的章于往槽子里一扔，自己也跳进一匹木流马中去，大拇指跷着道：“墨门也有这鬼斧神工的绝学啊，真是大开眼界，可不知咱这木牛流马怎生用处？”

墨路路左手轻轻地拍了拍马屁股，木流马后蹄竟然一蹬一蹬地弹起蹄子来，墨路路歪着脖子得意洋洋地看着东郭牛说道：“不止那个公输班能够造出会飞的木鸟，我们墨门的木牛流马也一样会跑会跳。”

“嗯，还会打架，还会救人命。”东郭牛也拍着自己木流马的屁股补充道。

两只木牛仰着脖子挑着犄角朝鬼象鼠顶了过去，鬼象鼠愣着停在原地，也在纳闷两只木牛究竟是不是疯了，竟敢前来送死。鬼象鼠的毒液雨点般射到两只木牛身上，“嘶嘶”声不断，木牛身上坑坑洼洼，满是创口。

“唉……”东郭牛用手掩住视线一声一声哀叹起来，虽说是木牛，东郭牛也把它们看作有生命的人一样。

墨路路两只手同时甩出两枚石子，纷纷打在两头木牛的屁股上，两头木牛大嘴一张，“呼呼”喷出大股木屑来，木屑裹进了鬼象鼠的大眼睛中，两个鬼象鼠瞬间就丧失了视力，而且木屑搅进眼中好像十分难受。它们摇头晃脑还用前爪在眼旁抓来挠去，想把眼中的木屑清理出来。

墨路路朝东郭牛挑挑眉毛，神气地说：“咋样，这个还行吧？”

“这个木牛还行，不知道咱们骑着的木流马行不行啊，围着咱们的鬼象鼠不知有多少，而且它们的速度我是领教过的，要不是我有轰天雷，恐怕也跑不过它们的。”东郭牛回道。

墨路路手指着前面，做出个请的手势说道：“跑过跑不过，只有试一试了，雾太浓，为了防止咱们跑散了，咱们双手抓着木流马的耳朵千万别撒手，这样就可以保持方向一致了。现在可以让我们双手握住木流马的耳朵上提，走着。”墨路路做着示范，木流马“嗖”的一声飞跃起来消失在浓雾中。

“章于，想什么呢？刚才墨路路说的都听清楚了吧，想要活命，就照做。”东郭牛提醒章于，等着章于先走。

章于木木地点了点头，提起木流马的耳朵，也消失在茫茫的白雾中。

东郭牛又看了仍在抵抗鬼象鼠的木牛，眼睛湿润了，虽然木牛的木屑暂时让鬼象鼠失去了视力，但是鬼象鼠的攻击能力并没有减弱，挥舞着爪牙，喷着毒液，木牛如今已经千疮百孔。

“好样的……”东郭牛嘴里默默地念着，双手提着木流马的耳朵，不忍地别过头，木流马“嗖”的一下带着东郭牛跃到空中，飞到了浓雾中。

东郭牛听到一些奇怪的声响，除了风声，还有一些窸窸窣窣的声音在白雾中，月亮终于再次被黑云吞没，白雾也变成黑云，把一切都吞没进去，东郭牛在伸手不见五指的黑云里突然被一股怪力缠住，连人带马都被狠狠地往下一拽。东郭牛感觉脑袋撞在树干上，终于在漆黑的夜色中看到了几颗金星，只不过是眼睛冒出来的金星，东郭牛感觉很累，很累，终于闭上眼睛……

第十七章 孤星娘子

东郭牛仿佛做了一个很长的梦，在绵绵细雨中走着走着，雨帘里出现一个熟悉的身影，对，就是心里一直想着的上官凤。上官凤含笑走了过来，伸出手，东郭牛正要伸手去牵上官凤的手，雨突然越下越大，冰冷的雨点如豆子般砸在身上，酸疼酸疼的。东郭牛睁不开眼，用手遮住眼睛上方再去找寻上官凤时，只有茫茫的雨雾……

“三只眼醒了，快来看看。”百灵鸟悦耳的声音在东郭牛耳边响起。

东郭牛活动下酸痛的身子，揉了揉模糊的眼睛，看到上官宛儿活蹦乱跳地在自己跟前，像一只雀跃枝头的百灵鸟一样。

天已破晓，树上满是水珠，间或听到“滴答滴答”水珠落到地面的声音，看来昨晚下了一场大雨，空气清新，而且有一股泥土气息。

“能够看到你真好。”东郭牛不自然地活动着身子，感觉全身的筋骨都断了似的，但是看到上官宛儿完好地出现在自己眼前，心里由衷地高兴。

“我是很好，你却不怎么好呀，看看你这脸，黑乎乎的，好像刚从泥坑里爬出来，我姐姐看到你这个样子不知会怎样想呢？”上官宛儿指着东郭牛，吐着舌头扮着鬼脸。

“对，你姐姐呢？还有另外那两个人怎么样了？”东郭牛头很痛，极力回忆昨晚到底发生了什么，可是什么也想不起来了。

“我姐姐知道你这样地想她不知得多开心呢，你这个三只眼倒还真是个不太坏的人，为了找到我们姐妹两个还真是浪费了好多力气呢。嘻嘻，不过，我想问问你是担心我姐姐多一点，还是担心我多一点呢？”上官宛儿人小鬼大，问起问题来背着手，装作大人一样。

东郭牛此时倒腼腆得像个孩子，不好意思地挠着脑袋，岔开话题道：“那个另外两个人在哪里，快带我去瞧瞧。”

上官宛儿小手一勾：“来吧来吧，他们估计也醒转过来了，有孤星娘子看着他们呢，跑不了的，嘻嘻。”

“孤星娘子？”东郭牛刚想问一问这个人是谁，上官宛儿钻进树丛中消失了，东郭牛生怕再把上官宛儿追丢了，立刻跟上前去。

转了一个之形路，就见到上官宛儿拉着一个少女的手说着话，少女瓜子脸，白净的脸蛋如雕琢似的，那眼睛非常有神，如天上的星星一样明亮。少女披着绿蓑衣，头插五彩羽翎，陪着上官宛儿走到东郭牛面前，明亮的眸子却始终盯着一人。

章于和墨路路此时也刚刚醒转，正伸着懒腰站起来。

“孤星娘子？”章于吃惊地喊了起来。

“对，是我，没想到我还活着吧？而且又让我来破坏你的好事，章于，今天你装得很像，把小姑娘都给骗过去了。”孤星娘子指着上官宛儿，眼睛依旧盯着章于，连眨都不眨一下，生怕章于会突然消失一样。

“哼哼，骗小姑娘算什么本事，旁边这位知道吗？三只眼的东郭牛，骗过他才好玩。为了骗过这个三只眼，真是当了龟儿子，还当了憋孙子，哼哼，不过却让你这个臭女人给搅了局。看来，一切又要重新开始了，哼哼……”章于又恢复了那粗哑难听的声调，右手扶了扶青铜鬼脸面具，嘴角诡异地一笑。

“闪开。”孤星娘子明朗的眸子精光闪烁，惊叫提醒众人。

千百个黑影从章于身上飞出来，四面八方，根本确认不了它们的方向，因为它们是活物，会飞的活物，可以随时改变方向。这些个尾部有毒针的毒蜂着实把众人给吓一跳，而且也伤了东郭牛他们。

章于消失得无影无踪，就连刚才那些伤人的毒蜂也不知飞到哪里去了。

森林又沉寂下来，太阳犹抱琵琶半遮面半躲进黑云中，墨路路的脸泛出紫黑色，墨路路趴在地上勉强支撑起来，嘴唇发抖痛苦地呻吟起来：“哎哟……我的心……仿佛……要跳……出来……”

东郭牛上前扶起墨路路，把了把脉门，一脸忧色，“墨兄，你心口不舒服吗？”

墨路路呻吟着，勉强点了点头，额头上细汗沁出，全身发烫，看样子一定是被刚才的毒蜂伤了。

“那个臭怪物竟然还敢暗算我们？看我抓住他不把他喂老鼠才怪。”宛儿小嘴噘了起来，气呼呼地骂道。

孤星娘子上前翻了翻墨路路的眼皮，无奈地摇了摇头，道：“中了蝶舞堂细腰蜂雌蜂蜂毒，雄峰毒活八十一，雌蜂不过四十九，如果不得到蝶舞堂的解药，恐怕这个墨门护法护不住自己的命了。”

东郭牛看着痛苦不堪的墨路路，嗓子发涩，这是他的朋友，他的兄弟，他同生共死过来的那份情谊无法言表，如今看着墨路路被折磨着，东郭牛感同身受，“有什么办法可以减轻他现在的痛苦吗？”

第十八章　女神失踪

孤星娘子摇了摇头，“没有，中毒头一个时辰挺过去的话就恢复正常了，不过每隔七天都会发作一次，而且一次比一次厉害，一次比一次发作的时辰长……”

上官宛儿走上前来不屑地说：“我才不信那个丑八怪的毒蜂如此厉害呢，我爹爹的万能散能解各种奇毒。”

“对，宛儿，咱们快去找你爹爹要解药。”东郭牛焦急地说着，听到有解药，东郭牛无比兴奋。

上官宛儿双手叉腰，瞪着东郭牛道：“你这个三只眼，怎么把我姐姐给忘了，难道你不想去找我姐姐了？”

孤星娘子无奈地摇摇头，把上官宛儿拉到自己怀里，说道：“宛儿，你就别逗他了，他现在肯定昏头昏脑的了。”

“昏头昏脑怎么行？我可不希望我姐姐找一个昏头昏脑的傻子，要保持一个清醒的头脑，才不被别人算计和欺负。”上官宛儿反而教训起东郭牛来。

东郭牛被这一席话说的清醒过来，自己一向可以把持自己的情感，如今来这北斗蜀山一行反倒让自己的情感被动受影响。一定要让自己的内心平复下来，只有保持清醒的头脑才能走下面的路。

东郭牛要梳理下思路，先找到上官凤，然后再赶到上官天蜀修炼的地方去，不管上官宛儿说的万能散好不好使，只能试一试了。东郭牛有一事不明，那个章于和上官宛儿之间到底是怎么回事？

“宛儿，快带我们去找你姐姐。”东郭牛背起墨路路让宛儿带路。

宛儿眨了眨顽皮的小眼睛，嘿嘿笑道：“这才像回事，不过你可得替我求情呀，我点了我姐姐的穴道让她昏睡在北斗松林中，可是人家全是为了她着想呢，我就想替她考验一下你这个三只眼到底对我姐姐怎么样呢。所以才威胁那个丑八怪帮我做事，没想到他反而还留了一手……”

东郭牛听完之后头都大了，这个上官宛儿简直太调皮太有心机了，初看这个小丫头还天真可爱，但从她做事的角度和手段来说真是又老道又有城府，上官凤居然有这样一个妹妹，得多让她担心和头疼。

“当时发生了什么情况，我和你姐姐真替你担心呢？”东郭牛问道。

“担心我？真的假的？你们不正生我气呢嘛，还把吹哨的事情赖在我头上，哼。当时我一生气就走了，也想去追查下到底是谁在陷害我。果然发现林子里来了好多人，这还得了，我们北斗蜀山岂能让外人胡乱闲逛，我就准备教训下这些擅自进来的人。结果发现这些人果然都有两手，竟然把我给甩脱了，只有那个丑八怪本事稍差，被我跟踪制服，没想到姑奶奶却被丑八怪骗了？”上官宛儿说到气处咬牙切齿。

东郭牛赶忙打断这个话题，扭过头去看孤星娘子，问了一句：“百忙之中疏忽了这位仙子，难不成你是上官家的亲戚来这儿串门？”

孤星娘子“扑哧”一声轻盈地笑了起来，掩起嘴咳嗽两声说道：“三只眼又多了一个眼，心眼想得倒挺多的，摸我的来路还拐七八道弯弯，怎么了，我孤星娘子就是来串门的，呵呵。”

上官宛儿亲热地拉起孤星娘子的手，小嘴一噘，脖子一扬，说道：“孤星娘子是我的好姐姐，我们北斗蜀山欢迎她这样貌美的仙子姐姐，庄生晓梦迷蝴蝶，若有时间姐姐可要带我去你们的逍遥宫看看花蝴蝶噢。”

“逍遥宫？原来孤星娘子是逍遥派的仙子，怪不得如此超凡脱俗，别有神韵呢。”东郭牛暗自惊讶，北斗蜀山竟然聚集了诸多名门大家，真不知都因何而来。

“看这张嘴，肯定是吃了蜜了，原来你姐姐是掉到蜜罐里去了，呵呵，待会碰到你姐姐得好好问问。”孤星娘子和上官宛儿“咯咯”笑个不停。

东郭牛的脸又红又烫，一个男人被两个女孩开玩笑，玩笑的对象就是自己喜欢的人，东郭牛此时话都被噎住不知说什么好了，只好加快步子好早点见到心中的人。

进了北斗松林，林啸声如涛涌阵阵，东郭牛浑身打了个机灵，感觉自己正卷在汹涌的海潮中，抬头望望，巨大的松身俯压过来，让人提心吊胆。谁也想不出林内林外完全就是两个世界，利用自然造势果然得天独厚。

“吱吱”三只背有白条的小老鼠从里面惊慌地逃窜跑到上官宛儿的脚下，瑟瑟发抖，看来受到了什么惊吓。

上官宛儿蹲下身子，用小手抚摸着三只小鼠，小声安慰：“小宝贝，你们怎么了？别怕别怕，我在这儿呢。哎呀，你们不是陪着我姐姐吗？糟了糟了，快走。”上官宛儿急忙把三只小鼠捧起放在自己的肩头，然后着急地往里面跑去。

第十九章　神仙洞府

“宛儿妹妹，慢着点。”孤星娘子纤手没拉住宛儿，赶紧尾随了过去。

东郭牛掂了掂背后的墨路路，更不敢落了单，要知道北斗松林没有人带路，步步危机：“你们慢点，这后面还跟个活人呢。”

幸好孤星娘子甩过一条彩带，东郭牛拉着彩带在密林里才不至于走错地方，终于在几个转折后看到了神情焦虑的孤星娘子。东郭牛吐着舌头，走上前去，这才看到孤星娘子背后的上官宛儿。

上官宛儿红扑扑的小脸变得煞白，“哇”的一声哭了起来，“姐姐呢，姐姐丢了，都怪我……”

孤星娘子搂着上官宛儿安慰道：“不哭不哭，不怪宛儿，没准你姐姐是让你爹爹接走了呢，北斗松林还有谁能进得来？”

上官宛儿停止了哭声，抹了抹眼泪，“是呀，这里面别人也没有能耐能进来呀，可是爹爹在闭关呀。不对，那个该死的怪物跟我进来过一次，没准他做了记号呢？”

东郭牛一听上官凤莫名其妙地失踪了，心里“突突”跳个不停，东郭牛知道，现在的北斗蜀山里面变化莫测，“我想这个人也是刚刚带走你姐姐的，我们在附近好好搜搜也许会有线索。”东郭牛又担心又着急，恨不得立刻就去找人，可是北斗松林并不是每个人都可以乱走的。

上官宛儿拍了拍身上的三只小鼠，抽泣着说：“小宝贝，看你们的了。”

三只小鼠互相望了望，看了看林子，犹豫了下，最终还是从上官宛儿身上跳了下来，嗅了嗅地面，然后蹦蹿着跑向前面。

三人哪还敢耽误，一前一后地跟了上去，跟着跟着，上官宛儿挠了挠脑袋，疑惑地说道：“这是冲我爹爹闭关修炼的地方去的，难道真是爹爹带走了姐姐？”

东郭牛朝前方忧虑地看着，眉头蹙起，心里预感到一丝不祥：“快走，快走。”

孤星娘子从东郭牛的神情中看出了什么，刚想张嘴说些什么，看了看上官宛儿，两个手指按在薄唇上犹豫着。

三只小鼠在一处满是刺藤的山壁处停了下来，上官宛儿犹豫地看了看，咬了咬嘴唇，开口念着：“天摇地动，北斗星移。”

“哗啦哗啦”刺藤像是听了命令一样活动开来，刺藤爬向两旁，山壁空出一块门形空白，紧接着山壁“咔咔”响动起来，裂开一道石门，里面灯火通明，原来是一处绝好的洞府。

东郭牛嗅出空气中有一股奇怪的味道，让人如醉梦幻，整个人都轻飘飘的，东郭牛闭起眼睛，感觉眼前星空灿烂，有一双纤细的玉手正在向他伸了过来。

“啪”的一声东郭牛从梦幻中苏醒过来，睁开眼看到的确实是一双纤细的玉手刚从自己的脸颊处离开，结实而有力的玉手，让东郭牛脸一阵火辣辣的疼痛。

“你都觉察到了这个特殊的气味，为何还醉入其中啊，摄魂粉，摄人三魂七魄。”孤星娘子杏眼圆瞪，看着东郭牛说道。

东郭牛不好意思地耷拉着脑袋，突然想到了什么：究竟是谁在此处使用了摄魂粉？上官天蜀修炼的地方会不会也被外人发现了？东郭牛没有说出心中的疑问，一切答案等进入了洞府就能知晓了。

上官宛儿在洞外拘谨地喊了两声：“爹爹，爹爹，我可以进去吗？爹爹？爹爹？”洞府内悄无声息，没有一丝回应。

东郭牛和孤星娘子相互看了看，都摇了摇头，彼此已经猜到了什么。“进去看看吧，宛儿？”东郭牛张口说道。

上官宛儿迈着小步东张西望地走了进去，轻声呼唤着：“爹爹，爹爹你在吗？”

东郭牛背着墨路路走入洞府中，看到一个石凳，然后侧身将墨路路放在石凳上歇息。东郭牛环视了洞府一圈之后，不得不暗自赞叹什么才叫别有洞天，恐怕这就是人们所想象的神仙洞府。且说洞乃奇洞，浑然天成的伞盖状，洞壁上更有蓝色夜光宝石闪闪发光，如浩瀚星空。洞中殿宇数座，走廊回阁环绕，水池喷泉相伴左右，石桌石凳别致新奇。

上官宛儿在洞府中的呼唤并没有人回应，三人只好奔着第一个殿宇去了，进入殿宇中东郭牛和孤星娘子突感刺骨奇寒。孤星娘子摇了摇头，“这里面太冷，我在外面等吧。”说完，孤星娘子闪身退了出去。

东郭牛看着漆黑的殿宇，感觉坠入了无底的寒洞中：“为什么这里面不掌灯啊，黑咕隆咚的啥也看不到呢。”

第二十章 谁杀了他

上官宛儿的声音在前方回道：“这殿宇里面全是用北极寒冰做的，灯火根本着不了，前面的箱子中有个夜光宝石，发出的光比灯火还明亮。”刚说完就听到开启箱子的声音，然后亮堂堂的白光照得东郭牛眨了眨眼睛才适应。

殿宇中满是堆积的木箱，前方的地面上有个黑色的物体，上官宛儿举着夜光宝石走上前去。

东郭牛紧跟在上官宛儿身后，瞳孔变大，脸部肌肉绷紧，不仅仅是因为冻的，而是他已经发觉了那个黑色物体是一个烧焦的尸体，黑暗寒冷的殿宇，一具烧焦的尸体，阴森而恐怖。

“啊，鬼呀。”上官宛儿一声尖叫，扭头就要跑。

东郭牛拉住上官宛儿的手腕，拿过夜光宝石，轻声说道：“别怕，有我在呢，那不过是一具尸体。”

上官宛儿发抖的身子渐渐稳定，别过头依旧带着一丝惊恐，“一具尸体？死人？谁的尸体？”上官宛儿好像意识到什么了，恐惧消失了，挣脱东郭牛的手激动地跑到尸体前。上官宛儿就站在尸体前一动不动，好似一个雕像，寒冷殿宇中的一个雕像。

东郭牛举着夜光宝石走上跟前，这是一具大人的尸体，肯定是被活活烧死的，身体保持着痛苦地爬行的姿势，烧焦的骷髅脑袋歪着斜视左上方，好像在看着什么。

“哇”的一声，上官宛儿悲痛地哭了起来，整个殿宇终于不再安静，东郭牛也被这哭声震痛了，尸体是上官天蜀，那么上官凤哪里去了？究竟是谁杀了上官天蜀？还有，郧城鼠妖案到底是谁作案？本来找到的线索，本来要找的人，在眼前，全断了。

正在东郭牛发呆的时候，“当啷”一声，从上面掉下一物，东郭牛定睛一看，原来是一把细长的金属哨子，从头顶的冰面中掉下来的，正是尸体歪头斜视的地方。东郭牛拿着哨子，拍了拍痛哭的上官宛儿，安慰道：“人死不能复生，眼下你姐姐还不知下落，我们要找到幕后凶手，这个哨子是你们家用来御鼠的吗？”

上官宛儿抹抹眼泪，摇了摇头哽咽着说：“不是，我们家的哨子都是这样短小的，凶手？我一定要为爹爹报仇。”上官宛儿说着拿出挂在脖子上的哨子，和东郭牛手中的哨子截然不同，东郭牛又想到了当时在林中捡到的那个竹哨，当时上官凤说不认识那种哨子，竹哨和金属哨子形状大小相似，就是质地不一样。

东郭牛安慰着把上官宛儿劝了出来，孤星娘子看到上官宛儿红肿的眼睛过来搂着上官宛儿细声叹气安慰起来：“宛儿乖，宛儿不哭，一切都会过去的。”

东郭牛在洞府中彻彻底底地巡查了一遍，看看是否还有嫌疑人等藏匿此处，另外查看是否可以发现些蛛丝马迹。第二处殿宇中除了堆积的粮食外，没有什么特别之处，如此多的粮食究竟是怎么来的？第三处殿宇中尽是珠宝古董，但是被撒落满地都是，明显是人为翻腾，难道是谋财害命？可是为什么要把珠宝撒落得满地都是而不弄走？东郭牛嗅到一股特别的味道，对，妫蛇树皮散发出来的气味。东郭牛赶快屏住呼吸，倒退往外走去，在后退的时候发现一处裸露的地面上有着斑斑点点的油迹，旁边都被珠宝覆盖着。

孤星娘子见东郭牛食指按着额头，还自言自语，“不对不对，究竟是怎么回事？”

“三只眼，发现什么线索了吗？”孤星娘子问道。

东郭牛看了看沉浸在悲伤之中的上官宛儿，示意先不要讨论这件事情，转而看了看墨路路，担忧起来，“墨兄的毒恐怕只能去找蝶舞堂的人要解药去了，正好这件事情恐怕蝶舞堂也脱不开干系，一并去找他们。”

孤星娘子摇摇头，眼波流转，轻声说道：“蝶舞堂可算是江湖一大秘密杀手组织，他们找你容易，你找他们实为不易，而且就算能找到蝶舞堂，可算里面全是顶尖的杀手，对付一个人两个人也许还可以，面对整个蝶舞堂的杀手恐怕不是件开玩笑的事情。”

“我这个人最爱开玩笑，尤其是和不爱开玩笑的人开玩笑，我想我很快会和蝶舞堂的人再见面的。”东郭牛额头上的指印愈加深暗了。

孤星娘子赞赏地点了点头，深情地注视了东郭牛，被东郭牛特有的气质吸引住了：“怪不得这么招女孩子喜欢呢，因为你有着其他男人没有的特质。”

东郭牛右嘴角微微上扬，眨了眨眼睛，诙谐地说：“看来女孩子都喜欢有病的男人，和别人不一样肯定是不正常，你也喜欢不正常的男人？那么你愿意为不正常的男人做点事情吗？”

“愿意效劳，我这个人心肠好，帮助有病的男人是照顾弱势群体，说吧，什么事情？”孤星娘子含情脉脉地说。

东郭牛拍拍自己的衣服，耸了耸鼻子，皱着眉头撇嘴说道：“我这一路风餐露宿，挨雨淋，受惊吓，衣服都脏得不像样子了，而且我自己都觉得我太有男人味了，待会能不能把我的衣服洗洗？哦，对了，我这肚子也瘪了，等我取点粮食和菜食，顺便你把饭给做了，没多大事，就这些，行吧？”

孤星娘子听完后头都大了，杏眼圆瞪，指着东郭牛又好气又好笑，“你，你想得还挺美啊，你还真把自己当成官老爷使唤丫鬟呢，又洗衣又做饭的，你还想在这里过日子啊，呸，想得美。”

“要是真能在这里过日子，那才是真的美呢，谁不想过这种神仙日子？逗你玩呢，怎么敢劳驾你这位高雅貌美的女侠。我还要再仔细查看下这里，今日就先休息调整下，你先陪好宛儿。”东郭牛说完又去搜查线索去了。

孤星娘子看着东郭牛的背影，想着刚才东郭牛的话，脸颊开起两朵桃花来，是啊，如果在这里无忧无虑地过日子，真是让人梦寐以求，不过世间哪有如此完美之事？过这里的日子就得放下世间一切，有多少人又可以放得下？即使放得下，江湖中的事情说不准哪天又把你拖下水，江湖中的人，恐怕一辈子都脱离不了江湖了。最重要的是，找一个愿意过日子的伴侣，或许你找的人是他，但是他找的人未必是你。孤星娘子想着想着，又觉得愁闷起来。

第二十一章 大口吃肉

上官宛儿情绪稍许稳定，看到孤星娘子一脸愁闷，问道："孤星姐姐，我不哭了，你不要替我担心了。"

孤星娘子一愣，捏了捏宛儿的小脸蛋，笑道："宛儿真乖，宛儿真坚强，好的，忙活了这长时间，我也觉得饿了呢，走，姐姐给你们做点好吃的。"

"好的，我带你去取粮食和菜食。"宛儿拉着孤星娘子去取了米粮、肉和果蔬，两个人生火造饭。

墨路路在石凳上晃了晃身子，呻吟道："冷，我好冷。"

上官宛儿听到墨路路的声音，眨了眨眼睛，"哎呀，孤星姐姐，我忘了还有这么个中毒的人呢，我弄些万能散给他解毒去。"

"能找到吗？"孤星娘子欣喜地问道。

"当然了，那个三只眼哪里去了？是不是跑别处偷懒去了，等着饭菜好了再来吃现成的？"上官宛儿没有看到东郭牛，没好气地问道。

"嗯，好香的饭菜，真是好手艺呀，以后谁娶你当老婆肯定有口福。"东郭牛陶醉在饭菜的香味中，从走廊的转角走了出来。

孤星娘子眼眉一挑，玉臂环抱，撒娇骂道：“去你的，真如宛儿说的，在一旁躲着偷懒，吃现成的来了。告诉你，吃我做的饭可是有代价的噢。”

“如此好的手艺，就是付出多高的代价也是值得的，尤其是对一个快要饿疯的人。”东郭牛不客气地拿起一根鸡腿大口啃了起来。

孤星娘子的筷子迅疾如风，如钳子一般夹走了东郭牛手里的鸡腿，“三只眼好没规矩，不洗手就上来胡乱抓，让别人怎么吃？人还未到齐，只顾自己，好没礼貌。”

“先下手为强，后下手遭殃，晚了就没吃的了，别人等得急，我这肚子可等不及呢。”东郭牛边说边动手，也不知使了个什么手法，孤星娘子筷子夹着的鸡腿，再次握在东郭牛的手中。

“你”孤星娘子的筷子也不客气，“唰唰”带着风声冲着鸡腿就飞奔过来，可是等孤星娘子收回筷子时，只见筷子中夹到的只是又细又瘦的鸡腿骨了，而且鸡腿骨还被啃得干干净净，孤星娘子的小脸气得红扑扑的，而东郭牛正津津有味地嚼着满嘴的鸡肉，嘴唇上油亮油亮的。

“你们两个吃饭还动手动脚的，这是新定的规矩吗，我这个受伤的人那不是吃大亏却吃不到饭了吗？”墨路路慢腾腾地走了过来，看到两个人莫名其妙地问道。

上官宛儿冲了过来，双手叉腰：“三只眼啊三只眼，我真没猜错，偷懒吃白食不说，还和女人抢饭吃，我姐姐要是和你在一起，那不是天天被你欺负。”

东郭牛抹了抹满嘴的油，张嘴刚想说什么，又被呛了回来，别过头去和墨路路交谈起来：“兄弟，你可吓坏我了，好，又能活动了，能自己走路就好，我还担心怎么下山呢，背着你下山，我的腰估计得被压断。”

墨路路无奈笑道：“我还以为你担心什么呢，原来是怕背我下山啊，还别说，真要感谢人家小姑娘，解药真是管事，我舒服多了。”墨路路脸色虽然看起来依旧不好，但是现在的情形着实能让人心宽。

孤星娘子盛好饭菜，冲着两人喊道："行了行了，别在那装模作样了，哪里是两个人聊天，是两个肚子在聊天，咕咕咕个没完，聒噪死了，姐姐可不是小气的人，过来吃饭吧，不过吃饭斯文点。"

东郭牛和墨路路眼睛顿时亮了许多，两个人大步流星地走到石桌前，正儿八经地坐下，拿起碗筷后就不管什么斯文不斯文了，一时间"叮叮当当"声和"吧嗒"声络绎不绝，两个人狼吞虎咽的样子好像是地狱放出的饿鬼。

上官宛儿看着两个人争抢吃饭的样子都看呆了，咧着嘴，嘻嘻地笑了起来。

孤星娘子拿起碗站立起来，无奈地看着两个男人滑稽的样子，突然感觉这样的生活很温馨，很热闹，好像自己就梦到过这样的场景。

等东郭牛和墨路路两人吃饱之后，发现孤星娘子和上官宛儿正用异样的眼光看着他们时，两个人连连摇手，"别被我们的吃相吓坏了啊，我们男人饭量重，你们慢慢吃啊。"

上官宛儿嘻嘻笑着说道："好玩好玩，你们继续吃，饭菜还有的是，我再给你们盛些来，你们要是浪费我家的粮食，我让你们全吐出来。"上官宛儿拉着孤星娘子跑去盛饭菜去了，孤星娘子走前还不忘做个鬼脸。

墨路路摸了摸浑圆的肚子，张大着嘴巴，打个饱嗝，转而看了看东郭牛，问道："看来盛情难却，不吃还不行了。"

东郭牛站起来，来回溜达着，双手在肚皮上打起了太极，右嘴角微微上扬，吧嗒着嘴巴，"嗯，这么好的手艺，我们当然不能浪费了，何况我确实还没吃饱呢，你看看我的肚子还瘪着呢。"东郭牛指着自己凸起的肚子，笑着说道。

果然没多大会儿，一股肉香味扑鼻而来，孤星娘子和上官宛儿抬着个大铁锅笑眯眯地朝这边走来，原来是一大锅的炖肉。

墨路路捂着肚子，张口结舌面红耳赤，嘴里嗫嚅着："我想……我想……我是……吃饱了……东郭兄……你说你还饿……你多吃些……"

上官宛儿拉下长脸，鼻子哼道："我说了，都得吃，你们要是浪费，就把之前吃的全吐出来，立刻吐。"

东郭牛捂着肚子，蹲下身去，痛苦地喊道："哎哟哎哟，我肚子疼，我得先去方便下，等我回来继续吃。"

上官宛儿拿出一包药粉，递到东郭牛面前："这是管肚子痛助消化的药，吃完立刻见效。"

东郭牛看着眼睛滴溜溜转圈的上官宛儿，哪敢接药，这个小丫头可是整人高手，东郭牛只好站立起来，"还别说，嗅到药粉的味道肚子就不痛了，好了好了，不用方便去了，墨兄，咱们坐下来慢慢吃，看看这一锅的好肉，人间能得几回吃？"

"也是啊，香，鲜，美，吃，一定得吃。"墨路路说完大口吃了起来。

东郭牛也不示弱，大嘴一张，一大口肉吞入嘴里，满嘴流油，两个人赞不绝口地边吃边聊，没多会儿工夫，肉已经下去一半了。两个人吃肉的速度却是慢了下来，而且在嘴里还要嚼很长时间。两个人的衣服被撑得紧绷绷的了，而且已经湿透了。

孤星娘子不忍继续开玩笑了，看着两人大汗淋漓，喘气如牛，知道已经是两人的极限了，于是扬扬手，"好了好了，肉就别吃了，看到你们现在吃东西的样子，很是让我难受，好像我做的东西极为难吃，你们在嘴里含了半天也不咽下去。"

第二十二章 哨子线索

“姐姐，你太心软了，就这样饶了他们了。你们还不快走，是不是肉还没吃饱？”上官宛儿把两人赶走，和孤星娘子慢慢吃起饭来。

东郭牛和墨路路挺着肚子赶紧离开，两个人总算是松了口气，估计半个月都不想吃炖肉了。东郭牛无奈地摇摇头，“这丫头，今后可得培养好了，希望找到她姐姐，也好有人照顾和教育她。”

“是啊，这小丫头很不一般啊，小小年纪就如此脾性，长大了得是多厉害的角色呢？”墨路路也唏嘘起来。

东郭牛跟墨路路说起了上官天蜀遇害的事情，想看看墨路路有什么想法，“你说奇怪不奇怪？那个殿宇灯火不着的，可是尸体是怎么烧焦的？”

“那不是案发现场，可以在别处烧了尸体后，然后丢放在那里的。”墨路路说。墨路路蹙起眉头，说道：“我更想不明白的是凶手是怎么进入上官天蜀闭关的地方的，按理说这里如此隐秘，而且还有进门口诀，外人是根本不能找到这个地方的。”“这种地方宛儿说只有他们三个人知晓，你不会怀疑凶手是消失的上官凤吧？”东郭牛摇着脑袋说道。

墨路路点了点头，“我不是说上官凤是凶手，但是有可能是凶手胁迫她，从她口中套出了她父亲闭关的地方。”

东郭牛点了点头：“我们在洞口嗅到了可以慑人三魂七魄的药粉，我想凶手一定是对上官凤施用了药粉。你说的移动尸体的想法确实有这种可能，而且这个凶手非常有心计，不是胡乱丢弃尸体，尸体的姿势依然保持着被火烧死挣扎的模样，我不知道凶手这样掩盖死亡地点的目的是为了什么？还有一点，那么尸体是后被丢弃那里的，有一个地方就解释不清了，尸体临死前注视着头上方，就是提示后来人上面有线索，在案发现场我发现了这把哨子。”东郭牛掏出哨子给墨路路看。

墨路路接过金属哨子，脸色立刻变化，大吃一惊，好像认识这把哨子，“你确信这是在案发现场捡到的哨子，而不是别处拿来的？”

“我又不是小孩，拿这个哨子有什么用，而且这种哨子看着质地罕见，恐怕不是等闲地方可见的，还有这把相似的竹哨，你是不是知道这哨子的来历？”东郭牛抓着墨路路兴奋地问道，本来毫无头绪的事情终于又有了线索，对于东郭牛来说是件值得高兴的事。

墨路路犹豫着说道：“真不知该不该把这个说出来，因为不想让你和他们扯上麻烦。”

“你知道我这个人最不怕麻烦的了，就是那个让江湖人闻之色变的蝶舞堂，我都已经得罪了，而且还要替你讨回解药。”东郭牛拍拍胸脯道。

“可是这个可比蝶舞堂还要厉害，恐怕没有人敢与之纠缠。自古民不与官斗，而且是黑白两道的王室家族，宫霸天你应该略有耳闻吧？”墨路路十分不想说出这个人，因为他知道东郭牛这个人天不怕地不怕，但是与宫霸天扯上麻烦确实是件糟糕透顶的事情。

东郭牛冷笑道：“还以为多么了不起呢，王室家族又能怎样，胡作非为就可以吗？滥杀无辜就没人管吗？你还别说，关于这个宫霸天，我还真不太了解，你给我细细说说。”

墨路路长出一口气，讲道：“口哨是宫家用陨石精铁秘制的，世上罕有人知晓，当时我们墨门中最善于冶炼的一位师兄弟被宫霸天邀请了去，回来有次和我喝酒，便问我见没见过天下最好的玄铁，于是借着酒劲就把去宫家冶炼奇哨的事情讲了出来，这种哨子吹出的声音据说可以驱鬼御兽，是真是假，这个我墨路路就不清楚了。后来冶炼这位师兄弟暴病而亡，临死前给我留了封信，说预料到自己的死亡，但是不忍自己的手艺失传，他把自己冶炼方面的心得和秘法写了下来并配有图画，藏在他处，希望我可以把手艺传承下去。后来我按照信上的地址，找到了那些东西，图画上就有这种哨子的图案。后来经过我的调查和打探，知道宫家原来也属王室家族，主管着具有垄断性质的盐业。这种金属哨子总共打造了五把，可以说是极为贵重了吧。宫霸天为宫家掌门人，宫霸天有三个儿子，大儿子宫无敌，一身横练功夫，刀剑不入，棍棒不伤，一手霹雳掌外加奔雷腿，近两年横行江湖，声名大噪。宫无敌的脾气更是火暴，只有父亲宫霸天可以压得住。二儿子宫无名，文武双全，宫家在各国盐业都有生意往来，在各国开设的门店全是宫无名的功劳，近几年网罗的门客也是奔着宫无名的名声而来，听说宫无名随身携带一把短小的宝剑，剑不离身，但谁也没见宫无名使用过这把剑，因为陪在身边的门客都是不简单的人物，根本不用宫无名动手。再说三儿子宫无鬼，整天游手好闲，神神叨叨的，算是败家子弟，但是宫霸天最疼这个小儿子。”

“那个宫霸城我也略有耳闻，难道这事情跟宫霸城有所关联？”东郭牛眉头微蹙。

“宫霸城被宫霸天打造得着实富饶，而且宫霸天驯养了一大批江湖门客，此时的宫霸城也算是国中之国，宫霸天好比那国中之王了，按理来说宫霸天有钱有权，没必要对付一个江湖中人，更没必要搞什么鼠妖案吧？”墨路路分析来分析去还是想不通。

东郭牛轻按额头，三只眼印痕顷刻间显现出来，“没有什么不可能的，有钱的还想再有钱，有权的还想再有权，人心不足蛇吞象。有欲望有野心是人的本性，只不过我们暂时还没摸清对方想要的是什么。不过我相信我们的线索会越来越多，我们正在接近真相。”

第二十三章 浑水摸鱼

两个人信步到走廊中，两侧水池中喷泉水柱变大，水流变急，水花飞溅，两个人被清爽的水珠淋个痛快，干脆趴在栏杆处，望着一池清水。

“水至清则无鱼，东郭兄还是不要蹚进清水中做无用功了。”墨路路瞥了瞥东郭牛，极力劝道。

“那我就把他搅浑，浑水中鱼总会出来的，到时肯定会摸到大鱼的，你说是不是？”东郭牛风趣地说道。

墨路路摇了摇头，指着一池清水：“只怕是凭借你一人之力是搅不浑如此大的池水的，即使你发现了池水中的鱼，恐怕鱼又多又凶，而且还会咬人，作为你的好朋友，我是不想看到东郭兄丧命于鱼腹之中。”

两人正说着，廊柱上的烛火来回摇曳，一缕细风轻轻掠过，如此细小的变动被东郭牛发现了，东郭牛脸色红润，面带欣喜。

墨路路有些莫名其妙，嘴里哼道：“你是不是认为我在和你开玩笑？能不能别笑了，我说的可是认真的。”

东郭牛拍拍墨路路的肩膀，解开衣带，脱去鞋袜，赤条条地站在一脸吃惊的墨路路跟前。“说实在的，我这一身汗臭味自己都要被熏倒了，而且我也不想搅浑了清澈的池水，但是水中有鱼，我偏偏有捉鱼的毛病。墨兄在岸上看好，我下水去摸条大鱼。”东郭牛说完跳跃起来，一道优美的弧线，紧接着“扑通”一声，水花四溅。东郭牛像一条大白鱼潜入水底，只见东郭牛奔着水底有裂缝的地方击出一掌，池底被水波振动，黄沙夹着稀泥随着水泡“咕咚咕咚”往上冒。

登时大半的池水果然被东郭牛搅浑了，墨路路看不清水里的情况，心里暗自好笑：这个三只眼的东郭牛要洗澡就好端端地洗澡得了，池水搞得如此浑浊，岂不如不洗了，真不晓得这个人搞什么名堂。

水面“哗啦”一声，一个怪异的大脑袋伸出水面，警惕地查看四周，当看到墨路路时，这个怪异的脑袋突然膨胀起来，而且越伸越高。原来是一条大水蛇，脑袋跟人头大小，脖颈有青斑条纹，鳞片呈脊棱形，吐着信子“嘶嘶”叫着。

墨路路暗自骂道：“这个三只眼说是下去洗澡摸鱼，他奶奶的竟然搞出条大水蛇来吓唬我，看样子这条水蛇不是善类，头部膨胀代表着它要攻击了。”墨路路摸出身上的伞兵刀，嘴里挑衅着发出怪叫，“嗤嗤……”

大水蛇果真被激怒了，高扬起膨胀的大脑袋，闪电般从水面上飞奔过来，要不是看到水被划开两道水纹，还以为大水蛇是飞着过来的。大水蛇张开大嘴，墨路路毫不畏惧，扬着伞兵刀如雕像般屹立不动。

让墨路路意想不到的是大水蛇即将冲到墨路路跟前时忽地又潜入水面下去了，墨路路丈二和尚摸不着头脑，心里暗笑：他奶奶的，被老子的阵势吓到了吧。没等墨路路高兴完，墨路路就觉得身后有股腥臭味，说迟时那时快，墨路路知道定是那条大水蛇从后面袭来，赶紧把伞兵刀往后一转，“当”的一声跟蛇头撞个正着。墨路路手臂一麻，伞兵刀险些脱落，墨路路也没想到大水蛇竟然来个偷袭，潜水下去从走廊那边上来，真是狡猾。自己的伞兵刀算得上锋利无比，可是大水蛇的鳞片竟然如此结实，看来小看它了。这回知道自己中毒后身体虚弱，大水蛇的力道更是生猛，自己的伞兵刀一时半会也伤不了大水蛇，看来自己还是被动了。

“三只眼，你在水底下倒腾什么呢？老子快要被蛇给吃了，你还不出来？”墨路路连退两步，嘴里着急地喊着，人已气喘吁吁。

“咔嚓”一声，墨路路眼前的廊柱被大水蛇一头撞断，幸好廊阁弄得牢固，有另一侧的廊柱支撑，顶部才没有塌下来，这要是顶部塌下来，不仅人被砸，而且脚下的走的阁桥也得被砸塌陷。墨路路连翻带滚地往后狼狈地躲着，身体虚脱造成动作越来越慢。墨路路把心一横，他奶奶的，被一条蛇欺负成这样，老子不躲了，想要老子的命不是？老子也让你不得好死。墨路路干脆盘腿坐好，打开伞兵刀的机栝，伞兵刀此时变成一把锋利的长剑，墨路路是想连人带剑一同进入大水蛇的口中。

正在千钧一发的关头，水中飞出一物正巧落入墨路路和大水蛇之间，大水蛇正张着大嘴咬了过来，被眼前的东西俨然吓了一跳，不过还是用嘴含住，抽身后退，然后张嘴吐了出来，原来是一个人。

这个人穿着一身紧身灰色水蛇皮衣，尖削瘦脸，看不到眉毛，长着三角眼，疲惫地喘着气，惊恐地盯着水里看。大水蛇此时乖乖地陪在身旁，宛如一个仆人一样。

“哗啦”一声，东郭牛如大白鱼一样赤条条地飞出水面，落在墨路路跟前，甩了甩头发上的水珠，摸了摸鼻头，说道：“你怎么还打坐上了，没看到我扔出来的大鱼吗？嘻嘻。”

墨路路一连“呸呸呸”了东郭牛，骂道：“他奶奶的那是什么大鱼啊，差点吃掉老子，你捅出来的怪物，你自己陪它玩去吧，我现在累个半死了。”

东郭牛一拍额头，连连抱歉：“你瞧我这记性，我把你中毒的事给忘了，让你受罪了，墨兄。不过你还是很出色的，至少还好端端地坐在这里，没让大蛇吃掉呢，呵呵。”

第二十四章 诡蝶再现

“我要是被大蛇吃了，做鬼也不放过你。”墨路路没好气地说道。

东郭牛连连抱拳：“嘿嘿，好说好说，你还说水至清无鱼，这水里藏了这么个大鱼，要不是我眼尖，它们还真就藏在水底瞒过了。喂，我说你是不是该介绍下自己了，我这个人可不喜欢问话。”东郭牛捡起自己的衣物，边穿边问。

谁知那人别过头去，冷哼一声，然后说出一句让人吐血的话：“我就是我，我不知道你们是谁，你们也不认得我，我这个人愿意在水里凉快，谁知你这个人好无趣，偏偏把我从水里赶上来。”

东郭牛被这话气得咳嗽起来，“咳咳，你再说一遍？赖皮人和赖皮蛇，比我东郭牛还能赖皮，你说得倒好听，还喜欢在水底凉快，你怎么跑人家洞府里面凉快来了？”

那人把眼一横：“你也说这是人家洞府，既然是人家洞府，你们能来，我就不能来吗？狗拿耗子多管闲事，我这人不爱记仇，今天就算了。”

东郭牛环抱双臂，右嘴角上扬，坏坏地笑道：“你说得很有道理，可是我这人最爱找麻烦，最爱管闲事，而且最愿意别人记我的仇，既然你态度这么不端正，我也没必要再问你了。你旁边的大水蛇看样子是个直性子，我就问问它，估计不会让我失望的。”

那人身子明显一抖，看着身旁的大水蛇，面露忧色，犹豫道：“你，你凭什么要问我的水蛇，它又不会说话，何况你把它惹急了，它可会伤人的。”

东郭牛拿出一把金属哨子，挑了挑眉毛，说道：“就算不会说话也没有关系，只要它懂这个意思就行，它能伤得了我的话就不会被我从水底赶上来了。其实我这个人对动物挺有好感的，不过，这条蛇差点吃了我的墨兄，我应该给它点教训。”

“你这是在威胁我？”那人明显动摇了。

“我从来不勉强别人，我只是想知道你的身份和来这儿的目的，我不会把你怎么样，你从哪来还回哪去。”东郭牛一步一步走上前说道。

“我叫翔龙，是蛊惑门下一名杀手，来这里是执行一个任务，就是拿回你手中的……”翔龙话还没说完，身旁的大水蛇不知何故，竟然一口咬住了翔龙，然后将其吞入嘴里。

东郭牛这才发现大水蛇的怪异处，大水蛇头顶上一只颜色斑斓的花蝴蝶正扇动翅膀，蝴蝶，又是蝴蝶，白婷临死前也有一只蝴蝶。看来，这是一只特殊的蝴蝶。果然，大水蛇头部膨胀，猩红的眼睛瞪着东郭牛和墨路路两人，看样子要对两人发动攻击了。

“我说三只眼，你不是很厉害吗，跑什么啊？”墨路路冲着拉自己跑得比兔子还快的东郭牛说道。

东郭牛指了指后面，眨了眨眼睛，说道：“我们何必跟一条死蛇纠缠，白白浪费气力不说，而且还要溅一身污臭。”

墨路路简直不敢相信自己的眼睛，大水蛇此时已经瘫软到阁桥上，全身开始迅速腐烂，化成一大滩黑稠的液体，散发着恶臭味。液体腐蚀性很强，阁桥“咔咔”直响。东郭牛拉着墨路路跑到陆地上，两人再回头时，阁桥已经塌陷，池水一片乌黑。

“那只奇怪的蝴蝶，居然让一条凶猛强大的水蛇变成这样，太不可思议了。”墨路路还在刚才的惊呆中。

东郭牛再去找寻那只蝴蝶时，踪影全无，东郭牛叹了口气：“紧要关头又被它破坏了，对了，我们赶紧回去，宛儿和孤星娘子她们别遇到什么不测。”东郭牛想到这，拉着墨路路往回跑去。

两人气喘吁吁地跑回吃饭的地方，看到孤星娘子和上官宛儿正在说笑，东郭牛立刻就放心了。看来小孩就是小孩，说变脸就变脸，现在又像个开心的小百灵鸟，叽叽喳喳地说笑。

看到两人如此慌张的过来，孤星娘子好像预感到什么了，谨慎地问道：“怎么了，出什么事情了？”

东郭牛不想把宛儿再拖进悲伤的情绪中去，朝着孤星娘子眨了眨眼睛，然后拍着墨路路笑道：“没什么，我们两个逛了一圈，发觉肚子又饿了，怕你们把锅里的肉扔掉，这不赶紧往回跑吗？”

墨路路一听吃肉，这下可着急了，因为他一想到吃肉胃里就翻滚起来，墨路路瞪着东郭牛，用手指指着：“吃，吃，就知道吃，你先到，你赢了，你吃吧，没我的份了。”

上官宛儿小嘴一撇，背负着双手：“你们还别说，真就来晚了，我和孤星姐姐已经把剩余的饭菜都扔了，肚子饿了自己动手去做吧，我们俩说得正热闹，你们来搅了我们的好兴致。”

东郭牛拉着墨路路笑着挥挥手：“好的好的，我们自己去动手，你们继续聊，我们不打扰了。”两个人赶紧溜了出去，要是真有炖肉，两个人估计又惨了。

谁知孤星娘子说了句："等下，食材又不在那边，走，我告诉你们在哪里，顺便把餐具给洗了，宛儿你在这等姐姐，姐姐去去就来。"孤星娘子带着东郭牛二人走入一处储物间，看了看后面，小声问道："究竟发生了什么事，你这头发咋还湿漉漉的？"

"刚刚去洗澡了，水里有条好大的鱼，我就浑水摸了上来，本想着到时带过来让你们瞧瞧，结果被一只蝴蝶给弄没了。"东郭牛说着这些，看着孤星娘子。

孤星娘子听得一头雾水，疑惑地问道："什么鱼啊，蝴蝶呀，根本不知道你在讲什么，别神神叨叨地讲，赶紧讲，到底是怎么回事？"

墨路路站出来指了指东郭牛，拍拍自己说道："还是我说吧，这个三只眼就没个正行，害得我差点被大水蛇给吃掉。我们刚刚去了那边的水池，可是水池里隐藏着一个杀手和一条大水蛇，杀手自称是蛊惑门门下的，前来执行一个任务，可是话没说完就让自己的水蛇吞进去了，大水蛇也被一只怪异的蝴蝶不知用什么魔法变成了一摊臭水。事情就是这个样子，看来洞府里也不安全，大家还是小心的好。"

"蛊惑门？大水蛇？蝴蝶？"孤星娘子一连问了三声，十分惊讶。

东郭牛摸着鼻头，说道："怎么，你听说过蛊惑门？"

孤星娘子点了点头，脸颊微红，害羞地说道："哎呀，你别这样看人家啦，我说给你听就是了。那个蛊惑门是我们逍遥派逐出的第二长老公孙易登所组建的一个旁门左支，跟其他杀手组织一样，靠接一些见不得人的任务收取横财。我师父知道这个消息后，非常气愤，便命令我们逍遥派弟子一定要抓到公孙易登，铲除蛊惑门。至于你们看到的蝴蝶，那是非常厉害而且罕见的一种蝴蝶，而且这种蝴蝶奇毒无比，聪明超人，由于它翅膀上的花纹和凤鸟身上的条纹相似，所以叫它长翅凤凰蝶。我们逍遥宫有一种奇功秘法可以御赶逍遥宫培养的长翅凤凰蝶，只有五位长老会这种奇功秘法，其中就包括二长老公孙易登。”

“我就想到了，这么厉害的花蝴蝶肯定和你们逍遥宫有关系，看来我们的对手真是下了血本啊。蝶舞堂和蛊惑门，甚至还有我们没发现的其他门派，可是上官天蜀手里究竟有什么？值得凶手花费这么大的力气？难不成凶手和上官天蜀之间有什么深仇大恨？”东郭牛想不明白宫霸天究竟为了什么，宫家既有钱财又有权势，为什么要暗地里对上官天蜀下手。

第二十五章　线索若现

看着东郭牛若有所思的样子，孤星娘子问道：“你们发现什么重要线索了吗？难道已经知道凶手是谁了？”

墨路路看了看东郭牛，刚要开口回答，东郭牛插嘴笑道：“重要线索你已经提供给我们了，我们接下来要好好追查蝶舞堂和蛊惑门的下落，咱们目标可是一致的，我会帮你抓到那个公孙易登的。我就说这个老耗子不老实，惹了这么一群杀人魔头，人家是好惹的吗？”

墨路路用胳膊碰了碰东郭牛，也笑道：“得了吧你，人家不是好惹的，你不是照样要去惹吗？天底下还有三只眼不敢惹的人物吗？”

东郭牛指了指孤星娘子，假装谦虚起来，“不能这样说啊，眼前这位大美女，我就不敢惹，对了，还有那个小丫头，大美女，你还是回去好好看着点那个小丫头吧，那个古灵精怪的小丫头可得好好看着。走了，墨兄，你站在这儿等着她给你炖肉吃呢吗？”

墨路路也是被小丫头吓坏了，回头瞅瞅，赶紧往前溜开。

东郭牛右嘴角微微上扬，朝孤星娘子调皮地眨了眨眼睛：“我们再去查看下洞府里的情况，你们也注意安全，那个调皮的小丫头就麻烦大美女照看了，我也替她姐姐谢谢你了。”

孤星娘子听到东郭牛提上官宛儿姐姐的时候，心里竟然有点酸酸的，看来吃上官凤的醋了。孤星娘子心里默默地想着：究竟是怎么了，这小子有什么好的，嬉皮笑脸没个正行，怎么对他这样有好感呢？对，这小子表面看来放荡不羁，其实是个有特质的男人，诙谐、幽默、机智、勇敢、义气、博爱和善良。

看着孤星娘子远去的背影，墨路路把心中的疑问说了出来：“喂，我说三只眼，你心里又有了什么坏心眼？怎么在我刚想把宫家的事情说出来的时候，你打什么岔子啊？人家孤星娘子也是一片好心，没准还能帮你呢。”

“但愿是吧，我本来不想怀疑她的，可是你没发现她的眼神是刻意装出来的吗？她一定在隐瞒什么。而且一开始我就怀疑她来北斗蜀山的目的，单单是跟踪章于而来，这点你信吗？虽说逍遥派行事自由无约束，可是北斗蜀山不是她们的逍遥宫，北斗蜀山根本不欢迎任何人。做人真的很累，有时候我也不愿意去怀疑，我宁愿相信我身边的每一个人都是好人，可事实就是这样，我的三只眼不是睁一只眼闭一只眼。”东郭牛叹了口气，继续说道：“所以在我们还不清楚是敌是友之前，最好不让第三个人知道我们已经大体掌握线索的事情。”

墨路路摊摊手，指了指自己，“那我呢，你就不怀疑我？我来这北斗蜀山仅仅是来找上官天蜀寻仇斗气，这个你就相信吗？而且告诉你个更不让人相信的事情，上官天蜀这北斗蜀山藏身之地是一个菜馆的老板告诉我的，而且他还知道我一直在找上官天蜀。嘿嘿，我说这些事情你信吗？”

东郭牛瞳孔收缩，眉头微蹙。

“怎么样，是不是也怀疑我了？其实我都不相信自己为了师门的面子，竟然相信一个客栈的小老板说的话，而且果真找到了上官天蜀的藏身之地，更没想到你的一席话就点醒了我。世界上有些事情还是很奇妙的，一句话可以改变一个人……”墨路路苦笑着感慨起来。

“我没有怀疑你，我相信我的眼睛，也相信你墨兄。我在想那个客栈老板为什么要告诉你这些，肯定是暗中有人告诉他的，我想我们下山的时候有必要去找这家客栈好好喝一顿酒。”东郭牛拍了拍墨路路笑着说道。

“好啊，上山之后我也一直在想这个事情，都怪我当时听到上官天蜀消息后太过激动，酒还未喝完就匆匆赶了出来。要么这个客栈老板不是普通人，要么就是受人指使，不过我一直想不通让我来的目的是什么？”墨路路皱眉沉吟道。

东郭牛眼前一亮，右嘴角上扬，勾起一道弧线，“或许我想通了，也许你只是其中的一枚烟雾棋子，或许还有更多的棋子，每一枚棋子都有特定的作用。你想想，这么多门派杀手都参与到北斗蜀山的事情，这样会不会让人觉得很乱，越乱越好，幕后凶手要的就是这种效果。这种环境中，任何人都会找不到方向，让大家觉得这个上官天蜀一定是以前曾经得罪过这些门派，好像上官天蜀被哪个门派人杀死都应该是一件正常的事情。这个凶手心机高深莫测，在布一个很大的局。”

墨路路赞许地看着东郭牛：“不论这凶手如何高深莫测，也逃不过三只眼噢，看来最好别让心思缜密的东郭兄盯上，否则，肯定会落入你织的网中去。”

“我又不是神仙，而且果真是宫家所为的话，恐怕还真要大费力气，这件事情得好好想想。”东郭牛拍着墨路路，两人走向第三处殿宇。

“你认为洞府里还有他们的人？可是凶手明明已经杀死了上官天

蜀，没必要再派人继续留在洞府吧，这不是画蛇添足吗？”墨路路想了想，还是想不明白。

“因为凶手知道留下了证据，所以要派人把证据取走，或者凶手喜欢查看事件的发展动态，我们不能按常理推断凶手，因为凶手不是一个普通人。”东郭牛刚刚说完，感觉一个黑影晃了一下，东郭牛揉了揉眼睛，殿宇前影影，两边的烛火摇摆不定，可能是两人行走过快，带动的微风。东郭牛这些天太累了，而且一直在思考问题没闲着，很想找个清静的地方休息休息。

“这就是案发现场？你说里面有妫蛇树皮散发出来的气味？那可是妫蛇树油？你不会是还想进去一趟吧，我可陪不了你啊。”墨路路连连摆手，他知道妫蛇树毒气的厉害。

东郭牛看了看殿宇里面，然后别过头说道：“放心吧，我也没那么傻，其实我只不过想找个清静点的地方好好睡上一觉。”

墨路路看着死寂的殿宇大门，感觉有一股莫名的吸引力，然后不解地说：“你选这样一个地方睡觉，能睡得踏实吗？”

“离案发现场越近，我就越踏实，或许我还能梦到什么线索。”东郭牛实在太疲惫了，干脆弯腰半坐半卧在地上，眼睛竟然闭上。

墨路路还想说什么，看着东郭牛睡觉的样子又不忍打扰了，心里骂道：又在搞什么，究竟是跑来查看还是真来睡觉，选这么个怪异的地方，亏你这种人想得出来。墨路路看了看周边，眼皮也开始打架了，看来人一旦停止思考问题，疲倦就如一座大山压了过来。好吧，既然东郭牛都可以安心在这睡觉，自己又有什么好怕的呢。墨路路干脆也躺了下来，闭着眼睛不想任何事情，只想好好地睡一觉。

第二十六章　绣花鞋子

不多一会儿，两人的鼾声此起彼伏，再后来，两个人竟然打起呼噜，好像比赛一样，一个比一个声音响。

殿宇内一条黑影从角落里走出来，一双明亮的眸子在灯火的映射下如鬼火一样诡异，黑影在地面上“窸窸窣窣”地弄着什么，好像地狱里的恶鬼抓挠磨蹭着地面。

东郭牛的耳朵耸了耸，但是依旧在打着呼噜，墨路路好像觉察到什么动静，呼噜停止，忽然翻了个身。

黑影一顿，等听到两人的呼噜声再起时，“窸窸窣窣”声继续响起，弄了一阵后，黑影停止动作，诡异地看了看两人睡觉的方向，闪身飘进殿宇的黑暗角落里消失了，如幽灵一样……

“咚咚咚咚”一阵急切的脚步声越来越近，墨路路翻身坐起，警惕地看着身后。不知是灯油没了，还是别人把灯火熄灭了，灯火只剩下殿宇门口的还亮着，其他地方的灯火都熄灭了。

东郭牛还打着呼噜，好像全然不知，墨路路使劲摇晃起了东郭牛，脚步声越来越响，越来越急，好像在敲打着人的小心脏一样，东郭牛还没有醒转过来的意思。声音仿佛即将要从黑暗中走过来一样，墨路路立刻拿出伞兵刀警惕地对着声音来的方向屏住呼吸。

正在墨路路全神贯注盯着前方的时候，一只冰凉的手猛地在背后一拍，墨路路登时被吓出一身冷汗，出于人的本能反应，墨路路的伞兵刀立刻向后横砍了过去。

“墨兄，你这是怎么了？梦游吗？”熟悉而惊讶的声音，东郭牛一脸莫名其妙地看着墨路路。

墨路路胸口此起彼伏，大口喘气地说道：“我还以为是，以为是谁在搞鬼呢，咦，脚步声怎么消失了？我明明听到有人的脚步声，而且正向咱们这边走来。”墨路路再次瞪大眼睛看着刚才发出声音的地方，除了黑暗，寂静之外，什么也没看到，什么也没听到。

东郭牛拍了拍墨路路，安慰道：“或许是你太紧张了，你刚才的样子很像梦游呢。”

“我敢肯定不是做梦，我是有些紧张，但是那个脚步声就在那里，离我们很近，我能感觉到。”墨路路指着前面。

东郭牛懒洋洋地站起身来，提了石台上的烛火，指着前面：“是那里吗？好吧，咱们过去瞧瞧就知道了，但愿没有你说的东西。”东郭牛带着墨路路一步一步朝着发声的地方走去，微弱的火光在黑暗中开了一道又细又短的缝隙。东郭牛闭着眼睛嗅了起来：“有股熟悉的味道，哦，还是不要嗅了，万一又是什么吸魂迷香之类的就坏了。看到了吧，没有什么。”东郭牛把烛火往回一转，墨路路正惊恐地看着脚下。

东郭牛蹲下身，看着地面，一双绣花鞋，一双绣着长翅膀花蝴蝶的绣花鞋。东郭牛点起两旁烛台上的烛火，看着空荡荡的洞府，搜寻着什么。

墨路路嘴里默默念叨：“鬼神之有，岂可疑哉？”

“你认为是鬼？那么是谁的鬼魂？为什么要来这里？难道只是为了吓唬咱们俩？”东郭牛问道，墨门虽有明鬼之说，但是东郭牛还是不肯相信世间有鬼之说。或许亲眼所见，他才肯相信，只是一双绣花鞋，能说明什么？

“请你以敬畏的心来面对，或许这个鬼是好意在提醒咱们，这个绣花鞋上有那种蝴蝶的图案，意味着危险接近。我看我们还是早些离开这里，否则，将会发生什么可怕的事情。”墨路路犹如一个虔诚的教徒传达着鬼带给他们的警示。

东郭牛摸了摸自己的脑袋，眼睛转了转，点了点头：“好吧，咱们还是回去和孤星娘子她们会合，然后动身离开这里。”东郭牛不想和墨路路争辩下去，有时候争辩并不是明智的事情，可能导致两人的分歧越来越大，尤其是和虔诚的教徒，争辩肯定是无用功。

两人边走边点亮烛火，东郭牛也暗自奇怪烛火是怎么熄灭的，留心查看一路的状况，可是一路没有什么可疑的东西出现。当两人顺利地返回石桌跟前时，只见上官宛儿一人趴在石桌上睡觉，孤星娘子不知去了哪里。

东郭牛眉头紧锁，心里想到：没有证据前不能认定，还是等找到证据时再说。“墨兄，你在这里看着宛儿，我去把孤星娘子找来。”东郭牛刚想迈步，脚步声响起，东郭牛和墨路路脸色大变，盯着脚步来的方向，只见孤星娘子满脸笑容地端着大铁锅走了过来，看到两人怪异地盯着自己，孤星娘子瞪着两人说道：“喂喂喂，看什么看，本姑娘脸上又没有饭菜，不过本姑娘给你们做好了炖肉，一铁锅的炖肉。”

听到炖肉，墨路路又觉得胃里一阵翻滚，东郭牛呛得咳嗽起来。

“你们怎么了？是不是等不及了，快快坐下，叫醒宛儿，我去拿了碗筷，咱们就开始吃饭。你们两个也真能逛，现在都晚上了。”孤星娘子说着去取碗筷。

东郭牛突然想到了什么，眼睛像尖刀一样死死盯着孤星娘子的脚，东郭牛想看看孤星娘子究竟穿没穿鞋？穿的鞋子是不是绣着蝴蝶的绣花鞋？

可是孤星娘子衣裙太长，把脚整个掩盖在下面，什么也看不到。东郭牛看着锅里的肉汤，冒着热气香喷喷的肉汤，会心地一笑。等待着孤星娘子回来。

墨路路早已把上官宛儿叫醒，上官宛儿初醒时还很慵懒，没顾得和两人贫嘴。

孤星娘子端着碗筷，婀娜动人地走了过来，东郭牛用勺子舀了一口肉汤，表情极为夸张地“噗”的一下，肉汤对着孤星娘子的身下喷了过去，孤星娘子还未把碗筷分好，被突如其来的事情吓了一跳，“啪啦”碗筷散落在石桌上。

“热死我了，对不起，我太贪嘴了。”东郭牛边抱歉边解释着，希望孤星娘子可以提起衣裙，顺便就能看到孤星娘子的脚下的情况。

谁知孤星娘子毫不在意，摆摆手，“没事没事，大家还是坐下来吃饭吧，看你饿成这样，今晚多吃点。”孤星娘子开始给东郭牛舀了一大碗炖肉，然后去拿墨路路的碗。

墨路路赶紧拿着自己的碗：“我自己来就行，今天闹肚子了，油腻的就不吃了，我吃点饭就可以了。”

上官宛儿坏坏地笑了，盯着东郭牛说：“看来三只眼捡便宜了，一大锅的炖肉没人抢，孤星姐姐，咱们也吃饭。”

东郭牛想着其他的事情，根本没嚼出肉的味道。

孤星娘子捂着嘴笑了，笑得很诡异，上官宛儿也跟着笑了起来，笑得也很诡异。

墨路路不知怎么回事，不过看着上官宛儿拍着自己，也附和着笑了，虽然笑得很难看。

第二十七章 重大发现

东郭牛没有笑，瞪着眼睛，鼓着腮帮，别过头去，一阵狂吐，刚刚嘴里吃的究竟是什么？硬邦邦的，而且还很光滑。等吐出来的时候，东郭牛吓了一跳，是蝴蝶。再仔细瞧瞧，是一块雕刻成蝴蝶状的石头。东郭牛瞪着眼睛，盯着孤星娘子。

孤星娘子明亮的眸子紧张地眨了眨，脸微红，轻起薄唇，说道："干吗这样看着人家，你这样的眼神很是让人害怕呢？"

上官宛儿也跟着说道："瞪什么瞪，以为自己的眼睛很大吗？告诉你，孤星姐姐给你们做了如此美味的饭菜，你们可要好好感谢人家，而且孤星姐姐还把蝴蝶药石这么宝贵的补品放在肉中给你炖了，你就美去吧。"

墨路路看着地上的蝴蝶形石头，吃惊地说："逍遥宫的蝴蝶药石可是好东西啊，对于练武之人可以养精提气，增进内功，常人吃了还延年益寿呢。看来我也要跟着沾光，这汤怎么也要尝尝了。"

上官宛儿用手挡着墨路路："去去去，你不是说肠胃不舒服吗？吃点清淡的就行了，炖肉就没你的份了。"

东郭牛感觉胃里火烧火燎的，满脸通红，嘴里感觉都要喷出火来，赶紧跑到一旁舀了清水大口地灌了下去，丝毫不起作用。东郭牛立刻禅坐在地上，运气调和，把体内无名之火压了下去，调整好情绪，缓缓站了起来。

孤星娘子看着东郭牛此时的表情，掩口笑道："嗯，这样子就很可爱，真希望你一辈子都保持这个样子呢。等药石的功效被吸收完全后，无名之火自然会消失的，不过在没吸收前千万不能生气和发怒，否则，无名之火会揉乱体内的真气冲破经脉。"

东郭牛颔首笑道："碰上你们逍遥宫的人可真是幸运了，尤其是脾气不好的火气大的，有火也得忍着憋着。对了，我得宣布一件事情，吃完饭我们尽快下山，还有很重要的事情要做。"

"下山？"上官宛儿咧着小嘴巴，上官宛儿长这么大一次山都没下过，提到下山，上官宛儿心中有一种说不出的感觉和滋味。

"对，下山，为了找你姐姐和追查凶手。"东郭牛知道只有用这个理由，才能说动上官宛儿。

"姐姐？凶手？好，我们下山。"上官宛儿眼睛湿润起来，用力地点了点头。

"我们下山去哪里呀？"孤星娘子问道。

东郭牛摆摆手，故作神秘道："先下山再说，很重要的事情呢，当然，你要是有事情可以回你们的逍遥宫去。"

孤星娘子假装生气，扭过一边，别过头去，"哼，跟人家还保密起来，你这是要赶我走呢？"

上官宛儿拉着孤星娘子的手臂，轻轻摇着，瞪着东郭牛说："谁要赶孤星姐姐走，我就跟他不客气，走我也要和孤星姐姐一起走。"

"我哪里敢赶她走，有这样一位既貌美又勤劳的仙女给我们做饭，我们求之不得，我说墨兄，你是吃还是不吃啊，端着饭愣在那里半天了。”东郭牛指着正在发呆的墨路路。

墨路路一愣神，朝东郭牛挤了挤眼睛，东郭牛立即会意，低头撇了撇孤星娘子的脚，右脚尖露在外面，绣花鞋，还能隐隐约约看到绣着蝴蝶的半只翅膀在鞋尖上。

孤星娘子拉着宛儿准备往外走，回头看了看东郭牛和墨路路，明亮的眸子微微闪烁，“你们还在磨叽什么，不是要下山吗？再晚点太阳可就下去了，难道我们还摸黑不成？”

东郭牛点点头，趁着孤星娘子和宛儿在前面带路的时候，掏出怀中的一只绣花鞋擦着地面往前扔了过去，嘴里还喊道：“哎哟，什么东西绊了我一下。”

绣花鞋不偏不正地正好停在孤星娘子和上官宛儿跟前，孤星娘子先是一怔，“怎么这是……从哪里……”支支吾吾地说些什么。

上官宛儿歪着脑袋，“孤星姐姐，不就是一只绣花鞋吗？有什么好奇怪的？”

东郭牛凑上前去，张大嘴巴故作惊讶，“咦，这不是普通的绣花鞋啊，这可是绣着逍遥宫蝴蝶的绣花鞋，孤星娘子，你说是吗？”

孤星娘子仿佛有什么难言之隐，又想解释着什么，可是一着急，话都说不好了，“这鞋……那个……和我穿的……一样……你们……别误会……我也不知道……这鞋……”

上官宛儿看到孤星娘子撩起衣裙，露出了同样绣着花蝴蝶的鞋子时，惊叫起来：“孤星姐姐，你的鞋子？”

“这是你的鞋子？”东郭牛严肃地问了起来。

孤星娘子摇摇头。

“难道你不认识这鞋子？”东郭牛再次问道。

孤星娘子托着红彤彤的脸蛋，点了点头又摇了摇头："我不能说，你们也不要误会我呀。"

"为什么不能说？难道你怕我们戳穿了你们的阴谋？"东郭牛逼问道。

"你，你个三只眼，怀疑我？亏我对你那么好。"孤星娘子气得直跺脚。

上官宛儿推了推东郭牛，"去一边去，孤星姐姐不想说就不说，你干吗恶狠狠地非得逼着人家说？什么阴谋不阴谋的，我看你才是纯心要气人家，是不是因为吃饭的事情记仇了？"

东郭牛没想到竟然让宛儿呛了一顿，又不好跟宛儿辩白什么，"我记仇什么呀？我心眼有那么小吗？"

墨路路拍了拍东郭牛，使了使眼色说道："宛儿姑娘，我们发现这个蝴蝶的鞋子是个重要线索，这个线索关联着你姐姐和杀你爹爹的凶手，所以需要孤星娘子能够帮助我们理清这条线索。"

上官宛儿眼睛瞪大许多，突然用力摇晃着孤星娘子的手臂说道："孤星姐姐，你真的知道线索？你快说说，我姐姐和爹爹的线索？"

孤星娘子看着东郭牛和墨路路，犹豫了一会儿，终于下定决心说："看来我不把这件事情说清楚，你们是不会信任我了，好吧，我就说给你们听。绣着蝴蝶的绣花鞋的确是我们逍遥宫人士穿的，这是我们逍遥宫的秘密，本不能说给外人听的，绣着蝴蝶的绣花鞋是逍遥宫内选宫主的人才有资格穿，而且根据绣着蝴蝶数量的多少判断逍遥宫中的辈分。你手中拿着的鞋子上绣着的蝴蝶数量很多，应该是长老级别的人才有资格穿的，我鞋子上绣着七个蝴蝶，是级别最低的。"

东郭牛轻蔑地一笑："我就说各门各派都来这凑热闹，你这位逍遥宫的大美女怎么能有闲心来串门呢？还不是和他们的目的一样？看来逍遥宫都派出了长老了，不简单啊。”

“都说了我不知道这是谁的鞋子，你们误会我了，我和他们不是一伙的。”孤星娘子急得眼睛都泛起了泪花，被其他人误会也许没有什么，也不会在意了，可是被自己中意的男人误解，这种滋味又酸又涩，这种委屈，难受极了。

墨路路用胳膊碰了碰东郭牛，挤了挤眼睛，凑在东郭牛耳旁小声说道：“哎哎，三只眼是不是过了，你看人家姑娘都伤心成那样了，我觉得人家姑娘没说谎。人家之前不是说过有个驱逐出去的长老，叫什么公孙易登的？”

东郭牛被墨路路这么一说，发觉自己确实有些过了，毕竟孤星娘子承认了鞋子是逍遥宫的，好像她真的不清楚其中的状况，东郭牛安慰道：“好了好了，算我错怪你了，我向你道歉，愿打愿骂。”

孤星娘子被东郭牛认真的样子弄得破涕为笑，拳头攥起轻轻地捶打着东郭牛的肩膀：“看你还怀疑我不了，人家好心给你们做饭，不体谅人家的辛苦，反而当起坏人来了。”

上官宛儿也跟着捶打起了东郭牛，“看你把我孤星姐姐气得，得好好教训你。”

“好了好了，两位大小姐，我们还是赶路下山吧，下山再打他也不迟。”墨路路在一旁坏坏地笑着提醒。

第二十八章　路遇佳人

天色渐渐暗淡，秋风瑟瑟，林子里的叶子从树枝上脱落下来，擦过人的脸颊，冰冷刺骨。

上官宛儿在前引路，几人鱼贯而行，天色越来越暗，空气也越来越冷，东郭牛紧了紧身上的衣服。

走了好长时间，上官宛儿指了指前面，“好了，到了前面的路口，我们就算下山了。”

寒冷的天让墨路路不停地搓着手，脸上汗毛一根根竖立起来，墨路路拍拍自己的脸蛋，都快没知觉了。墨路路扭了扭酸痛的脖子，突然发现斜前方的树丛中有一个毛茸茸的东西。墨路路顾不得和前面打招呼，怕打草惊蛇，自己悄然地走了上去，对着毛茸茸的东西上去就是一脚。

这一脚踹得正好，那个毛茸茸的东西登时扑倒在草丛中，紧接着一只肥肥的灰野兔窜逃了出来，只听一个女子怒骂：“哪个该死的，看姑奶奶不收拾你？”说着一个鹅蛋脸额头有米粒大小红痣的妙龄姑娘，冒着怒火的眼睛瞪着墨路路，别看这位姑娘发火，可是依旧不失美丽。

墨路路看着身披貂皮的女孩，赶忙道歉：“不好意思，我还以为是什么动物呢，原来是披着貂皮的美女啊。”

“哼，吓跑了我到手的猎物，还踹了我一脚，看你就不像什么好人。看姑奶奶给你点颜色瞧瞧，你就知道便宜不是这么好占的了。”说罢，女孩从貂皮中掏出一个软鞭，“啪啪啪”冲着墨路路横劈竖砍，又卷又扫，打得荒草乱飞。

墨路路也是气急，心想：我都道歉了，这恶女还没完没了地纠缠我，我也不是好欺负的。墨路路腾挪到一旁，借机拿出伞兵刀，正要上前去，一人落在前面挡住。

“慢着，姑娘，我们不是什么坏人，我们就是在这山上住的人，刚刚下山，我这位兄弟眼神不好，那个你要是觉得他道歉还不够解气的话，就踹他一脚。”东郭牛和声和气地解释着，把墨路路拉了过来。

“哼，你这人说话还中听些，看着也比那人顺眼，你的兄弟眼神不好还在晚上出来瞎溜达什么，一不小心从山上滚落摔死可就惨了。”女孩环抱双臂，粉嘟嘟的小嘴噘着，还在生气，“站那么远干吗，你兄弟说我不解气可以踹回来，近点，我邱乐乐的便宜可不是好占的。”邱乐乐勾着手指，示意墨路路近点，身体前倾，双臂张开，翘臀提起右脚。

墨路路气得鼻子都歪了，但又不好跟这个女孩怄气，撅着屁股，等着邱乐乐踹这么一脚。

“不对不对，你这姿势不对。”邱乐乐突然来了这么一句。

东郭牛听了邱乐乐的话无奈地看着墨路路，忍住笑说道：“听大美女吩咐，咱们要虚心认错，不能有失风度。”

“咯咯，是呢，男人可要有风度噢，三只眼，别光教别人怎么认错，你对我认错的态度怎么没这么端正呢？”孤星娘子拉着上官宛儿在一旁笑道。

“别往我身上扯，墨兄，别看我，人家姑娘看你呢，赶紧利索点，咱们还得赶路呢。”东郭牛呼扇着墨路路。

墨路路硬撑起一副笑脸，假惺惺地说道：“邱大美女请指教，我究竟要怎么个姿势你才满意呢？”

“刚才你没看到我是怎样的姿势吗？去去，钻到草丛里去，这才是以彼之道还治彼身。对，头再低点，腰弯下去。”邱乐乐简直就是一个调皮捣蛋的顽童，看到墨路路撅着屁股钻在草丛中的样子，邱乐乐俏皮地笑着抬腿狠狠地踹上一脚。

“哎哟，疼死我了。”墨路路狼狈地趴在草丛中呻吟起来。

众人幸灾乐祸地笑了起来，邱乐乐更是笑得前俯后仰，然后走到草丛跟前把手一伸：“好了，看在你表现还可以，我就原谅你了。”

墨路路也没想到邱乐乐态度竟然转变得这么快，刚才还对自己虎视眈眈恨不得杀了自己，现在竟然像一个亲切热情的老朋友，墨路路握着邱乐乐温暖柔软的手，嗅着邱乐乐身上散发出来淡淡的香味，竟然心跳加速起来。幸好是天黑，要不然大家都能看到墨路路害羞脸红的样子，墨路路站起来后尴尬地说：“邱姑娘，你要是还不满意，就，就再踹我几脚，嘿嘿。”墨路路挠着脑袋不知道该说什么了。

东郭牛拍了拍墨路路的肩膀，笑着说道：“是啊，邱姑娘可不要心软，如果没解气的话，可以多踹几脚，让我们代劳也行。”

“本姑娘才没你们想的那么没道理，那么蛮横呢。你刚才说你们住在山上？可是我们村里人都说这山上可不能去，有妖魔鬼怪呢。我今天也没事干，就来山前打打猎，顺便想看看妖魔鬼怪是啥样子的，你们可别说你们是妖魔鬼怪变的啊？”邱乐乐摆弄着貂皮大衣，风趣地说着。

上官宛儿听完后感觉好笑，叽叽喳喳地说了起来，“山上住着妖魔鬼怪，嘻嘻，好玩，我们可不就是从山上下来的，你不是也看到了吗？

我们要是妖魔鬼怪变的，也是个好的妖魔鬼怪，坏妖魔鬼怪可是要吃人的。”

邱乐乐碰上了上官宛儿这下可热闹了，一个小捣蛋，一个大俏皮，两人一见如故，闲聊起来没人能插得上话。

“咳咳，大家注意，有动静。”东郭牛严肃地提醒众人。

两个人这才停下唠嗑，邱乐乐四下张望，问道：“神神秘秘的，有啥动静啊？”

“你们没听到天空中扑棱棱的声音吗？那个林子里的鸟都被你们两个吓光了，估计兔子也早跑没了，你还要继续打猎吗？”东郭牛摊开手笑着说。

“原来你在损我们啊，还以为你挺老实呢，没想到弯弯道子还挺多。”邱乐乐指着东郭牛说。

孤星娘子凑上前来眨着明亮的眸子笑着说：“可不是嘛，要说老实，还是墨路路老实可靠，任打任骂，还不会有什么鬼点子。”

邱乐乐也跟着点头赞许：“对对对，还是他老实，而且有礼数，半天了人家也没插一句。”

众人彼此介绍完后，陆陆续续走出山口，下山去。原来山下附近有个大寨，近千户人口，名曰邱家寨，邱乐乐就在邱家寨住。邱乐乐也算是大户人家的独生闺女，所以宠爱有加，邱乐乐性格就这样无拘无束，个性鲜明，不过为人爱憎分明。

众人走到邱家寨时，几个手持火把的用人慌慌张张地跑了过来，为首的一位长着络腮胡子的中年汉子看到邱乐乐时恭恭敬敬地说：“小姐你可算回来了，老爷和太太都快急死了，咱们快回去吧。这几位是？”

“都是我朋友，你们前面先回去收拾几间屋子出来，我朋友晚上在我们家住下了。”邱乐乐吩咐着。

东郭牛还想赶路，于是说道：“邱姑娘，我们还有事情要赶路，就不必打扰了。”

“说什么打扰啊，大晚上的赶什么路，路过我家我要是不招待好了，那还算什么朋友，那不是太不仗义了吗？”邱乐乐操着江湖的口吻说道。

上官宛儿和邱乐乐也是投缘，所以想多待待，也说道：“是啊，下了半天山，我们都累了，明天白天再赶路吧。”

墨路路也是不愿赶路，想和邱乐乐多在一起，多看一眼，多听到她说的话，心里很舒服。“白天再赶路也不迟啊，晚上确实有些乏困了呢。”

东郭牛拍了拍墨路路：“哦，我明白了，好吧，那就听大家的，我们叨扰了，邱姑娘你可别太热情了。”

邱乐乐大大咧咧地说：“你这话说的，对待朋友可不就得这样，什么叫别太热情了，跟你们说，就是一辈子住在我家，都没问题。”

墨路路的眼睛立刻一亮，咧着嘴傻笑着。

“你这话说出口有人可就当真啊，跟你说我这墨兄平时在江湖上四处漂泊，正愁没个着落。你这样说，墨兄要是真赖着不走住你家一辈子，成何体统？”东郭牛取笑着说道。

“本姑娘说话可不是打水漂，一辈子没问题，啥时候玩够了想安顿在我家了，就过来，多大个事。”邱乐乐挽着孤星娘子和上官宛儿说道。

第二十九章 绝色三鬼

众人走到一处高宅大院门前，早有用人在门前恭候，邱乐乐领着众人进了门，穿过石拱桥进入一处大堂，大堂灯火通明。正坐上坐着一位体态健硕的男人，虽然上了岁数，但是精神抖擞，身旁还有一位饶有风韵的中年妇女。旁边站立了几个丫鬟和伙计，见到邱乐乐进了堂门，两个人从座位上起身欣喜地不得了。

“哎哟哟，我说小宝贝你可回来了，担心死我和你爹爹了，快快坐下喝点茶水。”中年妇女挽着邱乐乐的胳膊看上看下的，好一通关心。

“是啊，都说了出去玩带着下人，怎么又偷偷自己溜走了呢？这，这几位是？”邱乐乐的爹爹指着几人问道。

邱乐乐到了父母跟前也丝毫不改大大咧咧的性格，跑到众人跟前介绍起来：“这些都是我的好朋友，来来来，先坐下休息会儿，对了，我朋友的屋子收拾好了吗？”

“回小姐，都安排好了。”

邱乐乐拉着众人起身：“娘，爹爹，我先带朋友去看看房间，待会儿再回来陪你们，走，咱们去看看房间。”

几人纷纷告退，在邱家大院里绕过一个庭院，来到一处长满秋菊花的院子，满院的菊花发出浓郁的香气。

“啊欠……”东郭牛一连打个几个喷嚏，东郭牛捏着鼻子皱着眉头走在后面。

墨路路倒是蛮开心，饶有兴致地听着邱乐乐介绍着，东郭牛伸过脚去踢了一下墨路路，墨路路回头瞪了瞪东郭牛，“在美女面前能不能别这么失态？”

东郭牛捏着鼻子呸了一口：“呸，墨兄说这话的时候应该照照镜子，瞧你那神魂颠倒的样子，我看哪，一辈子真交代在这儿了。”

墨路路把东郭牛推过一边，小声说道：“说什么呢，你小声点，让人家听到以为怎么回事呢。”

“喂喂，你们两个叽叽咕咕地干什么呢？赶紧进来，这是你们两个的房间。”邱乐乐摇晃着手臂。

东郭牛嘻嘻哈哈地走着说：“快走快走，你的大美女叫咱们呢。”

墨路路的脸“唰”地红了，看着邱乐乐正瞅着自己，挠着脑袋进了屋。

然后邱乐乐又带着上官宛儿和孤星娘子去隔壁院子的房间了，看着邱乐乐的背影，墨路路站在屋门前痴痴地笑着。

“看什么呢，影儿都没有了，能不能把门关上，风吹进来挺冷的。”东郭牛催了起来。

墨路路不情愿地关了门，躺在自己的床上突然问了一句：“你说邱姑娘这人怎么样？”

“好啊，又漂亮又热情，墨兄心动了？”东郭牛倒了一杯茶水，浅浅地嗅了嗅味道，然后摇了摇头。

“我也不知道，你说感觉怎么就那么怪呢？碰上别的姑娘还真没有过心跳加速的感觉，可是碰上邱姑娘，我有一种莫名其妙的感觉。人的感觉和感情也挺奇妙的，这就是所谓的缘分？”墨路路脸上洋溢着幸福的样子。

东郭牛想到了上官凤，想到了刚刚见面时的情景，点了点头：“是啊，也许就是缘分吧，碰上了喜欢的人是一种内在的兴奋，会让人莫名的小小的紧张，但是那种感觉很好，很奇妙。”

“那，那接下来我该怎么办呢？”墨路路有些激动，抑制不住兴奋问道。

“既然缘分来了，这个感觉我们就要主动抓住，好好珍惜好好保护，幸福下去。”东郭牛深情地说着。

“说得太好了，可是我有些小紧张，不知道该怎么和邱姑娘说。”墨路路挠着脑袋愁闷起来，看来爱情这个东西的确是个难题。

东郭牛摇摇手：“我也不是月老，我也不知该怎么说，不过我觉得说出自己心里想对她说的就够了。你想对她说什么？先说来听听。”

墨路路傻笑着说：“也没什么，我就想说一辈子住在这里陪她，而且邱姑娘不是也同意了嘛。”

东郭牛刚喝口茶水，笑喷出来：“墨兄，你不会也这样天真吧？人家的意思和你想的意思不是一回事情，那个你还得跟人家表白去，把意思说明白了。”

墨路路沉浸在自己的想象中不能自拔：“意思还有几个意思，都说了一辈子可以住这里，嘿嘿。”

“得嘞，我也不跟你聊这些儿女私情了，你现在头脑很不清醒。早点睡吧，明天还要早起呢，好多事情还要处理呢。”东郭牛伸个懒腰躺在床上拉起被子合眼就着。

月亮半悬天空，秋风吹得落叶“沙沙”直响，几条人影在东郭牛睡觉的房顶上掠过。

东郭牛的耳朵耸了耸，两只眼睛立刻睁开，墨路路已经睡熟。东郭牛轻手轻脚地打开屋门，如灵猫一样悄声跃上屋顶，俯着身子朝黑影追去。

眼看着三条黑影飞跃上隔壁庭院的房顶处停了下来，三个黑影围成一圈叽叽咕咕说着什么，东郭牛定了定神，运功展开收音大法，听见细碎的言语："嘿嘿，老三，你这口信来得又快又准，果真是我们狩猎的尤物啊。"

"那是自然了，正好三个，咱们哥三不必像以前一样争抢了，老大喜欢又小又嫩的，我喜欢这个穿蝴蝶鞋子的，办完事鞋子我也要了。"

"哇哈哈，好白好白，我已经忍不住要下嘴了。"这人说话还伴着吞咽口水的声音，让东郭牛恶心地起了一身鸡皮疙瘩。

东郭牛哪还听得下去，怒火上冲，立即飞身过去要教训三个色鬼，眼看落在三个色鬼背后，哪知三个色鬼"嗨嗨"怪叫了一下，撒出三股带颜色的药粉。东郭牛双掌早就灌注真气推出，掌风立刻把药粉吹散回去，可是三个色鬼竟然在药粉吹回时消失不见了。

空旷的屋顶上只有东郭牛自己的影子，东郭牛正在疑惑的时候，后面有人声传来。

"老大老二，这小子搅扰了我们的好事，奶奶的，咱们要怎么收拾他？"

"长得也挺清秀俊朗的，杀了太可惜了。"

"吃了肯定香，美男子多吃几个咱们也跟着沾光，啧啧。"口水吞咽的声音再次响起。

东郭牛回过头去，却连个鬼影都看不到，东郭牛厉声骂道："有色心没色胆的家伙，装神弄鬼作什么，有本事出来？"

"嘻嘻，老大老二，他还是个聪明人，懂得用激将法。"

"聪明什么，我们又不吃这套，你小子敢和我们三鬼抢猎物真是胆大包天，报上名号来。”

“你们两个别拉着我，我真的忍不住了。”吞咽口水的声音越来越频繁。

“我管你什么三鬼，我东郭牛不信找不出你们，难道我的三只眼是白叫的吗？”东郭牛食指按着额头。

“嘟嘟个天的，扯呼。”飕飕风声响起，再无人言语。

第三十章　被人误会

东郭牛一拍大腿：“真让这色鬼给算计了，喊出自己的名号吓跑了三鬼。”东郭牛摇着头暗笑自己竟然被几个无赖给耍了，正要飞下屋顶。

院里喧喧闹闹地跑出一大批手执火把的伙计，那些人嚷着：“抓贼啊，别让他跑了，就在房顶。”

人群中早闯出一个拿着软鞭的姑娘，二话不说飞跃上屋顶，原来是邱乐乐听到了动静，这才率领家丁前来捉拿。“怎么是你？大半夜的鬼鬼祟祟干什么啊？”

“我正在抓色鬼，有三个色鬼刚刚就在这里偷看孤星娘子她们。”东郭牛解释着。

邱乐乐看了看四周，“色鬼呢？”

两人说话的工夫孤星娘子和上官宛儿从房内走了出来，发梢还湿着，原来两人刚刚在房间内泡澡来着。“邱姑娘，刚才我们也听到了屋顶上的动静，怎么回事呀？”

“你们问问他是怎么回事吧，大半夜的偷看你们洗澡，还能怎么回事呀，被我们抓住了现行，还找理由说他是来抓色鬼的，你们说这人坏不坏？”邱乐乐讥讽道。

孤星娘子脸色发热，心里矛盾：偷看我们洗澡，东郭牛不是这样的人啊。东郭牛也是男人，男人多少都有点臭毛病，人无完人嘛?

“偷看我们洗澡，看我不把你眼珠挖下来，我就说你不是什么好人，我姐姐算是看错人了。上官宛儿作势要扑上房顶教训东郭牛。

幸好被孤星娘子及时拦住：“妹妹别急，可能真是误会，你听他说完啊。”

东郭牛知道辩解没什么用，“说什么你们也不会信的，不过我东郭牛可不好偷看女孩子洗澡，要看就光明正大地看，有什么好怕的。”

“你也太无耻了吧。”邱乐乐用鞭子指着东郭牛。

“孤星姐姐，你还护着他吗？你看他还大言不惭地说出这样的话呢。”

“你们确实是误会东郭兄了，刚刚我感觉屋顶上有动静，出去一看就发现三个人影朝墙外飞去，追了一段时间，被他们给甩了。不过我已经猜到他们是谁了，就是这一段时间各地频发采花案的元凶，绝色三鬼，老大黑心色鬼秦寿，老二白面狼君白朗，老三黄皮淫贼黄瑟，三人善于隐身之术，神出鬼没。”墨路路从庭院中大步流星地走了进来，嘴里说着眼睛却一直盯着邱乐乐。

上官宛儿哼声说道：“切，你们还不是一伙的？我看你也不是什么好东西，一起编点瞎话糊弄我们。”

邱乐乐收起软鞭，从房顶上飞落下来：“怪不得这几天我们寨上来了鼎鼎有名的花捕头，原来是追捕采花大盗来了？你快给我们讲讲绝色三鬼，敢来我们邱家寨，我邱乐乐让他们有来无回。”

东郭牛也从房顶跳落下来，笑道：“看来有花捕头头痛的了，这三个色鬼可不是一般的人物，轻功超绝，身怀秘术，不好对付。”

墨路路点头说：“是啊，邱小姐还是小心待在家里为妙，抓他们自有花捕头动手。”

“什么，让这些色鬼逍遥法外去祸害人吗？花捕头不也是一直没有追捕到吗，我们待在家里就能安全？色鬼不还是进到我们邱家大院了吗？”邱乐乐气呼呼地说着。

墨路路被呛得额头都出汗了，“邱姑娘你听我把话说完，我的意思是你们女孩子不必动手，自有我和东郭兄去安排抓捕这三个色鬼，我们当然也痛恨这样的邪派人士，怎能让他们为非作歹呢？”

“嗯嗯，本姑娘就喜欢这种为民除害的英雄，你们需要什么尽管开口，这种行为我邱乐乐全力支持。”邱乐乐命令家丁加强警戒和巡逻。

众人各回自己的房间，东郭牛一声不吭地回到房间，倒头就要睡觉。

墨路路走上前来，拍了拍东郭牛的大腿：“东郭兄，你心可真大，说睡就睡啊。”

“不睡觉做什么？”东郭牛回道。

“哦，你这个人真是的，人家帮你解围连谢也不谢一声，要不是我出面当证人，你早名誉扫地不说，还得让几个女人教训一顿。”墨路路把东郭牛从床上推了起来。

“想让我说声谢谢，不用这样吧？好了，我说谢谢就是了。大半夜折腾得没休息好，我要睡觉了。”说着东郭牛又要倒下去。

墨路路推着东郭牛：“等等等等，现在还不是睡觉的时候，我们可是答应了邱姑娘要抓三个色鬼的啊。”

“别说我们，那是你自己说的，我说过么。”东郭牛干脆坐着闭起眼睛。

墨路路摇晃着东郭牛：“我说东郭兄你真是不讲义气，人家帮你解围，你却不帮我尽力，我可是把话说出去了，如果抓不到人，人家会怎么看咱们？”

东郭牛嘿嘿一笑：“看我们干啥，我们又不是色鬼又不是捕头，抓不到又能怎样？那个花捕头不是也抓了很长时间了，我看别人也没看他怎样。江湖水深，一山还比一山高。”

“我没听错吧，你东郭兄不是这样的人啊，为了找到杀害上官天蜀的凶手，那么大的势力你都不怕，这点小困难你就皱眉头了？”墨路路也用起了激将法。

“弄点茶水，咱们得好好聊聊了。”东郭牛活动活动筋骨走到茶桌旁坐了下来。

墨路路笑着点头，精神抖擞：“东郭兄果然是明是非的人，我就说这事你肯定不能不管。”

东郭牛喝口茶水，打听起来：“三鬼师出何门啊？他们的隐身秘法又是什么门道？破解不了隐身秘法，三鬼一辈子都没法抓住。”

墨路路皱起眉头，想了想说道：“本身三鬼并不是什么了不起的人物，所以对他们的了解并不是太多，但是我听说东海岛上有一位隐者身怀秘术，龟息功和隐身术这两项被上岛路过的江湖朋友看到过。”

“蓬莱仙者的幻影大法我也是略有耳闻的，看来是不容易找出门道了，今晚咱们只有失身了，快去准备两套鲜艳的衣服来，还有香粉和装饰都多弄些。”东郭牛托着下巴，吩咐起来。

第三十一章　化装扮女

墨路路听得莫名其妙，为什么要准备这些女人的东西？这个东郭牛究竟要搞什么？“东郭兄，你要这些东西干吗？难不成你还有些怪癖好？”

“去你的，这不是全为了帮你吗？你以为我堂堂大好男儿愿意失身化装成女人，扭扭捏捏的好啰唆。难不成你还有什么好办法抓住这三个色鬼么？只能抓住他们的弱点好色，咱们就牺牲下色相吧。”东郭牛懒得和墨路路说话，催他快点准备东西，“别啰唆了，今晚你还想不想抓住三个色鬼，想不想在邱姑娘面前表现下？”

墨路路激动地连忙点头，赶紧出去张罗物品，想象着邱乐乐崇拜自己的场景，墨路路昏头昏脑地忘记敲门，直接进了邱乐乐的房间。

此时邱乐乐正准备脱衣睡觉，看到误闯进来的墨路路吓得尖叫一声：“啊，你干什么？”

这一尖叫把墨路路给惊醒过来，看到邱乐乐半裸的左肩，墨路路登时脸红，双手捂着眼睛，连忙道歉：“我什么也没看见，邱姑娘别误会，我是有事找你商量下。”

“哼，一个偷看人家洗澡，一个偷看人家脱衣服，你们两个都不是什么好东西，好了，我已经穿上衣服了，我倒要看看你是有什么大事这么着急找我。”邱乐乐穿好衣服，双臂环绕，目光凌厉地盯着墨路路。

墨路路还捂着双眼，不敢张开，连忙把和东郭牛化装成女人去色诱三鬼的事情说了。

“嘻嘻，真的呀，亏你们想得出来这样的好主意，好的好的，衣服和装饰还有一些女人用的东西待会我会让丫鬟们给你们送过去，并且让她们给你们好好装扮，肯定会是两个绝色美女。哈哈，好，好，到时我就等着你们的好消息了。”邱乐乐捂着嘴咯咯笑个不停。

墨路路捂着眼睛背转身体：“那我就回去准备了，打扰了打扰了。”说着匆匆忙忙地退了出去掩好屋门。

果然行动很快，墨路路前脚刚迈进屋子，前来送衣物和帮着化妆打扮的丫鬟就过来了，四个丫鬟看着两个大男人想笑却不敢笑。

东郭牛咽了咽唾沫，从床上下来指着四个丫鬟：“东西放下，你们可以出去了。”

“两位公子，我们小姐吩咐我们过来帮忙的，你们坐好，我们这就为你们更衣打扮下。”

墨路路紧了紧自己的衣服，勒了勒嗓子：“那个衣服我们自己会脱会穿，等我们换好衣服你们再进来。”

四个丫鬟轻声笑道：“公子不必害羞，我们可是小姐吩咐好了的，一定要伺候好两位公子，要不然回去会挨骂的。”

东郭牛瞪着眼睛，做出一脸凶相，说道：“难不成你们邱姑娘还是千里眼顺风耳，我们两个虽是粗人，可还是清白之身，让几个女孩子给我们换衣服不是毁我们的名节吗？”

“咯咯，好的好的，我们哪敢毁了公子的名节呢，你们快快更换衣服，然后喊我们进来化妆打扮。一定给两位打扮成天仙，嗯，冰清玉洁的天仙，咯咯。”四个丫鬟说笑着退了出去。

“瞧你搞的好事，我只不过让你弄点东西，没让你惊动这么多人，本来是秘密活动，让你大张旗鼓起来，咱俩的清白都毁在你手里了。两个男人化装成浓眉艳妆的女人，这事情传出去了，得惹一大堆人笑话了。”东郭牛没好气地说着，开始更换衣服，事情到了这个份上，只有硬着头皮做了。

墨路路还指望着东郭牛陪着一起抓三个色鬼呢，一个劲儿地点头承认错误：“确实是我考虑不周，东郭兄不要生气，你的大恩大德兄弟这次记住了，没齿难忘啊。这衣服还挺合身，你穿上后还真是有范儿。”

“得得，别拍马屁了，赶紧让她们进来化化妆，良辰美景，可不要错过大好时光，要不然走脱了三鬼，咱们白忙活了。”东郭牛穿着绯红的女交领长袍，宽衣束带，在古铜镜前照了照。

墨路路整理好自己的紫红色袍服，上衣下裳，披上裘皮，看了看东郭牛，“咱们是不是还差点什么？”

“明知故问，那个进来吧，衣服换好了。”东郭牛喊道。

门“吱呀”一声开了，上官宛儿探着脑袋，咧着小嘴立刻笑翻了：“孤星姐姐，邱姐姐你们快看，这两个姐姐穿的衣服颜色真鲜艳啊。”

“是呢，光彩照人啊。”孤星娘子眨着明亮的眸子说道。

“不错不错，打扮打扮也是名门闺秀了，呵呵。”邱乐乐扭动腰肢取笑起来。

四个丫鬟围了上来，手里拿着各种饰品和香粉。

东郭牛嬉皮笑脸地说：“为民除害，我们宁可牺牲色相和名节，这种壮举足可流芳百世。对了，还有一个秘密武器得准备好，大馒头，一定要多蒸几个这么大的馒头。”东郭牛用手比画着，斜眼瞅着墨路路，“墨兄，这么大差不多吧？”

墨路路舌头不知怎么结巴起来，“对……对……差不多……你说差不多……就……差不多……”

“什么秘密武器啊，原来就是破馒头。”上官宛儿不屑地说着。

邱乐乐也想不明白用馒头做什么，还是吩咐了下去赶紧准备。

“估计这两个馋鬼要攒些力气吧，眉毛拔下来点，浓眉大眼的改成柳叶眉才好。”孤星娘子走到东郭牛跟前，指挥着两个丫鬟。

“哎哟，别拔别拔，你们听她的还是听我的，我说几位姑娘大小姐，你们还是早些回去歇息吧，有几个丫鬟帮着我们打扮就行了，你们早点回去睡觉，明早肯定有好消息的。你们在这儿，我心里挺不得劲儿的。”东郭牛拍了拍自己的胸脯，话里带刺。

“嘿嘿，我们还真是碍着你们了，我们在你们就不得劲儿了，好好，咱们不跟他们一般见识，看在他们抓色鬼的分上，咱们回去。”孤星娘子拉着正在板着脸的邱乐乐和努着嘴的上官宛儿。

看着三个人走出房间，东郭牛总算松了一口气，三个大活宝真让人头疼。

“好了，两位小姐看看满意吗？”

东郭牛看着镜子中的美女，简直不敢相信自己的眼睛，堂堂的七尺男儿汉眨眼间变成了妩媚多娇的美女，衣裳上的带钩有仿棒、竹节，上面嵌着琉璃、宝石，闪闪发光，头上佩饰也是光彩照人。

墨路路张大着嘴巴看着东郭牛，旁边的丫鬟“扑哧”笑出声来。

“那个墨公子，不，墨姑娘，咱们女孩要有矜持姿态，你这样有些失态。”

“是呀，你们得好好教教举止行动，别一出去就露馅了。”东郭牛挖苦道。

“那东郭姑娘的言行举止一定到位了，不妨让我们瞧瞧过不过关呢？”丫鬟们开玩笑说道。

东郭牛兰花指羞答答地贴在右脸侧，眼睛俏皮地眨了眨，果真媚到骨子里去了。

“我要是男子，果真就被你勾上了，东郭姑娘果真到位，咯咯。”四个丫鬟笑着赞道。

墨路路僵硬地掰着指头，也学东郭牛，噘着嘴唇，差点让人吐翻，墨路路挠着脑袋，“为啥我就学不会呢？”

“我看你是只顾吃猪肉，却不看猪跑，平时细节上着手，对，你不是喜欢看邱姑娘吗？你看看人家邱姑娘平时都有哪些举止，你学学。”东郭牛调教着墨路路。

还别说，这招真是管用，墨路路一想到邱乐乐，脑海中都是邱乐乐的身影，于是两只手轻轻地揉捻着裘衣的衣角，高傲地看着众人，那眼神和邱乐乐的一模一样。

“太像了，墨姑娘你真是太厉害了，真像我家小姐。”丫鬟们互相议论，拍手称赞。

第三十二章 诱捕色鬼

“馒头蒸好，请问是否现在送过来。”门外下人禀报。

东郭牛命令一个丫鬟去取热馒头，其他人都退下，丫鬟端了馒头进来，东郭牛也命她退下。等人都走光了，东郭牛拿起两个大馒头朝墨路路的胸前比画起来，“哈哈，还不错，正适合。”

墨路路接过馒头，大口咬了起来，狼吞虎咽地吃了两馒头后被东郭牛制止住了，“少吃点，待会把肚子撑圆了，看你怎么勾引三个色鬼。三个色鬼可是有品位的，你要时刻保持温婉动人的姿态，刚才吃馒头的样子还不把他们吓跑。”

两人把馒头放进衣服里，热乎乎的馒头把胸前撑了起来，两人悄悄地开门，看到庭院中无人，窜上房顶，一溜烟飞奔出邱家。落到大街上，两人扭着身子在大街上溜达起来。

溜了大半个街，也不见一个鬼影，东郭牛唉声叹气起来。

墨路路摸了摸自己的胸前，小声说：“凉了，凉了就不好吃了。”

正在两人失望的时候，前面街口走出三个人来，走在最前面的人黄脸黄眼珠，反披着斗篷，黑面朝上，黄面朝里，这人色眯眯地走上前来搭话：“凉了自然不好吃，不如让我给热热吧。”

东郭牛和墨路路相视一笑，东郭牛兰花指贴着脸蛋，娇滴滴地说：“伦家远道而来，着急赶路，大深夜的也不知走到了什么地方，正要找人问路，这位大哥，请问贵地何处啊？”

“大深夜地两个貌美女子可不安全呢，不如让哥哥我护送护送吧。”一个白面书生似的人坏笑着走上前来，此人黑眼珠小如豆粒，也是反披着斗篷，白面朝下，黑面朝上。

墨路路揉捻着衣角，高傲地说：“你们要是表现好了，我们自然亏待不了你们。”

“哈哈，亏待就亏待吧，老二老三，别磨磨叽叽了，今晚正愁没收获呢，这两个正好送上门来，我可是等不及了，我先动手了。”一个黑面庞满脸黑胡子的大汉舔着嘴唇色眯眯地冲了上来。

墨路路差点吐了出来，黑面大汉走近，墨路路才发现此人嘴角垂涎三尺，让人极为恶心，黑面大汉张开双手，长长的指甲里满是泥污，如老鹰般扑向墨路路。

墨路路赶紧旋转着要躲过黑面大汉的毒手，谁知转了半圈就一个趔趄差点摔倒，原来下裙太长，被脚跟踩到，转圈的过程失去重心，墨路路临危不乱，掐着嗓子娇滴滴地喊道：“哎呀。”

黑面大汉如影随形，两只粗暴有力的黑手托住墨路路的腰肢，使劲捏了捏，张开臭嘴邪邪地笑道：“哈哈，小宝贝小心摔倒啊，你这小蛮腰还挺有弹性的。”

墨路路用手扇着鼻子，想要挣脱黑面大汉，嘴里说道：“你这味道可都快毒死本姑娘了，手不要乱动，你可真坏。”

“哈哈，男人不毒，女人不服，男人不坏，女人不爱，来吧，小宝贝。”

黑面大汉说着就开始要用臭嘴去啃墨路路。

“老大都动手了，咱们也不能闲着，嘿嘿。”白面白眼的男人搓着手贴近东郭牛。

黄面皮黄眼珠的男人也不落后，挖着鼻孔上来就抓东郭牛的手，抓住手的同时像被电到一样，全身一颤，黄眼珠对在一起，刚要张嘴喝问。

东郭牛左手猛的一拉，右手迅速堵住黄面皮的嘴，右手心里的一个药丸也趁机拍进黄面皮的嘴里，东郭牛朝白面白眼的男人抛了媚眼，说道：“你们兄弟之间可不要因为我伤了和气噢，一个一个来，你看这位大哥多么温柔，可不像那边的大哥，对我妹妹也太粗鲁了点了。”

白面男人翻着白眼，不耐烦说道：“老三，你他娘的别站着茅坑不拉屎，女人又不是你一个人的，你不动手，老子先动，你去一边看戏去吧。”白面男人上来把东郭牛拉扯到自己的怀抱中，把黄面黄眼珠的老三推搡到一旁。

东郭牛兜拳冲着白面白眼的老二下阴狠狠地来了那么一下，白面老二疼得张大嘴巴叫了出来，东郭牛趁机又扔了一枚药丸进去，然后又来个媚眼笑着说：“看来你的身体需要好好地补一补了，大哥先好好歇一歇吧。”

白面白眼的男人愤怒地瞪着眼睛，想要教训下东郭牛，可是全身无力，连话都喊不出来了，迷迷糊糊地看到倒在一旁的老三时，才知道上当了，可是为时已晚，眼前一黑倒了下去。

这边老大黑面大汉在粗暴地扯起墨路路的衣服来，墨路路正着急对付不了这个黑面大汉，因为发觉此人的力气实在是太大了，只好假装半推半就地拖延时间，眼看衣服都被扯下来了，墨路路喊叫起来：“姐姐快救救我。”

“喊吧，我就喜欢你们女人又喊又叫，这样我才有激情，哈哈，你姐姐自然有我两个兄弟陪着她呢。”黑面大汉张狂地笑着，手扯开墨路路的衣服时立刻惊呆了，看到揉捻得瘪了下去的白馒头，“奶奶的，你这是玩老子吗？老子就跟你玩个够，哈哈。”黑面大汉不但没有停止侵犯，反而更加兴奋了。

幸好东郭牛及时赶到，背后一脚朝着黑面大汉的后脑勺踹了过去，黑面大汉听到风声，头往旁边一偏，回头一挡，左手臂和东郭牛的右脚硬碰硬上了。

“你们是谁，看样子是冲我们来的啊。”黑面大汉站起来凶狠地说，当看到自己两个兄弟倒在路旁的时候，脸色微微一变，“奶奶的，看老子不弄死你们。”

墨路路趁着当空早侧滚了出去，站在东郭牛的旁边把破破烂烂的外套甩在一边：“简直恶心死我了，这个大色鬼的力气可不小呢。”

东郭牛右嘴角微微上扬，兰花指指着黑面大汉酸溜溜地说着：“力气再大又有什么用，不还是征服不了你吗？而且只知道使用蛮力的，好像都是牲口或者野兽。”

“哇呀呀，那就让你看一看我这个牲口吧，先杀了你们，然后煮了吃。”黑面大汉舞着爪子朝东郭牛面上划了过来。

东郭牛侧翻了出去，墨路路跳闪到一旁：“哇，好臭的指甲啊，指甲里都是邪毒啊，我看得修理修理你的指甲了，墨兄能不能做个剪刀出来。”

墨路路解下腰间的束带，原来是自己的武器做成了束带的模样，墨路路拿着束带在手里一阵倒腾，转眼间一个半臂长的大剪刀丢给东郭牛，“好好给他剪剪，真是太脏了，那两个色鬼我先去绑上。”

“你倒是会拣轻巧的活干，这个大色鬼明明就不该我动手的。”东郭牛话还没说完，黑面大汉又扑了过来，东郭牛的剪刀“咔吧咔吧”冲着黑面大汉的伸手处一顿猛减。

黑面大汉果真忌讳这个大剪刀，伸手看到两个长指甲被剪断了，气得哇哇乱叫："他奶奶的。"

东郭牛正准备上前去的时候，黑衣大汉突然面目狰狞地发功运气，身后的斗篷像是被风吹了起来，然后倒翻了过来，飘撒出许多黑色的药粉。

"我一定会回来的。"声音渐渐远去。

东郭牛发攻击散药粉的时候，才发现黑面大汉早不见了踪影，看了看同样纳闷的墨路路："又让他给跑了，还好抓住了两个色鬼，总算有些交代。"

"不过我可是答应抓到三鬼的，你说邱姑娘会不会认为我本事不够啊？"墨路路有些失望地说。

东郭牛扯下假发，又好气又好笑："什么本事不够，你的本事确实不够，本来我对付这两个，你对付一个，可是现在抓到的还是我对付的两个。好了好了，我不跟你争功，赶紧回去把这一身行头换了。然后，你就向你的邱姑娘报喜去吧。"

第三十三章　审讯二鬼

两人各背一个色鬼赶回邱府，回到自己的房间把人往地上一丢，又抻腰又抻胳膊的。

东郭牛扯下身上的女装，赶紧换回自己的衣服，又用清水洗掉脸上的浓妆，舒出一口气：“还是做回自己好，装女人真是件累死人不偿命的活，下次说什么也不装女人了。”

墨路路在一旁模仿着东郭牛的兰花指：“东郭姐姐，伦家要不要这个样子呢？”

“呸，你当女人还当上瘾了，别丢人了，赶紧去让人准备点酒和热菜来，老子帮你忙了一晚上又冷又饿的。”东郭牛把墨路路推搡出去，对墨路路嬉皮笑脸的样子快要骂人了。

墨路路想着今晚的收获，大家一定会赞扬他和东郭牛两人的，主要是邱乐乐肯定会高兴，也许会崇拜呢，想着美事，墨路路学着女人的样子一扭一扭地走到庭院里吩咐下人去准备些食物和酒。

下人们看到墨路路古怪的行为，嘀咕着是不是中邪或者精神有什么问题，但是因为墨路路是邱乐乐请来的客人，不敢明着议论，只能私下讨论。

墨路路哼着小曲回屋的时候，发现东郭牛早就躺在床上打起了呼噜，“东郭兄，待会还喝不喝酒了，吃不吃东西了？睡得这么死，说实在的我也有些困了，屋里还有两个人犯呢，还是别睡了。”墨路路自言自语地说着，眼皮也开始打架起来。

“墨公子，你们要的菜做好了，是否给你们送进去。”门外有人问道。

墨路路晃悠着脑袋，朦胧地听见有人在说话。

东郭牛耸了耸鼻子，立刻坐了起来：“酒，赶紧拿进来。”

下人端着菜盘，放下一盘蘑菇炖鸡，一盘红烧牛肉，一盘清蒸鲤鱼，还有一盘翡翠竹笋，一大碗肉参汤，一坛陈年窖藏酒。下人摆好碗筷，倒好酒后东郭牛让其退了出去。

墨路路揉着干涩的眼睛，端起酒先喝了一口驱赶睡意：“哇，真是好酒，我这精神头立刻上来了，东郭兄你不是睡得很死吗？怎么我叫你你不答应，人家送菜来了，门外的声音你都听到了。”

东郭牛大口喝着酒，美滋滋地品味着：“难道你嗅不到美酒的味道，一看你就不是喝酒之人，陈窖一开香千里，真是好酒。”

外面鸡鸣阵阵，东方现出鱼肚白，两人已经喝下大半的酒去，此时墨路路脸色泛红，舌头有些大了。

东郭牛倒是越喝眼睛越亮，看着墨路路的样子摇了摇头：“你还是别喝了，待会儿你家邱姑娘来了你再失态就不好了，赶紧多吃点东西。”

“怎么回事，老三，醒醒。”躺在地上的白面狼君醒转过来，看着自己被五花大绑，还有眼前的黄瑟还躺在地上同样被绑得结结实实，然后看到喝酒的两人，磕磕巴巴地说：“东……东郭牛……”

东郭牛点了点头，笑道：“早上好。”

墨路路酒意上来，摇摆着手，“什么东郭牛，是东郭小姐，你眼睛瞎了吗？昨晚见到的是东郭小姐。”墨路路又弄起了兰花指，对着白面狼君搔首弄姿的。

白面狼君翻着白眼，不相信眼前的东郭牛就是昨晚极品媚态的大美女，最后还是认怂了：“怪不得江湖都传闻要么和东郭牛做朋友，如果做不成朋友最好不去和东郭牛搭上关系，否则一定会让人后悔的。我们兄弟风光了十几年，没想到一夜之间就毁在你手上了。”

黄皮淫贼黄瑟也醒转过来，露出一副贱贱的嘴脸求饶：“东郭大仙，东郭大哥，你放过我们兄弟，我们有的是钱财宝贝，你让我们做什么事情都行，放过我们吧。”

墨路路打着饱嗝，脑袋晃悠着，嘴里含糊地说着：“东郭牛大仙，哈哈，大仙怎么能放鬼呢，哈哈哈哈……”还没说完，墨路路趴在酒桌上醉了过去。

东郭牛甩过两块牛肉，飞入了两个色鬼口中，两个色鬼也是饿了，嚼了两下就吞了进去。

“还饿吗？”东郭牛问道。

“本来不饿着，吃下这口美味的牛肉，食欲起来了，现在感觉饿极了。”白面狼君翻着白眼说道。

黄皮淫贼黄瑟舔着嘴唇：“大神，你再行行好，给我们兄弟先吃个饱饭。”

“想吃饱可以，回答一个问题，奖励一块牛肉，记住，抢答题，谁先回答先给谁吃了。”东郭牛右嘴角微微上扬，喝了一口美酒，又夹起一块香喷喷的牛肉，赞道：“嗯，简直香极了。”

“大神你快问吧，我回答你就是了。”黄皮淫贼黄瑟着急地说。

“老三。”白面狼君喝了一声，瞪着黄皮淫贼。

东郭牛把牛肉放入自己嘴里，像模像样地嚼着:“看来你们还是不饿，我就不必多费口舌了。”

黄皮淫贼黄瑟挣扎着身子：“我叫黄瑟，江湖中人都称我黄皮子。”

东郭牛手一甩，一块牛肉飞到了黄瑟的嘴里，“我这个人说话算话，你这问题答对了，这是第一个问题。你属于什么门派？”

黄瑟意犹未尽地用舌根扫着牙缝里的肉渣，听到这个问题时犹豫了下，看了看等着白眼的白面狼君，说道：“绝色门，我们自创的绝色门。”

东郭牛夹起牛肉块，黄瑟眼睛放光，吞咽口水，没想到东郭牛却把牛肉放入了自己嘴里，“下一个问题，师承何处？”

“刚刚的牛肉呢，大神，我们没啥师承，都是自己瞎练的。”黄瑟嬉皮笑脸地说着。

东郭牛叹了口气，又吞下夹着的牛肉:“我看我得让下人收拾下去了，剩下的这些肉就是可惜了，还是喂狗去吧。”

黄瑟一听，转着黄眼珠急了，“别呀大神，我还饿着呢，可怜可怜我们兄弟两个吧，喂狗多可惜，还是给我们吃吧。你问的问题我都回答了，你还有什么想问的，我都说……”

东郭牛摆摆手，仰着脖子：“我这人今天没什么兴致，一晚上跟你们折腾，我现在没兴趣你给我讲什么故事。那个，来人吧，把酒菜收拾下去吧。”

门外恭候的下人进来，收拾干净桌上剩余的酒肉，黄瑟眼睁睁地看着，肠子都要拧成一块了。

门外许多脚步声响起，紧接着听到上官宛儿欢快的声音：“嘿嘿，有什么好事把邱姐姐高兴成这样？”

“听说他们还真抓到了色鬼呢？”邱乐乐破门而入，欢喜地看着东郭牛和趴在桌子上的墨路路，“一晚上辛苦了，都把墨公子困成这样了，那两个就是该死的色鬼吧，一看这模样就不是好东西。”邱乐乐眼光游移到两个色鬼身上，唾骂起来。

孤星娘子瞪了一眼东郭牛：“这是给自己庆功来着，屋里好大的酒气。”

邱乐乐挽着孤星娘子的手说：“庆功是应该的，我还准备给他们开个风光的庆功会呢。我已经通知花捕头了，今天一定要好好庆祝下啊。”

“邱姑娘，人已经抓住了，我想我们今天得赶路，庆祝就不必了吧。”东郭牛站起来说道。

墨路路听到东郭牛说到邱姑娘三个字，立刻眯着眼站立起来，“邱姑娘，在哪儿呢，在哪儿呢？”

东郭牛怕墨路路继续在众人面前出丑，及时狠狠地用脚踩了下墨路路。

火辣的疼痛果真让墨路路清醒了过来，睁开眼睛看到屋里面几位姑娘正诧异地看着自己，解释道：“大家早上好，昨晚太劳累了，所以就趴桌上睡着了，让各位见笑。”

“喂，刚刚听见你喊我，有事情吗？”邱乐乐走到墨路路跟前，大大咧咧地问道，“有什么需要尽管开口，你们可是功臣。”

上官宛儿嘟着小嘴巴，伸出三个手指头，“不是说有三个色鬼吗？怎么就抓了两个？”

东郭牛托着下巴说道：“是三个，不过那个老大太狡猾，让他跑了。”

“跑了一个？”孤星娘子和邱乐乐都叫了起来。

“不过总算是有些收获的，跑了的那一个早晚也会被抓的。”墨路路挠着脑袋干笑着说。

“哼，你们以为老大那么容易被抓吗？告诉你们，我们老大可是出了名的黑心。”白面狼君气焰嚣张地说道。

上官宛儿顽皮地跑到白面狼君跟前，上下打量了一阵，也学着白面狼君翻白眼，伸出舌头扮了个鬼脸："啰啰啰，你说的我好害怕呀，不过这种感觉挺好的，我跟你玩个游戏吧。"上官宛儿掏出自己的哨子，鼓着腮帮吹了起来，哨声过后，三只背有白条的小鼠从外面蹿了进来，跑到上官宛儿的脚下等待命令。

白面狼君瞳孔扩大，白眼眶里充满血丝，惊恐地说："上官天蜀的鬼老鼠，你怎么会有上官天蜀哨子？"

"你也知道我爹爹的手段啊，嘿嘿，那就好好体验下，永远记住这个感觉噢。"上官宛儿还是调皮地说着，命令三个小老鼠钻进白面狼君的衣服里去。

"啊……"白面狼君惨号了起来。

东郭牛给孤星娘子使了使眼色，意思是最好阻止上官宛儿的行为。

邱乐乐拍手称赞："好呀好呀，妹妹你还有这本事呢，让这个白眼色鬼知道厉害，还敢威胁我们，本姑娘还没给你颜色呢？"

孤星娘子劝道："好了好了，我看咱们还是先吃饭去吧，邱姑娘你不是说你们府上的红枣粥很好吃吗？看着这两个色鬼影响胃口。"

上官宛儿叫出了三只小鼠，拉着孤星娘子的手晃着说："好啊好啊，正好我也饿了，走，咱们喝粥去。"

邱乐乐吩咐下人说："把两个色鬼押到院里的柴房看守，待会花捕头来了交人。"

"是，小姐。"下人们抬着两个色鬼走了出去。

第三十四章　相亲闹剧

墨路路还有话要说，被东郭牛拉住："墨兄能不能老实地坐会儿，你不会又要说抓捕大色鬼去吧？跟你说，有花捕头在这儿呢，大色鬼不敢出来为非作歹了。咱们还有正经的大事要做呢，抓到两个色鬼，咱们已经尽力了啊。"东郭牛想着心事，看了看洒进来的阳光，说道："等孤星娘子她们吃完饭，咱们就上路吧。"

墨路路点了点头，无精打采地说道："那好吧，我看邱姑娘也并不是很希望我留下来，都是我的一厢情愿罢了。"

东郭牛拍了拍墨路路的肩膀，鼓励道："其实感情还是直接点好，不如你去和她还有她家人把这件事情说出来，不管怎样，自己心里别有遗憾。"

"东郭兄说的是，直接说出来总比一个人胡思乱想强。嗯，我这就去找他们把事情说出来，这样我走得也踏实呢。"墨路路下定决心，然后激动地走了出去。

庭院里下人丫鬟来回奔忙，好像是邱府上来了什么客人了，墨路路拦住一位丫鬟问道："你好，我问下此刻邱家老爷和邱家小姐都在什么地方呢，府内来了什么客人吗？"

"对呀，大名鼎鼎的花捕头来了，还有邱家寨最有钱的邱金海带着儿子前来提亲呢，此刻正在大堂用茶呢，我还有事要忙了。"

丫鬟匆匆忙忙地走了，"提亲？"墨路路自言自语，脑袋"轰"的一下，"不行，我得赶紧过去表白。"墨路路控制自己的情绪，快步赶往正堂。

正堂中坐着许多人，邱老爷正堆着笑脸陪着花捕头和邱金海用茶，花捕头一身黑色英雄装，腰间挎着乌环宝刀，粗眉虎眼，散发着官威。

花捕头旁边坐着一位方脸红膛的老爷，一身名贵衣服环佩叮当，透着财气。

红膛老爷旁边站着一位纨绔子弟，也是一身富贵打扮，脸蛋跟个女子似的白嫩嫩的。

"金海大哥，最近生意这么忙，还和贵公子前来探望，真是让小弟我不敢当啊。"邱老爷讨好地说着。

"有什么敢当不敢当，今天这不是冲着喜事来的嘛？贵府抓到了通缉要犯，我们自然要来庆贺，我侄子花捕头正为此案奔波，你帮了他这么一个大忙，自然要来拜谢，最重要的是趁着大好的运头上把年轻人的喜事定了，喜上加喜，哈哈。"红膛老爷打着哈哈说道。

邱老爷旁边站着夫人和女儿邱乐乐，邱夫人拉过女儿笑着说道："可不是呢，喜上加喜，全听您安排做主。"

邱乐乐甩脱了母亲的手，大声嚷道："你们还没问过我呢，我答应了吗，我同意了吗？"

邱夫人吓得脸色变了，抓住邱乐乐向红膛老爷赔笑："都怪我们管教不严，小女性子太直了。"

"爹爹，我就喜欢她这个样子。"纨绔公子嫩脸变红，忸怩得像个姑娘似的。

“哈哈，好好，鑫鑫，你喜欢就好。”红膛老人拍着纨绔公子。

“让我进去，我有重要的事情要说。”墨路路硬是闯过下人，站在众人面前。

“墨公子，有什么急事稍后再说，没看见我们正陪着重要贵宾吗？”邱老爷脸阴了下来，非常不高兴地说道。

邱乐乐灵机一动，背着双手说道：“爹爹，这么说就不对了吧，墨公子也是我请来的贵宾呢？”

花捕头转过身来，上前看了看墨路路，然后客气地请教道：“敢问贵公子何处人士？”

邱乐乐上前指着墨路路，表情丰富地赞道：“这位可不简单啊，就是抓捕两个色鬼的墨公子，所有功劳可都是墨公子的，我们邱家只不过是跟着沾光的。”

“原来是墨公子呀，幸会幸会。”花捕头说着话的同时就伸手朝墨路路的胸前抓来。

墨路路登时一愣，但是反应却不慢，拍了盘在腰间的束带，束带如灵蛇一样立起来挡住了花捕头的手。

“墨公子别惊，我只不过帮你清扫衣服上的虫子。”花捕头笑着指着地上的一个七星瓢虫，面露疑色，抱拳赞道，“墨公子这路守法可是墨门的手法，敢问墨公子？”

“我，我这种人不是入流的人物，墨门可是名门大派，花捕头，我有事情要和邱老爷和邱小姐说下。”墨路路不想耽搁时间。

“什么事情，说吧，需要多少赏钱尽管开口，我即刻安排。”邱老爷不耐烦地说道。

“我喜欢邱小姐，想娶她，我是真心地爱上她了。”墨路路直截了当地说了出来，说出后感觉心里顺当极了。

“啊？”邱夫人惊呆得张口叫了出来。

“什么？”邱老爷也被墨路路突如其来表白弄得糊涂了。

邱乐乐长这么大头一次听到男子当面如此表白，而且是有人提亲这样的场面，本来邱乐乐不喜欢邱鑫鑫这样的纨绔子弟，对墨路路倒是不讨厌，也许这是摆脱邱鑫鑫的一个机会，邱乐乐把复杂的头绪理清后，清了清嗓子说道：“嗯嗯，我觉得墨公子为人还是不错的。”

邱金山的脸气得通红，怒视着邱老爷和邱夫人，鼻子哼着气。

邱老爷站立起来吼道：“来人，把墨公子拿下，你以为你是什么人物，擅闯厅堂，目中无人。”

下人们拿着武器包围了墨路路，准备下手擒拿。

“慢着，你们敢动手。”邱乐乐拿出软鞭跳到墨路路跟前，“要抓就别怪我的鞭子不客气。”

“胡闹，简直是胡闹。”邱老爷气得干瞪眼。

第三十五章　乱中解围

花捕头笑着劝道："大家有话好说，千万不要动怒。"谁知花捕头是假当好人，右手如游龙般运功把邱乐乐的软鞭吸了过来，然后轻轻抚摸，"邱姑娘可是大家闺秀，最好不要碰这些危险的武器，你们女孩细皮嫩肉的受到伤害就不好了。"花捕头说着话，挥动两掌朝墨路路拍去，掌风带着热浪。

围攻墨路路的下人们被掌风激荡，甩向两旁，炙热的掌风让墨路路心堵得慌，火烧火燎地透不过气。墨路路知道了花捕头的厉害，一手火神掌已经炉火纯青，还有名动江湖的用乌环宝刀使出的追魔刀法，恐怕都是墨路路抵挡不了的。但是墨路路此时却信心大增，因为身旁站着自己心爱的邱乐乐，而且邱乐乐刚刚说的那一番话给了墨路路力量，"墨公子还是不错的"这番话的意思墨路路还不明白么，邱乐乐没有拒绝他，反而拒绝了条件非常好的首富邱金海的儿子。

墨路路手里的伞兵刀变成一把大雨伞一样挡在前面抵挡掌风，掌风带来的热浪明显小了许多，可是墨路路突然又觉得空气一下子稀薄了，好像谁把自己周边的空气吸走了一样，墨路路感觉大脑出现空白，全身开始无力，扔下手里的伞兵刀。看见正发掌运功的花捕头，还有不知何时被抓过去的邱乐乐。

正在关键时刻一条黑影飞入进来，花捕头本来正用绵掌吸气，可是感觉气不仅吸不进去反而往外泄了出来，虎眼突起，收掌回功惊惑地看着眼前的人，微笑着说："敢问朋友是哪路英雄，不会也是来扰乱厅堂的吧。"

邱乐乐甩开拉扯自己的丫鬟，看到救星来到，冲着花捕头讥讽道："这位自然是英雄，和墨公子一同抓住色鬼的东郭公子，我就想不明白了，你花捕头的本事看着不低呀，怎么这么多年就是抓不住通缉犯呢？"

邱老爷此时万分恼怒和惊慌，恼怒自己女儿带回来的朋友竟然敢如此扰乱，惊慌怕把邱金海和花捕头惹怒了就不好说了，这些人物都得罪不起的。邱老爷指着东郭牛，瞪着眼睛喝道："你们这些粗人真不该留你们，赶快带着你的朋友离开，否则别怪我翻脸不认人。"

墨路路调整好呼吸，感激地看着东郭牛，把手伸向邱乐乐，柔情地点了点头，等着邱乐乐过来。

邱乐乐脸"唰"地红了，莫名其妙的感觉让自己一步步走向墨路路，可是走了两步被身旁的丫鬟拉住："小姐，别走。"

"放开我，我可不客气啦。"邱乐乐红着脸，再次挣脱开来。

刚要迈步，花捕头粗壮的胳膊却挡住了去路，无论邱乐乐如何推搡硬闯，花捕头的胳膊如铜墙铁壁一样："还是要听尊长的话，来路不明的人我得好好盘问下呢。"

"你放开她。"墨路路看到邱乐乐被挡住，心里又难受又心疼，想要冲过去教训花捕头。

东郭牛挡住去路，笑着朝花捕头抱拳："大名鼎鼎刚正不阿的花捕头怎么也管起儿女情长的私事来了？你好歹也是一个大忙人，有时间还是想想怎么去抓黑心色鬼秦寿吧。”

“哦，这位兄台教训的是，不过碰上来路不明的人我总是不放心，万一是什么通缉的要犯流窜这里为非作歹。”花捕头火神掌再次击出，连身后的那些人都能感到火浪的炙烤。

东郭牛手里多了一碗清茶，茶水迸溅出来，东郭牛三只手指弹着迸溅出来的水珠，水珠闪电般射入了花捕头的掌心里。

花捕头全身一颤，迅速收掌，发功逼出水珠，然后抱拳佩服道：“领教了。”

再看花捕头脚下踩进去寸许的坑，胖大的鞋子都看不到了。

东郭牛在地上来回蹦着，拍着身上：“烫死了烫死了，花捕头你这是要烫死我们啊，墨兄你也太不够意思了，自己挡着自己啊。”

墨路路把伞兵刀放下，愧疚地说道：“不是啊，抱歉啊东郭兄，我是看你和他争斗，以为你不怕呢。”

“幸好我先降温了，要不然被大名鼎鼎的火神掌烧死了，花捕头，我东郭牛可不是你说的来路不明的人物，邺城西门豹大人委托我前来查一宗案子，好歹咱也是给公门办事的人。”东郭牛抱拳说道。

“噢，原来是江湖英才东郭牛，久仰大名，误会误会，话说东郭牛是不是在查邺城鼠妖案？”花捕头微笑着问道。

“正是。”东郭牛回道。

“上官天蜀可否缉拿归案？”花捕头继续问。

“上官天蜀已经被人杀死，此案还在调查之中。”东郭牛不想说得太多。

“东郭兄，那么你在北斗蜀山上可有什么收获，现在江湖各门各派都蠢蠢欲动，好像要找你要东西，你可要小心点啊。”花捕头小声说道，好像很担忧的样子。

“哦？找我要东西？这可有趣了，我手里还有什么各门各派都垂涎的宝贝不成？”东郭牛隐约感觉到事情有什么不对劲的地方。

外面跑进一名捕头禀告：“花大人，文城的慕容大人已经派人前来接应，是否把两名犯人押走？”

“好的，哈哈，各位我还有公事就先行告退了，这个私事呢你们自己和和气气地解决，再会。”说着花捕头抱拳告退。

邱金海袖子一甩：“哼，我们还有事情，也不在此处耽搁了，邱老弟，你好自为之，走，鑫鑫。”

邱鑫鑫还盯着邱乐乐不走，耍起了性子：“我就要她，我就要她，爹爹你不是很厉害嘛，我现在就要她和我回家。”

邱老爷讨好地跑到邱金海跟前献媚：“金海大哥，你别生气，先坐下，子女的婚事当然是父母做主了，乐乐，还不过来。”

“是啊，女儿听话，啊！”邱夫人也上来规劝。

“听话听话，听什么话？我自己的事情能不能自己做主？他们家有钱有势，你们喜欢，我不喜欢。”邱乐乐发泄了出来。

“你？”邱老爷上前扇了邱乐乐一个巴掌。

“你打我？”邱乐乐委屈地哭着说。

邱夫人上来揉着女儿的脸，安慰道：“女儿，你听爹爹的话没错的。”

东郭牛按住想要冲过来的墨路路，看着这种场面说了句：“感情的事情还是自己决定，这可是关系到一辈子幸福的。”

邱老爷瞪着东郭牛，指着墨路路讥笑道：“是啊，一辈子幸福的事情，跟着你们这样飘飘荡荡的江湖人能幸福吗，一天到晚打打杀杀的安全吗？”

墨路路看了看邱乐乐，心里觉得邱老爷说得确实也有道理。

“我喜欢，我愿意。”邱乐乐捂着酸痛的脸头也不回地走到东郭牛和墨路路之间。

“你愿意，好，那你就不是邱家人了，永远也不要进邱家大门。”邱老爷想吓唬邱乐乐。

“好，不进就不进，我们走。”邱乐乐坚决地说道，拉着墨路路就往外走。

下人和丫鬟们看着邱老爷的眼色，挡住去路，可是不知怎么脚底不稳，都狼狈地摔倒在地上。

“踏踏实实做人，才能站得稳当，你们做人不踏实，以后注意啊。”东郭牛打着哈哈大步流星地走了出去。

“爹爹，快去把她追回来，我要她嘛。”邱鑫鑫带着哭腔嚷着。

邱金海带着怨毒的目光，鼻子哼道：“放心，爹爹会还你公道的。”说着拉着儿子气呼呼地离开了。

邱老爷和邱夫人目瞪口呆地看着两人离开，然后跑过去笑脸相送，心里揪心、担忧和害怕。

三人找到孤星娘子和上官宛儿，去马棚里牵了五匹快马，“发生了什么事情，这么着急啊？”孤星娘子问道。

“先离开邱家再说，再晚会儿不知还有什么麻烦呢？”东郭牛跃上马背，挥鞭赶马带头跑出。

第三十六章 名门正宗

其他人随后陆陆续续地跟了上来，几人赶了大半个时辰，东郭牛朝路旁的河边一指：“走，过去饮马过河。”

孤星娘子疑惑地问道：“为什么不走官路啊？”

“官路怕是走不了啦，前有拦路虎，后有追兵。”东郭牛担忧地说道。

“怎么回事，为什么要追我们？”上官宛儿气呼呼地说道。

孤星娘子看了看泪眼婆娑的邱乐乐，上前安慰道：“邱姑娘，放心，有什么事情有我们在呢，别怕别担心。”

邱乐乐一头拥到孤星娘子身上，感激地说：“谢谢孤星姐姐，谢谢你们，以后我邱乐乐就跟着你们四海为家了。”

“邱姐姐能和我们一起简直太好了，你放心，若有人欺负你，我上官宛儿第一个帮你教训他。”上官宛儿依偎在邱乐乐的身旁说道。

东郭牛在河边饮了一口水，小声跟墨路路说道：“墨兄这回放下一块心病了吧，邱姑娘宁可不要荣华富贵，宁可放弃千金之躯，也跟着你跑出来了，你可得好好对人家。”

墨路路点了点头，微笑道：“我会的，谢谢东郭兄帮我。”

“好啦，大家都别酸溜溜的了，赶紧上路吧，追兵可是离我们越来越近了。”东郭牛耳朵耸了耸，然后招呼众人上马过河。

跃过小河，穿入一处林子里，东郭牛勒马停住，脸色凝重。

墨路路看了看身后，侧耳听了起来“东郭兄，有什么问题吗？没有动静啊。”

孤星娘子和邱乐乐也捧耳静听，根本没有任何异样，一片寂静。

东郭牛沉声说道：“你们不觉得静得出奇吗？越静越有问题。”

上官宛儿点了点头：“不错，林子不该这么静的，起码虫鸣鸟叫应该有的。”

话刚说完，数十条人影从草丛中飞跃出来，把东郭牛一伙团团围住。打头的中年儒者正是正宗名门儒门的掌门大弟子，人称外号封神圣手颜赠，一手天神掌震动江湖，曾经掌毙嚣张跋扈的毒魔恶道封仲谋，还有打败前来挑战的昆仑门掌门圣手昆仑区无忌。颜赠身旁站立两个身着释门和道门衣着的中年人，东郭牛不认得两位，估计辈分也不低。

东郭牛打着哈哈，摸着鼻子朝颜赠笑道：“颜先生怎么也有闲情雅致到林中消遣来了，你们儒门不是忙于那些四处收徒讲学吗？”

“有朋自远方来，不亦乐乎，呵呵，东郭先生，我特地欢迎你这远道而来的客人。”颜赠摆出一副学究的模样。

东郭牛抱拳还礼：“你这样欢迎我也太隆重了吧，我可受不起，颜先生还是开门见山，有事说事吧，我们还要赶路呢。”

“君子务本，本立而道生，东郭先生要好自为之，你在北斗蜀山上是否见了上官天蜀？上官天蜀手里的东西呢？”颜赠严肃地问道。

“你们的消息倒是很灵通，我是上了北斗蜀山，不过上官天蜀被人杀害了，我们也在追查凶手，你说的什么东西，我不明白你的意思。”

东郭牛有些莫名其妙，但是他感觉到事情不妙。

“巧言令色。”颜嶒喝道。

“你这个矮胖子说的是什么啊，说了半天我没听明白，我爹爹的死是不是跟你们有关？”上官宛儿听到这些人谈论起自己爹爹的事情，忍不住站了出来。

“你是上官天蜀的女儿？”颜嶒厉声问道。

上官宛儿拍拍胸脯，“怎么，你们听到我爹爹的名字害怕了吧，你们到底是什么人？”

“颜兄，我去抓了这个小妖女，东西肯定在她身上。”颜嶒身旁道门的红须道人说道。

“你才是妖人呢，好端端的人哪会长红胡子呢，嘻嘻。”上官宛儿一点也不吃亏，伶俐地回骂起来。

“果真是妖人的女儿，看贫道收了你伏法。”红须道人喝着要上前来。

颜嶒伸手挡住：“清伦道兄先别动手，容我问个清楚，东郭兄，你要是没拿东西为何要同她们一起？你看看身边都是些什么人，墨门逐出门墙的护法，逍遥宫的旁门妖女，还有上官天蜀这位曾经危害江湖的邪魔人士的女儿，有其父必有其女，你在江湖中好歹也是有名誉的人物，好好考虑下吧。”

孤星娘子娇喝一声：“自以为是名门正宗，排斥其他门派，如此胸襟，我看就是小家子气。”

墨路路也回道：“墨某自然是不入流的人物，但是行得直，端得正，并没有做出对不起墨门的事情。”

东郭牛指着墨路路等人，“人的好坏各有评判标准，不过最基本是遵守正常的道德标准，他们并不是邪魔歪道上的那些人，你说上官天蜀但是别把他做的事情和他的孩子关联起来，这个孩子才几岁？”

“别跟他废话，执迷不悟，先把那个小妖女抓住再说。”红须道人忍耐不住，挥着道袍飞跃上来就要抓上官宛儿。

“欺负小孩，我真看不惯。”邱乐乐也忍不住发起火来，舞着软鞭飞奔到上官宛儿的前面，对着红须道人挥动起来，可是软鞭像是被强风吹回来一样，紧接着邱乐乐就被一股强劲的掌风击得倒向后去。

墨路路甩出伞兵刀，变成一个大伞挡住掌风，墨路路飞跃到邱乐乐跟前，刚好来得及抱住邱乐乐：“你没事吧。”墨路路关切地问道。

“还好，小瞧了红须道人。”邱乐乐说。

红须道人的道袍鼓胀起来，强劲的掌风把墨路路的伞兵刀击得缓缓后退，孤星娘子娇喝一声：“别太猖狂了。”说着纵身飞跃过去，一身绿色蓑衣翩翩起舞，宛如仙子一样，孤星娘子拔出头上的五彩翎羽，原来是一把翎羽剑，翎羽剑闪着五彩剑光，突破红须道人的掌力射向红须道人。

红须道人“啊呀”一声，急迫地停止发掌，用腰间的拂尘抵挡了五彩翎羽剑，身子不由自主地退后着。

第三十七章　东玄西幻

孤星娘子仙臂兜转，五彩翎羽剑卖个破绽翻个跟头又飞回孤星娘子的手里：“不要太猖狂了，我们不想动手的。”

红须道人被孤星娘子一席话呛得脸红起来：“臭女人，看贫道不好好教训你。”

颜噌不知用什么身法顷刻就落到红须道人跟前，“少安毋躁，东郭兄，我真的不想下手，识时务者为俊杰，你们还是乖乖听我的话，交出上官天蜀的女儿，待我们搜到了东西，自然不会伤及你们的，这是我最后一次给你们机会了。”

上官宛儿脸红扑扑地烧起一团火：“要抓我，没那么简单。”

“大家围成一圈，不要各自为战脱离了伙伴，看来有一场恶战了。”东郭牛忧心忡忡地说，但是言语中带着一股劲，让身边人听了能够共振。

颜噌摇摇头，很是失望，随后手往前一伸，身后的门众拿着兵器黑压压地冲了上来围攻众人，颜噌并没有出手，示意红须道人和僧衣佛士站在包围圈外观战：“人多不利于我们参战，咱们发功会伤及同伴的，我想还是看看这几个人能有多大能耐，是否抵挡得住咱们三个宗门门徒的攻击。”

僧衣佛士手转佛珠：“刚刚清伦道兄不是试过逍遥宫女子的功力了么，看样子还过得去啊。”

“哼，那是我没真正过招，惠钰禅师不会只是德高望重，功力是不是也一样呢？贫道今天倒要大开眼界，哼哼。”红须道人清伦冷笑着说。

“同道中人，勿要互伤和气。”颜赠劝道。

“窈窕淑女，君子好逑，西蜗妹妹，我这样算是有感情地朗读了吧。”一位老者弄清弄色的声音在林中响起。

“老不死的，就会耍嘴皮子，今天能给我什么惊喜啊？”一个老妇温情地骂道。

“惊喜，对，浪漫的惊喜，我的风啸神功炼成了，哈哈。”

“呸，那有什么好惊喜的，你都练了快六十年了。”老妇骂道。

突然，林间狂风顿起，鬼哭狼嚎起来，一时间飞沙走石，老者狂放的笑声响起：“怎么样，惊喜浪漫吧，跟下雪似的。”

“该死，沙子都吹到老娘嘴里了，真是找打，看老娘不拧断你的耳朵。”老妇厉声骂着。

“哎哟，你可别拧，我怕了你了。”两人声音渐行渐远。

风停了，树枝依旧摇摆不定，树叶飘撒着，树林中的众人拍了拍身上的沙土，揉了揉眼睛，这才发现东郭牛一伙消失不见了。

“该死的，让他们溜了，都是那两个人搞怪，看我不抓住两个老不死的教训教训他们。”清伦道人吹胡子瞪眼睛地骂着。

谁知林中老者声音再次响起：“骂我老不死的不要紧，还敢骂我的西蜗妹妹，你这嘴巴真不干净。”

林中飞出一块石子，急速地射向清伦的嘴巴，清伦也不是等闲人物，拿起拂尘把石子打落在地："雕虫小技，哼。"谁知林中飞出十数个黑灰色物体，清伦甩动拂尘，本以为能打落，谁知那东西劲道十足，透过拂尘的缝隙粘到了清伦的红胡子上，原来是鸟粪，清伦的红胡子上粘着十多个黏稠的鸟粪，简直快要气疯了。

能用刚拉完屎的鸟粪当暗器打人的，而且还能透过清伦道人金丝拂尘的，这老者自然不简单，颜赠早知道两个老人的身份了，如果亲眼看到了风啸神功还不知道东玄风的，这人肯定会倒霉。清伦有些太骄傲自负了，总认为江湖是属于他们这辈分人的了，那些老去的江湖人士和新起的年轻人都不值得去打听。所以，今天清伦总算知道"姜还是老的辣"。

颜赠礼貌地说道："东玄西幻两位前辈好，儒门弟子代掌门向前辈问好了，不知两位前辈何故要帮助邪派人士逃走呢？"

"谁帮了？什么邪派人士？老头子，你知道吗？"老妇的声音在林中传来。

"西蜗妹妹，这一群臭小子诬赖咱们，跟他们师傅一个样子，整天指着别人说这说那，仿佛很有道理一样。我们老两口在森林里面玩浪漫呢，你们别在这捣乱，再诬赖我，小心你的嘴巴，咳咳，西蜗妹妹，你去哪儿啊，等等我。"老者的声音很是着急，然后远去。

清伦憋着怒火，但是不敢发作，掏出道巾擦拭着胡须。

惠钰禅师摆摆手，门下弟子从怀中掏出白色鹞鹰："放心吧，他们走不远的。"

东郭牛一行人在密林里骑马前行，林外是一片广阔的草地，东郭牛勒住马跳了下来，让自己的马跑出森林，然后跳到墨路路的马背上继续往密林中赶去。

孤星娘子问道："三只眼，咱们在林子里面行程不是很慢吗？在外面马才能跑起来啊。"

“你认为跑得再快有用吗？外面太容易暴露目标了，三大宗门的门徒众多，各个官道路卡处肯定都有耳目和埋伏了。”东郭牛分析道。

众人不禁赞起东郭牛的细心和反侦察能力，邱乐乐本来压抑的心情倒因为突发事件搞得兴奋起来：“嘿嘿，刚才真带劲，咱们面对那么多江湖高手愣是冲了出来。”

孤星娘子闪烁着明亮的眸子说：“要不是两位老前辈暗中相助，我们怎会走脱得如此轻松呢，三大宗门的人物可不是好对付的。”

“你是说林子中说话的老头和老太太？他们救了咱们？”上官宛儿问道。

墨路路点了点头，神秘地说：“可是不简单的老两口呢，东玄西幻两位可是江湖中的绝顶高手，两人各有百岁高龄了，退隐江湖后神出鬼没的。刚刚的强风就是东玄风前辈的风啸神功，这神功要是打在人身上，恐怕一百个人都挺不住。”

“哇，百岁老人？真了不起，功夫好神啊，东玄风的神功这么厉害，那么他老婆子西幻呢？”邱乐乐好奇心起，继续问了起来。

墨路路赞道：“两位既然能够齐名，当然也有绝招了，西幻的绝音九歌，以声色致人气脉紊乱，以音波使人血脉崩裂。”

邱乐乐和上官宛儿听得很奥妙，都说：“要是能亲眼见见这样的婆婆可就好了。”

刚说完树林里两条人影挡住去路，只见两个容光焕发，慈祥的银发老人挡住去路。

老婆婆手杵着一根凤拐，用手捧着自己的脸蛋，害羞地说：“没想到还有年轻的娃儿喜欢我这老太婆，嘿嘿，你这干巴巴的老爷子可没人喜欢咯。”

“西蜗妹妹天生丽质，自然有很多人喜欢，不过既然能和西蜗妹妹这样的淑女在一起，我自然也差不了呢，对不对，三只眼？”老爷子双手叉腰，胸脯挺着，和蔼地笑着。

东郭牛点了点头，赞道：“两位是郎才女貌，天仙绝配，今天可多亏了你们了，改天我一定拿了我特制的容光水，让你们更年轻更健朗。”

众人不可思议地看着东郭牛和两位老者，原来东郭牛竟然认识两位盖世老人。

“我们可没帮你，我们只不过是在练功，在制造浪漫，三只眼，你惹了大麻烦可别拉我们老两口蹚浑水，我们可不想和那些儒圣人、释圣人和道圣人扯皮玩，行了行了，我们还有事情，你们听天由命吧。”两位老人说话的工夫就飞掠出去。

东郭牛招招手，“等会儿，我还有个问题要问呢，他们究竟要从我们身上找什么？”

第三十八章　神剑秘闻

“蚩尤剑和蚩尤剑谱。”声音从很远的地方飘来。

众人听完之后各有表情，孤星娘子眼睛更加亮了，宛如流星刹那的光亮，上官宛儿和邱乐乐不知道是什么宝贝东西，带着疑惑，墨路路张着嘴巴显然是被惊讶住了，东郭牛恍然大悟。

“怪不得惊动了三大宗门，原来是为了天下第一刺客的蚩尤剑谱和蚩尤剑，他们以为这东西在咱们手上，或者是有人放风说这东西在宛儿爹爹手里，所以各大门派都冲着我们来了。”东郭牛分析道。

“什么蚩尤剑谱和蚩尤剑啊，我从来没听我爹爹提起过。”上官宛儿还是一脸迷惑。

“或许这一切都是幕后人的阴谋，凶手杀了你爹爹，然后制造出剑谱和剑的传闻，让江湖陷入争夺混乱之中，把目标转移，我们也成了幕后凶手的棋子了呢。”东郭牛担忧地说道。

“那究竟有没有蚩尤剑和蚩尤剑谱啊？”邱乐乐兴趣十足。

墨路路回道：“当然有了，听我师父说过这可是天下第一刺客绝无双的天下第一剑，那剑法比太阳更毒辣犀利，那剑光比太阳更刺眼猛烈，没有人能躲得过蚩尤剑，因为他出手简直快得惊人……”

东郭牛点了点头：“没错，绝无双的事迹轰动了几代江湖人，成为江湖第一也是众多江湖中人的梦想。其实，他们却不知这天下第一剑的太阳刺客最终却是厌倦江湖和心爱的人过起了隐居生活。”

“哦，太可惜了。”上官宛儿叹息道。

“是啊，多少人都想取得江湖第一的光环呢，这个太阳刺客怎么就退隐了呢？”邱乐乐和上官宛儿一样叹息道。

墨路路深情地看着邱乐乐：“如果我是太阳刺客，有一个心爱的人陪在身边，我宁愿放下这个光环去和心爱的人过平淡的日子。”

邱乐乐的脸红得像个苹果，拉着上官宛儿走到别处。

墨路路还想跟过去保护，被孤星娘子拦住，孤星娘子开着玩笑：“不用看这么紧吧，丢不了的，再说人家姑娘的事，你这个大男人跟着不方便吧。”

墨路路挠着头不好意思地退了回来。

“要从我们身上取得蚩尤剑和蚩尤剑谱，这也太离谱了吧。还说自己是正宗名门，我看也是利欲熏心。”孤星娘子嘲笑地说道。

东郭牛想了想：“其实剑谱真的曾经在上官天蜀的手里，不过当年我亲眼看到他把蚩尤剑谱亲手毁掉的，至于蚩尤剑，恐怕也永远不能见于人世了。”

“啊。”孤星娘子尖叫了起来，“三只眼，你说什么？蚩尤剑谱被上官天蜀烧毁了？那蚩尤剑呢？”

墨路路听了后也颇为震惊，“东郭兄，这些你是怎么知道的？”

“在我八岁那年，为了混口饭吃，像其他亡命徒一样踏上了天龙山去采火灵芝，想换两个钱财讨生活，没想到差点命丧在天龙山上。天龙山上有一只像火龙一样的怪物，我被火龙的烈火喷倒后滚落到一处山坳，等我醒来的时候发现两个人在山谷中激战。一个是上官天蜀，另一个是我师父天龙老人，当时上官天蜀拿着蚩尤剑凌厉地击杀着我师父，当时我师父身上已经剑伤累累了，却还拼命规劝上官天蜀放弃练习蚩尤剑法，并且最好把蚩尤剑藏匿起来。可是上官天蜀哪肯听劝，用蚩尤剑准备制服我师父天龙老人，想要天龙老人交出天龙丹，因为练习蚩尤剑法最高层剑术，必须阳火纯盛，否则会走火入魔。我师父天龙老人最后用身体当肉盾，让上官天蜀的蚩尤剑插入自己的身体中，趁着这当口用天龙掌击败了上官天蜀。上官天蜀没想到天龙老人竟然会用自己的身体做掩护，上官天蜀甚至后悔没杀了天龙老人，可是此时上官天蜀却成了阶下囚。天龙老人当时要求上官天蜀当面毁掉蚩尤剑谱，并且把蚩尤剑扔在他们身边的潜龙深渊中去，否则天龙老人就会废了上官天蜀的功力。上官天蜀为了保留自己的功力，把蚩尤剑谱扔进天龙火中烧掉，蚩尤剑也扔进了潜龙深渊中。随后天龙老人放走了上官天蜀，而天龙老人失血过多，昏倒在地上，我赶紧爬下去并且救了天龙老人，后来天龙老人收我为徒，我就留在了天龙山上。”东郭牛默默地讲着自己的往事，提到自己的师父很是欣慰。

“这么说蚩尤剑谱和蚩尤剑没有了。”孤星娘子好像有些失望。

“嗯，二十年前就已经没有了，真不知这些人怎么空穴来风？”东郭牛很不明白。

“我们又不能和这些人去解释，他们也不会听的。”墨路路说。

“对啊，有些事情用不着解释，你越解释，他们反而越觉得蹊跷，我们得尽快找到幕后凶手。”东郭牛望着天空，瞳孔收缩，惊叫道：“大家快快藏到树下隐蔽处。”

“怎么回事？”孤星娘子问道。

“天空上有他们的耳目。”东郭牛指着天空的一只旋转飞翔的白色鹞鹰。

“邱姑娘他们两个还没回来？”墨路路担忧地问道，因为他发现白色鹞鹰正往这边低飞过来。

东郭牛招了招手，“墨兄，不知抓鸟你擅不擅长？”

墨路路相视一笑，掏出伞兵刀，砍断几根树棍，动手编织起来，一个半米多长的鸟笼瞬间做好。

东郭牛拎着鸟笼，让孤星娘子把上官宛儿和邱乐乐叫回来，孤星娘子进入林中找回了两人。

“鸟笼用来做什么啊？”上官宛儿很是好奇。

“咱们抓鸟好不好，但是需要你的老鼠配合。”东郭牛神秘地说道。

“好呀好呀，怎么配合。”上官宛儿玩心大起。

东郭牛指着天空盘旋的白色鹞鹰，把鸟笼子笼门打开：“借你的老鼠一用。”

上官宛儿口哨吹起，三只小鼠从林间跑了出来，上官宛儿指着鸟笼子，三只小鼠“吱吱”叫着钻了进去。

东郭牛把鸟笼挂在枝头，然后招呼众人藏匿在树丛中。

白色鹞鹰发现目标人物躲进密林里，想要看个究竟，于是低飞下来，但是看到三只老鼠在鸟笼中哀叫着，鹞鹰主人本就没有喂饱它，此时鹞鹰看到眼前送上嘴边的食物顿时来了兴致。扑棱着翅膀，飞到了鸟笼中去，正准备去啄小鼠，谁知鸟笼中还有机关，掉下一个暗笼扣住鹞鹰。三只小鼠“吱吱”叫着嘲弄着鹞鹰，鹞鹰扑打着翅膀想要撞脱出来。

东郭牛走上前，放出了小鼠，看着鹞鹰笑着说道：“看来今天又有烤肉吃了，哈哈，走吧，咱们赶紧上路，我看他们得等上一阵子了。”

众人骑马从小路进入一处村落，东郭牛看看天色已晚，安排今晚就在这个村落中过夜。找了一户靠着村边的人家，两个老人无儿无女的，东郭牛给了不少钱说是算打尖住店的，老人们给众人做了汤面，一群人热热闹闹地吃的。

邱乐乐从来没体验过这样的生活，感觉很是开心，“嗯，这个面汤真是好吃，我家里的厨子可做不出来呢。”

“好吃就多吃点，嘻嘻。”孤星娘子笑着说。

东郭牛用胳膊碰了碰墨路路，“还不给人家邱姑娘盛面汤去，别光顾自己吃。”

“噢，好的，来，我给你盛汤去。”墨路路接过邱乐乐的碗，两人手指相碰，墨路路温馨地笑了。

邱乐乐柔情地看着墨路路，才知道这就是自己要的生活，这才是自己要找的那个人，幸福来得挺快，自己把握住了。

“对了对了，你们两个知道那个太阳刺客的故事，给我们讲讲呗，反正大晚上也没事可干，我们都好想听听天下第一刺客的故事呢。”上官宛儿吃完饭，舔了舔嘴唇，想着白天说的事情，又来了兴致。

东郭牛放下碗，想着自己师父天龙老人讲的关于太阳刺客的一些事迹，于是娓娓道来：“这事情要从这说起，话说当年东周有一名护卫，名叫绝飞，同时也是一名杀手。杀手三教九流，一个合格的杀手平时是一种身份，只有执行任务的时候才恢复杀手的面貌。当时接了大王的任务带领大批高手去白昼山抢夺蚩尤剑，那白昼山也是个凶险的去处。山上毒蛇猛禽很多，上山夺剑的人半路就死伤大半。等剩余的人到峰顶的时候看到一位妙龄少女守护着蚩尤剑，这些人登时起了色心歹意。绝飞当时阻止这些人不可打女人的主意，却不想这些杀手见到宝物和女人早就打算占为己有称霸武林。杀手们准备联手先杀了绝飞这个带队的，然后再盘算其他的。没曾想少女让大家停手否则连人带剑会跳入深渊，她说宝剑要送给有缘人，看谁能在宝剑拔出剑鞘的第一时间说出宝剑上的字，宝剑就归谁。在说话的时候少女和绝飞眨了眨眼睛，绝飞当即会意。杀手们都打算先把宝剑弄到手，于是瞪大眼睛等待宝剑出鞘。宝剑出鞘的刹那，金光刺眼，少女和绝飞二人却同时闭起眼睛，杀手们双眼流血惨叫哀号躺在地上翻滚。少女还剑入鞘后呼唤绝飞，绝飞这才睁开眼睛带着少女火速下山。从此二人亡命天涯，互生情愫，少女把蚩尤剑谱交给了绝飞，绝飞练就了蚩尤剑从此劫富济贫。江湖上的险恶之人仍是一心夺取蚩尤剑，只不过和绝飞交手夺剑之人全都被剑光刺瞎，绝飞也就有了太阳刺客的称号。”

第三十九章　落入陷阱

众人正听得入神，院外传来可怖的“喵布布，喵布布”的声音，东郭牛伸出食指轻轻地“嘘”了一声，然后蹑手蹑脚地走到门缝处，闭起左眼，右眼穿过缝隙查看院中的动静。

院中的并没有太多物事，除了石磨盘和堆积的干柴之外，还有一颗手臂粗细的梨树，在清冷的月光下，几片孤零零的叶子毫无生机地抖动着。梨树的枝干上一对幽光闪闪的大眼睛正盯着屋里，原来是一只鬼鸟。

东郭牛暗叫不妙，扭转身子朝众人指了指后窗，然后拍拍自己，指了指门外，告诉墨路路等人自己从正门出去想办法拖延敌人的时间，你们先从后窗偷偷溜走。

墨路路指了指自己，又指了指东郭牛，意思是我留下来跟你一起对付敌人。

东郭牛摇了摇头，扇着手催促墨路路等人快走。

墨路路只好带着三个姑娘偷偷地溜出窗户，东郭牛同时开了正门假装咳嗽起来：“咳咳，晚上喝多了汤，得好好方便一下。”边说边走向梨树下，看也不看树上的鬼鸟。

鬼鸟的眼睛瞪得更大，明亮的眼睛里泛着淡淡的蓝光，突然，鬼鸟张大了嘴巴，朝着喷出一股烈火。

东郭牛本想安静地走到树下突袭鬼鸟，没想到鬼鸟却先下手了，东郭牛用手臂遮挡住眼睛，急速后退，浓重的硫黄味呛得他真正咳嗽起来：“咳咳。”

“轰”的一声，东郭牛感觉背后热浪袭来，赶紧顿住脚步，稳住身形，直拔起来，刚跃到房顶的高度，就见五个身着赤红衣服额头有红色烈火烙印的女子朝东郭牛头上方扔了红色圆团，“轰轰”之声震耳欲聋，圆团炸裂开来，冒着万点火星。

“嗬，好厉害呢。”东郭牛被迫落回地面，用衣服罩住头顶。

“东郭哥哥，干吗一见了人家就要走呢，人家找得你好辛苦啦。”为首的一个红唇似火，媚眼如狐的女子妖里妖气地走上前说道。

东郭牛看了这女子一眼，夸张地用手掌挡住眼睛，然后慢慢放开：“哇，如此娇媚的女子，火神派不都是长相又丑脾气又臭的男人吗？这回怎么换了口味，收了这么多美女门众啊。”

“那是你有所不知，火神派的掌门和堂主可都是美女呢，我们火神派那些臭男人只不过是看看门打打杂的。对付一些小猫小狗，自然是臭男人去做了，可是请你这样的奇才男子，自然得有我妲姑红才请得动啦。”妲姑红扭动水蛇般的腰肢，媚眼能勾出任何男人的欲火。

“你就是万里江山一点红？哇，我东郭牛可是大饱眼福了呢。”东郭牛口上虽然如此称赞，心里却隐忧起来。因为东郭牛少年的时候就听江湖中的前辈们提起过，火神派有一位变态魔头妲姑红，暗地中专门捕杀年轻男子，饮血练功，由于火神派地处偏疆，藏匿处十分隐蔽，名门正宗拿火神派也没有办法。这魔头每次饮完人血，都有个嗜好，就是用人血在额头上点一下，还给自己起了个好听的外号“万里江山一点红”。这魔头销声匿迹了大概能有二十年了，此次突然出现，按理说魔头岁数应该也有百岁左右，此时的模样就如二十岁出头的女孩一样。难道是练成了什么奇功?

“呦，果真是博才多识，这样的男子谁不喜欢? 东郭牛啊东郭牛，我真该早早认识你呢，不过现在也不晚，我们是不是好好谈谈我们的大事? ”妲姑红贴近东郭牛，在东郭牛周围媚态横生。

东郭牛不敢直视妲姑红的眼睛，看到那双撩人的眼睛，东郭牛身体仿佛有火会烧起来，东郭牛甚至不敢呼吸了，妲姑红吐出的香气同样让人把持不住，任何一个男人受到如此诱惑一定会抱住妲姑红的水蛇腰。东郭牛知道妲姑红媚功的厉害，拍了拍自己的额头，敲通了情枢穴，丝丝凉气压下了身体里的欲火，东郭牛恢复神智。

妲姑红羊脂般晶莹白滑的手臂勾到了东郭牛的脖子上，热辣如火的红唇宛如有魔力的火山口，要把东郭牛吸进去。

东郭牛使用了金蝉脱壳的身法，如游鱼一样从外套中滑脱出去，刚刚从妲姑红的魔爪中闪避出来，可是感觉到自己的踩的土地变得软绵绵的，然后自己的双脚就好像陷入了泥潭中一样，越用力向上拔自己的脚，越有一股巨大的吸力往下吸。东郭牛的额头开始冒汗，自己今天算是栽了，栽在了泥潭里，看来真的要变成一块又臭又硬的石头了。

“门主，快救救我们。”妲姑红带来的四个红衣妖徒此时也陷入了泥潭中，而且由于她们用力挣扎，越陷越深，已经没入腹部。

妲姑红脸色突变，发现自己的脚下不知何时踩在了泥浆中，看看一动不动的东郭牛，冷笑了声：“噢，果然是好手段呢，埋伏好了等我呢。可是这点雕虫小技却为难不了我的，东郭公子先看看我的手艺吧。”妲姑红一条红链甩向院中的梨树枝头，用力发掌拍向脚下的泥浆中，身子借力腾跃而起，正暗自高兴，可是脚下泥浆依旧粘在双脚上如长蛇一样死死缠着不断。

“两个老妖怪是你们搞的鬼呀，赶紧出来吧。”妲姑红甩出火神弹炸开了粘连自己脚上的泥浆，然后又甩出四个火神弹，在四个手下前面炸开，妲姑红的红链卷出了四个手下，飞到了屋顶上，妲姑红朝东郭牛扔下一枚火神弹，却被泥浆里喷出的泥团挡住，“轰”的一声半路炸裂。

“嘿嘿，我们是老妖怪，你未必就是小妖怪，弄了个鬼面皮就以为自己还是十八大九的小姑娘，真是笑死我们了。”说话间两个老人从泥浆中钻了出来，身上、脸上淌着黏糊糊的泥浆。

东郭牛张着嘴巴，不可思议地看着两位老人，不错，正是这院子的主人，招待东郭牛一伙的两个慈眉善目的老人竟然是深藏不露的世外高人。

只见老头子咧着嘴，露出白森森的牙齿，满脸的皱纹堆积而成的褶皱好像是妖怪的嘴巴，老头子冲着东郭牛笑道：“怎么样，今晚的泥浆汤面味道还不错吧？我们老两口可是许久都没招待过客人了呢，今天真是太开心了。”

老婆子佝偻着腰，眼睛深陷进去，桀桀笑了起来：“是呢，好不容易来了这么多客人，总算是有些生气了，我们在阴暗的泥浆中实在是太无趣了。”

“地狱双魔，我火神派速来跟你们无冤无仇，而且我妲姑红是个睚眦必报的人，希望你们把那个臭小子交给我。”妲姑红媚眼蛮横地看着地狱双魔。

东郭牛心头一震，这几天究竟是怎么了，名门正宗，邪教异派，世外高人都活动在东郭牛等人跟前，难道都是听闻了谁放出的消息奔着蚩尤剑谱和蚩尤剑来的？地狱双魔是兄妹两人，大哥萨泥天都，妹妹萨泥地魃，兄妹两人隐居无人踏及的西南死水沼泽练就地狱魔功一直销声匿迹。

“嘿嘿，表妹啊表妹，这个勾人的骚女人在威胁咱们，看来给她的教训还不够。”萨泥天都捞起稀泥，稀泥从萨泥天都的指缝间缓缓流淌。

“细皮嫩肉的死妖精，老娘看到就恨死了，还要勾走我的贵客，哼，老娘能答应吗？”萨泥地魃气呼呼地抡起双掌，稀泥如两条长蛇一样张开大嘴飞向屋顶的五人。

妲姑红眼角露出一丝怨毒，恶狠狠地说：“看来是非要和我结下梁子了。”说着甩出火神弹。

后面的四个火神女妖也纷纷扔出红色圆团，“轰隆隆”如雷声滚动，火花崩裂，两个泥浆同火神弹碰撞后被阻回。

萨泥天都两只皱巴巴的泥手在稀泥中不断搅和，满院里的泥浆开始冒泡，树上的鬼鸟可能预感到危险，惊叫着拍着翅膀飞走了。果真，从地下“噗噗”射出无数个泥球，飞向屋顶。

妲姑红扔出红链挡住，随后抛出数十个火神弹霹雳炸开，“你们两个老妖怪等着，我们火神派记下这笔账了……”妲姑红怨恨的声音远远传来。

满天的泥雨从空中掉落下来，东郭牛全身都是泥点子，臭不可闻，两个浑身泥污的老魔头笑呵呵地游移到东郭牛跟前。

“两位前辈的功夫真是好啊，连火神派的大魔头都被你们吓得落荒而逃呢，在下多谢两位出手相助。”东郭牛假装愣头愣脑地打着哈哈谢道。

“这小子的嘴真甜，我喜欢。”萨泥地魃上来一把拽住东郭牛的胳膊，朝脚下的泥水中轻轻推出一掌，东郭牛顿觉身子一轻，整个人竟然飞腾起来。等再落到地面的时候，又变成了硬邦邦的土地了。

两个魔头一左一右地搀着东郭牛的胳膊，硬把东郭牛再次架到屋里，然后使劲往里屋里一扔。

东郭牛借着劲道破门而入，眼睛瞪得比牛还大，墨路路等人横七竖八地躺在床上昏睡了过去，看来逃跑没有成功。

“刚刚这么折腾，感觉还有些饿了呢，表妹快去给我们熬些萨泥汤来，臭小子看什么看，你的这些小朋友大晚上的四处乱走多危险，幸好我们兄妹及时救了他们，否则火神派的老妖婆抓去了就有罪可受了。”萨泥天都搓着泥手，泥浆填平了脸上的褶皱，看着更让人恶心。

东郭牛挠着头，“谢谢老前辈，谢谢老前辈，他们没什么事吧？”东郭牛担心几人的状况，究竟是中毒了还是简单的被打晕了。

“放心吧，只不过是喝了几口孟婆汤，在鬼门关里转悠转悠就好了，嘿嘿，你要不要也来点孟婆汤试试？”萨泥天都坏笑着说，白森森的牙齿和整个脸极不和谐。

东郭牛连连摆手，客气地说：“多谢老前辈关照，暂时还不口渴，老前辈神功盖世，晚辈要多学习学习呢。”

“学习，好啊好啊，年轻人就得这种态度嘛，学到老活到老，不能骄傲自负，嘿嘿。我们兄妹两个一身好本领，也正愁没有徒弟接班呢，你这根基不错，我可以考虑考虑哈。”萨泥天都搓着手像模像样地说着。

“说什么呢，这么热闹，萨泥汤来了，快，喝两口暖暖身子。”萨泥地鞑端着几碗浑汤笑呵呵地走了上来，阵阵香气扑入鼻中。

萨泥天都犹如一个馋嘴的小孩，撅着屁股，提着鼻子凑到了萨泥地鞑跟前，抢过一碗汤“咕咚咕咚”喝了下去，嘴里还啧啧称赞。

“嗬，你个老馋猫，客人还没开口，你倒先喝了起来，好不失礼。”萨泥地鞑笑骂起来。

“你瞧瞧，我一嗅到这美味的萨泥汤，把客人给忘了，抱歉抱歉，来来来，我帮你端过来一碗，赶紧喝，趁热喝了才香呢。”萨泥天都端过一碗走到东郭牛跟前，好像一个老人在喂自己的子女一样。

东郭牛看着嘴边的浑汤，喝也不是，不喝也不是，萨泥天都也不管东郭牛愿不愿意，直接把碗口塞到东郭牛的嘴里，紧接着一倒。东郭牛只好“咕咚咕咚”吞咽下去，汤是好喝，却不知里面放了什么。

“感觉怎么样？”萨泥天都看着东郭牛喝光了一碗汤，诡异地笑着。

东郭牛感觉全身血液都沸腾起来，萨泥天都的嘴脸越来越模糊，然后眼前忽然一黑。

“东郭牛，你快把东西交出来。”一个冰冷的声音在黑暗中响起。

东郭牛睁开眼睛，自己正趴在冰冷的泥浆中，四周飘荡着几个鬼火，好像是地狱里一样阴森恐怖。

“不用看，这里是地狱，你有选择的机会，交出东西回到阳间继续做人，否则就留在这里，抽筋扒皮，剜心剔骨，用你的人肉熬汤给恶鬼们。”阴森的声音再次响起。

“什么东西这么宝贵，连地狱里阎罗都要？”东郭牛反而讥笑起来。

“少啰唆，你自己心里有数，看样子你选择留在这里了。”

东郭牛拍拍自己，“我的阳寿好像未尽呢，你说收就收，我知道你想要什么了，蚩尤剑和蚩尤剑谱，对吗？”

“看来真在你手里，拿出来换你自己的命吧。”

“东西藏在一个绝密的地方,可是在这里怎么去拿？”东郭牛犯难起来。

“我放你出去，你去把东西找到，但是不要耍小聪明，我随时随地会把你带到地狱中的。”

东郭牛点了点头：“我很害怕的，哪敢跟自己的生命开玩笑呢，不过好多人都在找这个东西，被他们抢去的话我可没办法，你知道，寡不敌众的。”

“自然会有人暗中帮助你的，你只管去拿就好了。”

第四十章 猎人的局

东郭牛说：“那好吧，把我弄回去吧，问题是我被两个高手困住了。”东郭牛突然感觉眼角刺痛，闭起了眼睛，流出几滴泪水，睁开眼时发现自己躺在冰冷的地上，而此时屋子里面静悄悄的，也不知萨泥天都两位魔头去了哪里。东郭牛翻转了身子，看了看墨路路等人，喊道：“喂，墨兄，孤星娘子，邱姑娘，宛儿，你们快醒醒。”

上官宛儿第一个睁开眼睛，揉了揉眼睛，惊叫了一声：“咦，我们不是掉入了地狱中吗？”

墨路路嘴里断断续续地喊着：“邱……邱姑娘……”

邱乐乐捏着额头，睁开乏困的双眼，望了望墨路路的方向，而此时墨路路也醒转过来，睁开眼正好也瞧到了看着自己的邱乐乐，两人的头都低了下去。

孤星娘子“咳咳”了两声，醒转过来时捂着鼻子，看到东郭牛满身臭泥的样子众人都十分奇怪，孤星娘子问道：“你钻到泥坑里面去了啊。”

东郭牛微微一笑，指着地下：“对呀，要不是我刚刚下去，你们恐怕就上不来了。”

“你怎么知道我们在下面的？”邱乐乐问道。

东郭牛指了指自己的脑门，神秘地说：“因为我是三只眼嘛，通天入地，还有我看不到的东西吗？”

墨路路看了看屋子，奇怪地问：“真的，东郭兄，我们明明从后院走脱出去了，可是突然眼前一黑就坠入了地狱中似的，还有阎罗王跟我对话呢。”

东郭牛抢过话来，“问你们东西在哪儿，让你们选择是留在地下还是重回阳间呢？”

孤星娘子和众人都是一愣，异口同声地问：“你怎么知道？”

“因为我是东郭牛了，好了，这下咱们从鬼门谷绕了一圈后又回来了，此处是非之地不便久留，咱们还是上路吧。”东郭牛顾不得洗澡换衣服，推开门朝外面张望了一下，然后招呼众人上路。

大家都想知道刚刚发生了什么，可是看到东郭牛急迫的样子，知道情势不是很安全，全都跟上，院中的马匹全都失踪了，众人只好步行。

树林中，一行人深一脚浅一脚地走着，东郭牛走一段路的时候总会跃上树尖，看一看北斗星的位置调整方向。

前方，隐隐约约可看见朦胧的火光，前不着村后不着店的地方哪来的火光呢？会不会是自己眼睛花了，东郭牛揉了揉眼睛，确实是火光。

“喂，前面有人家。”孤星娘子明亮的眸子兴奋地闪烁着。

在林中折腾了大半钟头，在黑暗中慌乱的走着，当看到光亮的灯火总会让人兴奋。

东郭牛的左眼皮跳动了下，可能是太疲劳了，身体有些吃不消了，真应该找个温暖的地方好好地休息一下。这几个晚上好像都没有睡上一个好觉呢，东郭牛不敢相信自己的体力竟然这样好。

墨路路看到东郭牛的样子警惕地看了看前方的灯火，“东郭兄，是不是觉得有什么不妥，要么我们绕道走吧？”

“绕道？”邱乐乐的语气有些失望。

上官宛儿噘着小嘴巴，“林子里的露水太凉了，我的衣服都被打透了，刚好有人家，咱们为什么还要绕道呢？”

东郭牛冲着灯火的方向带头走去：“可能是这几天遇到的事情让我想多了，荒郊野岭的只能是猎户，我们赶过去瞧瞧。这样，到附近我先进去查看下情况，没问题再叫你们进去。”

“嗯。”众人答应道。

东郭牛如灵猫一样先行一步，到了跟前才看清原来是一个木屋，门外垂吊着两个吊脚台，上面燃烧着火把。东郭牛走上前敲了敲木门，木门“咯吱咯吱”响了响竟然自己开了。

“进来吧，大冷的天在外面不好受呢。”一个身着熊皮的人背对着木门，在屋内的火盆前烤火，头也不回地说道。

东郭牛谨慎地走了进来，屋内空间有两间房大小，挂着各种动物的皮毛，俨然是猎人的居所。“是啊，外面真不好受呢，我的皮肤都贴到骨头上了。”东郭牛擦拭着自己的身子凑上前来，打量着猎人。

猎人卧蚕眉，娃娃脸上长着黑乎乎的长胡子，是个中年男人，这人还是看也不看东郭牛一眼，闭着眼靠在椅子上说：“是啊，我也经常遭这种罪呢，为了追捕猎物，为了等待猎物进入自己设置的陷阱里，就得在任何条件下遭罪，如果有猎物会自己送上门，在这么暖烘烘的房间里那该有多好啊。”

“哪里有天上掉馅饼的事情呢？”东郭牛回道。

“嗯，守株待兔的事情虽然有，但得靠运气了。”猎人闭着眼笑着，不知在想什么美事。

“我今晚要叨扰下了，你不会介意吧。”东郭牛问道。

“怎么会呢，大晚上在山林里赶夜路可不是件明智的事情，这里的野兽最擅长捕捉猎物了。”猎人说道。

东郭牛非常感谢地说道：“嗯，那真是太感谢你了，我去外面叫下朋友，人很多，但是你一定不会介意的，是吧？”

“是的，我常年一个人太孤独寂寞了，人越多越热闹，我喜欢热闹，你快去把你的朋友叫进来吧，省得在外面遭罪。”猎人笑着说道。

东郭牛兴奋地走了出去，甚至哼起了歌，也许这是今天最开心的事情了。

东郭牛走出去的瞬间，猎人斜着眼睛看着东郭牛的背影，嘴角挂起一丝别样的笑容，对，猎人捕捉到猎物时戏谑的笑。

墨路路等人正在林间无聊地等待，看到东郭牛赶过来的身影时，众人为之一振，大家仿佛看到了暖烘烘的炭火。

“赶紧走，有埋伏。”东郭牛赶到众人跟前脸色凝重地说。

大家立刻感觉掉入冰窖当中，仅有的一丝希望破灭了，等来的还是坏消息。

孤星娘子小声说：“什么样的敌人？哪门哪派的？”

东郭牛摇了摇头：“不知道，不知道底细的对手更可怕，他在等我们自己跳进他设计好的陷阱当中。他把自己当成了一个好猎人，我可并不是好猎物，因为本身我也是一个猎人。”

“嗷”一声狼嚎从木屋的方向传了过来，好像在传达什么命令，森冷的森林里面发出各种奇怪的声音，让人毛骨悚然。

“快走，看来他已经察觉了。”东郭牛带着众人朝南边跑，头上夜宿的鸟儿受了惊吓，四处乱飞。

“有东西在后面跟着我们，你们感觉到没有？”墨路路走在最后面，看到几条黑影或隐或现地在后面，十分担忧地说着。

“咯咯咯咯……”怪异的笑声从右侧的林中传出。

邱乐乐惊恐地攥紧上官宛儿的手臂：“有鬼，林子里有鬼。”

几张苍白的脸半隐在树后，借着淡淡的月光，更添诡秘。

东郭牛正走着，突然脚底一滑，整个人收势不住，然后就往下沉去，本来东郭牛换气提着身子又纵了起来，谁知孤星娘子也随着沉下陷坑中来。陷坑空间太小，东郭牛躲避不了，只好双手接着孤星娘子，两人往黑乎乎不见底的陷坑中坠落下去。

孤星娘子说道:“为什么不试着靠近洞壁，或许能阻住下沉的趋势。”

东郭牛笑道：“最好不要碰洞壁，否则死相一定难看，洞壁上都是机栝。”

“或许墨路路他们会想办法救我们的。”孤星娘子侥幸地说道。

两人终于落到底部，可是还没等东郭牛站稳，抱着孤星娘子就坐倒在滑坡上滑了下去。孤星娘子紧紧地抱着东郭牛的脖子，生怕一不小心就在黑暗中和东郭牛分开。黑暗中给人那种不安全的感觉，但是有一个可以拥抱的自己喜欢的人，就会有足够的安全感。

滑了一会儿终于停了下来，东郭牛拍了拍孤星娘子的香肩，看了看头顶，一个井口正对着两人，天上的星星一闪一闪的，好像在取笑两人。

孤星娘子不好意思地松开手臂，看了看两人所处的这处坑井中，除了滑进来的滑坡和头顶的出口，再没有任何通道了。而头顶的出口垂下了一个绳索，绳索上固定着一个木箱。“我们是不是得坐在木箱里才能上去啊？”孤星娘子指了指木箱，如果两个人挤在里面，那就得贴在一起。

东郭牛无奈地摊开手：“好像没有别的选择，我们只好试试了。”说着东郭牛跳进箱子里，扶着孤星娘子进来。

两人面对面，贴着身子，东郭牛刚刚在黑乎乎的滑坡中虽然抱着孤星娘子，但是来不及思考别的。这次借着点点星光，孤星娘子清澈如水而又明亮的眸子，挂起红晕的瓜子脸蛋，吐着柔柔的香气，东郭牛贴着孤星娘子香软而暖暖的身子，全身都不自然起来。

孤星娘子眼神迷离地钻到了东郭牛的怀里，双手缠抱住东郭牛。

东郭牛的身子一震，上官凤的脸蛋在星空中望着自己，东郭牛赶紧挣脱出来，尴尬地笑道："绳索动了，我们就要上去了，不知道谁又在外面等着我们呢。"

孤星娘子也尴尬地笑了笑："是啊，不过我上去真要感谢他呢。"

"感谢？你不想办法折磨人就不错了。"东郭牛笑着说。

"要不是这个人弄了这么个陷阱，咱们怎么会有如此美妙浪漫的两人世界呢？"孤星娘子眨着眼睛看着东郭牛。

锁链把两人所乘的木箱提到了井口，然后停了下来，东郭牛看着木屋两个吊脚灯台的时候，眼睛瞪得大大的。

孤星娘子拍了拍东郭牛："怎么还不着急出去吗？绳索断了，咱们俩就别想出来了。"

"呵呵，放心吧，我怎么会让我的客人受困于陷坑中呢，陷坑只是用来捕捉猎物的。"娃娃脸的猎人笑声从木屋内传出。

东郭牛和孤星娘子从木箱里跳出来，东郭牛无奈地摇摇头，拉着孤星娘子门也不敲地走进木屋。

第四十一章　猎与不猎

猎人依旧靠在那里闭着眼睛烤火，只不过旁边多了三个人，墨路路、邱乐乐和上官宛儿正围着炭火，看到东郭牛和孤星娘子两人，都很高兴。

上官宛儿拉着孤星娘子坐了下来："孤星姐姐，担心死我了，还以为你们掉下去遇到什么不测了呢？我们碰到了好多野兽，把我们追得很狼狈呢，嘿嘿，幸好跑到了这个木屋里，野兽们就没有跟过来。"

邱乐乐也笑着点头："主人很是热情呢，还说让我们等着，你们没事自然也会找过来的。"

东郭牛坐到猎人跟前："一直没有请教恩人的大名，让我们心里也过不去，就怕恩人介意不肯相告。"

猎人嘿嘿地笑着："山野村夫哪里有那么多忌讳，我的名字好记，石头，名字虽然难听些，但人还好了，不会和石头一样冷冰冰硬巴巴的。"

"石头大侠，真的不用兜圈子了吧，你到底想干什么？"东郭牛严肃地问道。

众人都停住说笑，看着东郭牛和石头："三只眼，你怎么这样说呢？

人家可是好心收留我们过夜，还救了我们。”邱乐乐有些埋怨东郭牛。

墨路路和孤星娘子知道猎人石头肯定不简单，但是不想东郭牛现在就和猎人石头弄翻，都劝了起来：“是啊，东郭兄，我想你是误会了。”墨路路朝东郭牛使了使眼色，告诉东郭牛别冲动。

猎人石头也坦诚地说：“我一开始就说了，我喜欢热闹，喜欢捕猎，我只不过好久没有碰到这么多人了，想听你们说说话，没有别的目的。”

“呵呵，捕猎，那我们是不是你的猎物？你在守株待兔，等着猎物送上门来？”东郭牛追问道。

猎人石头摇了摇头：“你们是人，怎么会是猎物呢？你们在森林里可能是那些野兽的猎物，但不是我的猎物，我已经改行多年了，绝不会再拿人当猎物了。呵呵，你们要相信我，我从他们信任的眼神中看到了以前没有看到的。”

东郭牛点了点头，终于想起了十年前变态杀手“猎人王”血石头，让江湖谈之色变的杀手，杀人手法变态，对待要杀的人像追捕的猎物一样，先戏谑一阵再进行折磨致死。最终受到各门各派联手追捕，后来销声匿迹了，原来竟然躲避山林隐居当起了真的猎人。

“一个人的习惯总是不容易改掉的，要改掉自己的习惯也很痛苦，没有人愿意痛苦，所以习惯就还在。”东郭牛说道。

石头笑道：“看来还是三只眼看得懂，你不知道我在那段不杀人的日子究竟有多痛苦，但是我像一个过街老鼠一样生活的时候，我告诉自己要改变，我想光明正大地走在街上。所以我要改变，我不能再杀人了，我就来到了与世隔绝的地方，没有人可杀，哈哈，我已经坚持了九年没有杀人了。”

东郭牛伸出大拇指赞道：“那九年倒没什么了不起的地方，不过你今天此时现在的确了不起，有人可杀的时候你控制住自己了，你做到了。”

石头终于睁开眼睛，贪婪地看着东郭牛等人：“说实在的，我很矛盾，我特别不想看到人，我心里又特别希望有人在我眼前出现，我想知道当有人出现在我的眼前时，我到底是以前那个猎人王，还是现在一个普通的猎户。东郭牛，我现在看到你们心情很复杂。”

墨路路警惕地盯着石头，邱乐乐和上官宛儿好奇地瞅着曾经的杀人魔头，孤星娘子早已提气运功，等着突变的时候以最快的速度袭击石头。

东郭牛咳嗽两声，暗地里告诉大家放松：“是啊，由一个普通人变成有本事的人很难，从有本事的人变成普通人更难。”

石头伸着脖子狼嚎起来：“嗷！”肥嘟嘟的娃娃脸扭曲的样子十分可怕，石头的眼睛冒出绿光看向木窗外面。

东郭牛耸了耸耳朵：“他们来了。”

墨路路等人脸色大惊，墨路路矛盾地看着石头，不知道东郭牛究竟是怎样想的，为什么不做抗争反而等着坐以待毙。

石头大拇指和食指连成圆圈含在嘴里，刺耳的“啾啾”声划破夜空，紧接着林中有好多莫名的怪声回应。

不多一会儿，木门外面有敲门声，然后木门被撞了开来。

墨路路和孤星娘子警觉地注视着木门的方向，看着进来的到底是什么样的敌人。没想到两个衣服被撕扯破烂的道门中人被谁丢了进来，狼狈地趴在地上，惊恐地看着众人。

石头肥嘟嘟的脸抖了抖，拍手叫好：“好极了好极了，没想到今天竟如此热闹啊。”

道门一个岁数年长一些的那人看到石头时，几乎不敢相信自己的眼睛，当年各大门派围剿“猎人王”时他也曾参与过，那时的画像深深地植入了他的脑海，告诉自己一定别碰上这个杀手，出去围剿是掌门师命迫不得已，平时和自己的道友们做做样子，其实心里非常害怕碰上变态杀手。今天亲眼看到变态杀手时，想着当年听说过的杀人手法，他已经吓得半死了。

年轻的道士还假装吓唬众人道：“我们可是三大宗门道门中人，你们快快放了我们，我们大人有大量不会计较的，否则，你们知道得罪道门可是非常麻烦的。”

东郭牛和石头都笑了，东郭牛笑得没有出声，石头则是哈哈大笑，好像从来没有笑得这么痛快。

“你，你笑什么？”年轻的道士磕磕巴巴地说。

东郭牛说：“他当然要笑了，莫说三大宗门，当年可是上三门、中三门、下三门、左七派、右八帮、外九堂和内十一宫的人都找过他，可是最后谁都没有找到，如今你们两个真是幸运，你们看到这位可是神一样的大人物，曾经轰动江湖的猎人王。”

“杀人魔头……猎人……王……”年轻的道士说完这些话后觉得说错了，却不知说什么了，语无伦次地嘟囔着什么，整个脸都绿了。

石头冷笑地看着两个道门中人，“你们干吗用这种眼神看我，我真的不想再看到这种嫌弃、恐惧的眼神了，我有那么厌恶吗？我有那么可怕吗？为什么你们一个个要疏离我？”石头好像突然要爆发一样，开始大吼大叫起来。

东郭牛结实地拍了拍石头的肩膀，安慰道：“有些时候我也不懂，既然我们都改变了，可是其他人却不相信，他们对我们的印象还是停留在以前，依旧像以前一样对待我们。但是终究会有懂我们的人，我们不必在意，做好自己就好。”

石头感激地看了东郭牛一眼，转而又像看待自己的猎物一样看着两个道门的人：“你们让我找回了以前的猎人王，我应该好好地感谢你们呢。”石头手上不知何时多了兽皮手套，长满毛刺的兽皮手套朝两人脸上轻轻地拍了拍，两人脸上多了数百个猩红的血孔。

两个道门的人先是感觉脸部麻麻的刺痒，随后像是有虫子在肉里蠕动一样，然后又仿佛是虫子发怒在撕咬皮肉一样。两个道门的人瞳孔瞪大充满血丝，佝偻着身子双手捂着脸部哀号着。

邱乐乐看着如此痛苦的两人已经花容失色，转过头去不忍继续看了。

孤星娘子依旧随时准备着突发情况，石头的状态很不稳定，让人捉摸不定，说不准随时会对众人不利。

墨路路叹了一口气，也不忍去看了。

上官宛儿却是毫不在乎，反而认为两人该受惩罚。

两人的脸开始肿胀起来，简直比猪头还要丑陋，更为恐怖的事情发生了，两人脸部扭曲，血洞里爬出肉嘟嘟的红色虫子来，“啊……”两人惨号声充斥整个木屋，让炭火都摇曳了起来。

石头眼睛闪着异样的光彩，兴奋地说：“放心，这些血昙花会让你们开出美丽的人生花朵，你们为血昙花贡献自己的身体，这是一件多么享受的事情。”

东郭牛今天也算是亲眼看到了传说中的血昙花，可以让人起死回生的血昙花竟然是这样长成的，血昙花的种子原来是肉虫子一样的，然后植入人的身体中吸取新鲜血液当养料。被吸血的人像行尸走肉一样，虽然照样可以行走活动，但是就是活死人，或者是妖怪，为了供给身上的血昙花更多的养料，到处找人或动物吸血。但是如果把血昙花的花朵摘了，一直当植株的活体也就彻底地死了，看来猎人王在隐居的这段时间中又发现了更多的东西。

这时外面传来几声惨号，一只灰熊背着一人跌跌撞撞地冲了进来，跑到石头跟前，把背上的人往地上一丢，“呼哧呼哧”喘着粗气。

石头伸出手，不知何时兽皮手套又消失了，心疼地摸着灰熊背上皮肉模糊的伤口，然后怨毒地看着地上的释门中人。

东郭牛站出来说道：“看样子他们来的人不少，而且好手也到了，他们要找的人是我们，我们出去把他们引开。”

“他们曾经也找过我，如今我也不想一直再躲避他们了，看看这些人究竟有没有进步，有没有变化？今天我算是明白了，就算我不是猎人王了，他们也会把我变成猎人王的。你们从木屋后门出去，有一个水井，乘坐木桶下降到一半的时候会有一个隧道带你们离开这里。你们赶快离开这里，因为真正的猎人王又回来了，我就在我的乐园里好好地陪他们玩一玩猎人游戏。”石头阴森地说着。

东郭牛知道石头不是石头了，从两个道门中人进来的那一刻，猎人王又回来了，林中的动静越来越大，东郭牛不忍地招呼众人：“走，快走！”

孤星娘子看到东郭牛眼角湿润，动情地问道：“你在可怜他？”

东郭牛摇了摇头：“像我们这种人不需要别人的可怜，只需要大家都用正常的眼神去看待，某种意义上说，石头开始也是正常人，只不过生病时让人看成了另类人，即使病好了也是另类人，那么只好病下去了，而且越病越重。”

“到了，东郭兄，这是木桶。”墨路路提醒道。

“嗯，你们三个女人先下去。”东郭牛吩咐道。

孤星娘子三人下去后，墨路路同情地看着东郭牛：“东郭兄，这个世道就是这样子，有时候我不甘，可有时候我真想认命算了，我也不知道较劲能不能较劲过这个大世道，不过，看到你后，我还是多了几分信心了。”

“好了，咱们也下去吧。”东郭牛最后望了一眼木屋，跟着墨路路乘坐木桶潜了下去。

东郭牛知道自己不是救世主，即便你看透了许多事，有的时候也无能为力。

林中的野兽袭击了道门和释门的弟子后，前来抓人的惠钰禅师冷静了下来，吩咐众人紧密地排好阵型形，野兽再次袭击的时候被众人合伙打伤或打残了几头灰熊和猛虎。

清伦道长看着惠钰禅师让众人手下留情不可伤了野兽的性命，很是气愤："哼，跟野兽讲什么手下留情，咱们留情，那些野兽可不会对咱们留情，依我看，统统杀了。"

惠钰禅师一脸慈祥地看着林子，"博爱众生，慈悲为怀，清伦道长也是正宗门下，咱们岂可滥杀无辜呢？"

"什么滥杀无辜，咱们这是扫除邪恶，只有遵循咱们正宗的法则才是正道，其他的都是歪魔邪道，这些畜生同样是妖兽，何必讲什么道义？"清伦道长吹着红胡子狂傲地走上前去。

清伦道长看到前方有黑影一晃而过，命两个门下弟子上前查看动静。

两个门下弟子刚刚走到一处草丛的时候，草丛里面一阵晃动，两个道门的弟子用长剑就去挑开树丛，谁知里面什么也没有。

清伦道长手一挥，命令五个门下弟子直接往前面开路，不用保持那个阵型了："快去快去，我就不信这次抓不住他们。"

清伦道长还在为碰到东郭牛一伙受到羞辱的事情憋火，准备靠着人数众多好好折磨东郭牛一伙。

此刻石头正隐蔽在林中的树后嘴角挂着一丝轻蔑的冷笑，一场好戏才刚刚开始，猎人和猎物之间的追逐游戏。

道门的五个门下弟子被自己的师长训斥，不得不硬着头皮往前走，发现一头灰狼在前面一瘸一拐地走着，回头看到五人的眼神很是惊恐。

道门这五个弟子相视一笑，这还不是一个表现的机会吗？何况只是一头受了伤落了单的狼。五人提着剑朝灰狼争相跑了过去，灰狼一瘸一拐地朝前慌乱地跑着，很吃力。

灰狼把五人从队伍中引离出来，突然停下来，别过头戏谑地一笑。

“它这是什么意思？”其中一个道门弟子看到那眼神时心里一震。

“管它呢，估计是走不动了，等死吧，哈哈。”又一个道门弟子没有放在心上，心急地冲了上去。

“当”的一声，一把长剑挡在了心急杀灰狼的道门弟子的剑上。

“二师兄，你这是什么意思？”被挡住的道门弟子脸色涨得通红。

“哼，什么意思？四师弟你是心急自己立功吧？告诉你，这狼是大家共同发现的，我们要留活口，等师傅过来再听发落。”二师兄俨然一副命令的口吻。

道门里的四师弟早就看着眼前的二师兄不顺眼了，趁着这个当空不知怎的爆发起来：“师傅都说了把牲口都杀了，你管不着我。”

“竟敢和师兄顶嘴，你胆大包天？”

两人话不投机，竟然打斗起来，剑是不长眼睛的，手同样是不留情的，两人根本不是简单地打斗，而是要取对方性命。

其他三位师兄弟也是加入各自的阵营中，三师兄和五师弟都帮衬起了老二，老大帮起了老四，五人舞着剑花恶斗着。

灰狼眼角诡异地笑着，抬起爪子，一枚红色果子正巧射入二师兄骂骂咧咧的嘴里。

二师兄眼睛顿时变得血红，直接上前不顾老四刺过来的剑，当老四的长剑刺进老二的胸口时，老二的长剑也刺进了老四的脖颈。

“当啷”其余三个师兄弟吓得丢掉自己的长剑，脸色苍白地看着两个仍然未倒的师兄弟。

灰狼咧着嘴，挠着地面，随后扔出一把沙土，三位师兄弟揉了揉进了沙子的眼睛，再睁开时发现三个人握着三把剑，三把剑刺入了三人的身体中，把三人连成了三角形。

当清伦道长带着众人赶到的时候根本不相信看到的情景，五人还没有死，因为没有拔出剑，但是只要拔出剑，五人肯定就没命了，因为剑插得正好是动脉的位置。

“孽徒，你们简直丢尽了道门的脸面，让我怎样面对掌门？”清伦的脸气得通红，扫了下手里的金丝拂尘，五人逐一倒了下去结果了性命。

惠钰禅师停止转动手里的佛珠，朝着林中朗朗说道：“苦海无边回头是岸，望施主好自为之。”

第四十二章　水上盗匪

东郭牛一伙从密道里出来，发现到了渭水河边，河边许多摆渡的船家。

上官宛儿看着蓝蓝的天空，明朗的阳光，欢快地蹦跳起来：“终于从黑乎乎的臭地下出来了，心情真是好呢。”

墨路路指了指河边：“走吧，折腾了一个晚上，洗洗脸清醒一下。”

孤星娘子看着东郭牛还在若有所思，走到东郭牛跟前抻了抻东郭牛的衣襟：“喂，三只眼，发什么愣呢，走吧。”

东郭牛这才回过神来，前面的路还很长呢，还是想好怎么走好下一步吧。

东郭牛洗把脸，走到一处停靠岸边的船家询问：“船家你好，我们几人要去鹿城，不知你是否能去？”

船家朝船上一指：“只要有钱，什么地方都能去的。”

东郭牛嘿嘿一乐，开玩笑道：“钱可真是好东西，不过钱也不是万能的噢。”

“有钱能使鬼推磨，莫说我们这些粗人了，走吧，上鹿城了。”

东郭牛招呼众人上船，船家心情大好，边划桨边唱着，“关关雎鸠，在河之洲，窈窕淑女，君子好逑。蒹葭苍苍，白露为霜。所谓伊人，在水一方……”

孤星娘子听得呆了，想着自己的心事。

墨路路和邱乐乐对望一眼，都低下头去，河水清澈，倒影中两人看着彼此的倒影，脸上沾染红霞。

上官宛儿用手划水嬉戏，快乐至极。

东郭牛倒是想着接下来的事情，等找到墨路路曾经吃饭的酒店，问问那个老板到底是谁放的消息或许就有线索了。但是如果老板不说呢，毕竟宫家的势力那么大，想想蝶舞堂的杀手和蛊惑门的杀手在关键时刻都被灭口。

“糟了，水鬼们来了。”船家转过身来大惊失色地说。

东郭牛等人朝前看去，十几只快船站着舞刀弄枪的强盗朝这边叫嚷着。

“几个臭强盗，不用怕，有我们呢。”邱乐乐提着软鞭拍拍胸脯。

“正是冲着你们来的，水鬼们专抢掠女人和钱财，我这老糊涂了，上船的时候忘了提醒你们了。”船家懊恼地说着。

东郭牛用余光瞥到了船家懊恼神色中闪过一丝诡异的笑，叹息道：“看来有钱的确是个麻烦呢。”

“那你们还是把钱财拿出来，我跟他们说说，或许能放过咱们。”船家说道。

上官宛儿插着腰，指着那群强盗骂道：“想要命的就赶紧滚，否则我正手痒痒呢。”

两只快船左右两边包抄了东郭牛他们的船，刚刚靠近，邱乐乐的软鞭“啪啪啪”左右开弓，打落了两边船上的两个贼人。

“哈哈，小娘们还挺得劲儿，大爷们喜欢。”一个手持鱼叉的大胡子淫笑着。

后面几只船也里三层外三层地包围了起来，都是皮肤黝黑的精壮大汉，个个凶神恶煞般，笑起来的样子也是极丑。

“大哥，两个货色都不错呢。”又一个手拿乌丝渔网的大汉跃跃欲试。

“简直太可恨了。”邱乐乐恼怒地朝乌丝渔网的大汉挥鞭子。

大汉的乌丝渔网突然张开口子，罩住了邱乐乐的软鞭。

邱乐乐想要拽回自己的鞭子，谁知越缠越紧。

“小美人，你用力点嘛，嘻嘻。”拿着渔网的大汉说完引得手下哄哄大笑。

墨路路早就看不下去了，拿出伞兵刀，拍了底部，伞兵刀如一把离弦的箭冲着手拿渔网的大汉飞射过去。

早有两个眼尖手快的手下拿着大刀要挡住伞兵刀的攻势，谁知伞兵刀和两个大汉的刀碰在一起时，“当啷”一声把大汉的刀击飞了出去。

两个大汉身形一晃，差点摔倒。

拿着渔网的大汉再次甩出渔网，看样子伞兵刀也要被罩在渔网里面了，谁知伞兵刀“噗噗”响动变成雨伞撑开渔网，然后伞面上射出数十个松针。

细小的松针透过渔网的孔隙射向强盗们，强盗们都没有想到伞兵刀竟然还有如此变幻，正在洋洋得意，“哎哟”之声连连响起。七八个大汉被松针射到，纷纷跌落水中。

拿渔网的大汉见松针来得迅捷，而且数量极多，只好翻身潜入水中。

墨路路手掌往回一拉，伞兵刀像是得了命令般就拖着渔网回到墨路路手中，墨路路把软鞭从渔网中松脱出来。

“你这武器可真神奇，有空要教教我噢。”邱乐乐感激地看着墨路路说道。

墨路路感觉很是自豪，保护了自己喜欢的女人，拿着伞兵刀说：“好的，等收拾完这些恶人，我就教你。”

“还是以和为贵吧。”船夫不冷不热地说了这么一句，随后身形晃动，两只脚摇晃船体。

除了东郭牛，众人都不习水，船体晃荡，都险些跌入水中。

东郭牛脚底稳踏船板，运功下沉，船体受坠，稳定下来。

船夫挥着船桨朝东郭牛拍落下来，东郭牛脚尖轻轻一点，船夫的脑门多了一个鞋印，丢落了船桨后翻向水中。

拿着鱼叉的大汉见事情不妙，要求手下掉头。

东郭牛如大鸟一样飞落到大汉跟前：“既来之则安之，着急干什么？我们还需要你们的船和人给我们带路呢。”

“各位大神，小的有眼无珠，我给你们磕头了，饶了我们吧，下次不敢了。”手拿鱼叉的大汉可怜巴巴地弯腰准备下跪，哪知一头扑入水中潜逃而走。

老大跑了，小弟们个个都慌了，都想跳入水里跟着逃跑。

东郭牛拉扯过两人，朝其他人摊了摊手：“行了，该走的走吧，看你们勉强的样子惹人烦。”

“大神，我们呢？”被东郭牛拉扯过来的两个人苦苦哀求起来。

“你们就乖乖地划船带路，鹿城，跟你们说，我刚刚那是放了你们的人，可别以为从我手里逃脱容易，乖乖带路，到了地方就放了你们。”东郭牛看也不看两人。

东郭牛让孤星娘子和上官宛儿坐到这个船上，然后墨路路和邱乐乐乘坐以前的船，命令其中一个人拿着船桨去划船，留下一个在这个船上划船。两条船，荡着水波奔着鹿城去了。

鹿城，人口众多，人口众多的地方就繁荣。繁荣的背后往往会吸引各种势力，表面上鹿城一片太平，暗地中也是争斗不止。

流星派、清城派、水蛇帮、花子帮在鹿城势力庞大，其他门派帮众也有势力渗透，龙蛇混杂。

“最近传言清城派圣女宴禾和花子帮帮主南宫询离奇失踪，群龙无首，其他门派想在此时吞并他们呢，现在都蠢蠢欲动，我看鹿城要有一场大乱了。”

东郭牛听完两个人大体把鹿城的情况介绍了一遍，扔给两人辛苦钱，“权当我请你们喝酒了，身上没带太多。”

两个人哪敢嫌少，谢天谢地。

清城圣女和花子帮帮主都是行侠仗义的人，而且和东郭牛有过数面之缘，东郭牛隐约感觉到两人失踪肯定不是什么巧合。

第四十三章 蛊惑人心

有的时候，你越接近目标，却发现前面的路还很长很长。东郭牛已经走过了太多的路，每条路都有始点和终点，每条路都走得异常困难险阻，而如今，总感觉脚下走的这条路似乎和想象中有些偏差。

东郭牛一行人刚刚走到城中，就看到一伙人在打打杀杀，这鹿城的官府竟然放任不管，也是奇事。

上官宛儿指着前面兴奋叫道：“看呀，前面有人打架，这回有乐子看了。”

墨路路没什么兴趣，“无非就是江湖厮杀，没什么好看的。”

“光天化日之下，官府坐视不管？这里还有没有王法呀。”邱乐乐有些看不惯。

东郭牛挠了挠头，看看孤星娘子，好像在征询意见。

孤星娘子笑着说：“我不是个爱管闲事的人呢，不过我却是个爱帮朋友的人。”

东郭牛挤了挤眼，点了点头：“只可惜你的朋友是个多管闲事的人，你也就不得不多管闲事了。”刚说完东郭牛早就跳到打打杀杀的一伙人中间。

打得正热闹的人被突然跳进来的东郭牛吓得暂时停手，其中一个胖乎乎的大汉用刀指着东郭牛，“你是从哪儿冒出来的小子，没看见这儿干吗呢？”

另一旁拿剑的一位瘦高个子劝说道：“这位兄弟，刀剑不长眼，您还是快些躲到一旁吧。”

东郭牛摩拳擦掌，看看胖乎乎的大汉又瞅瞅瘦高个子：“我就说呢，这好人坏人是有面相的，好人长得就有点人样，坏人的人样就差点。”

“他奶奶的，你少在这废话，再不让开，连你一块砍了。”胖乎乎的大汉火冒三丈，舞着刀骂道。

东郭牛双手一背，摇了摇头：“我的先生从小告诉我，骂人的人就让他狗啃屎，虽然你不是狗，地上也没屎，但是你的嘴确实该吃点东西了。”东郭牛说着，身子陀螺似的旋转，别人根本没有看清。

胖乎乎的大汉“啊呀”一声已经趴在地上，嘴里啃满了黄土，牙龈也渗出血迹。

胖乎乎的大汉后面的伙计看到自己的人吃了亏，自然要过来报仇，却不想被后面的孤星娘子、墨路路等人连踢带踹得人仰马翻，一个个在地上哀号不止。

瘦高个过来抱拳致谢：“多谢几位出手相救，敢问几位侠客的大名，清城派陆天明，我们清城派日后定当回报。”

“你是清城派的，你们这是怎么回事？”东郭牛问道。

“是的，我们是清城派，他们是流星派，唉，自从我们清城圣女离奇失踪后，流星派总是来找我们麻烦，今天实在是欺我们太甚，我们才动手打斗了起来。”

“你们等着，有本事别走。”胖乎乎的大汉撂下一句话带着伤员一瘸一拐地走了。

又有人跑过来在瘦高个耳边说些事情，瘦高个脸色微变，然后朝东郭牛等人抱拳说道：“各位不好意思啊，帮派中还有紧急事情需要料理，我们先走了。”

“你们忙你们的，再会。”东郭牛抱拳回敬道。

“看来鹿城已经开始乱了，这里的人民也该受牵连了。”东郭牛轻叹起来。

墨路路安慰道：“这事自然有官府会去管的，我们哪里管得了。”

“官府？刚才有官府出来管了吗？”邱乐乐质问道。

孤星娘子无奈地说：“江湖的事恐怕官府不会太插手的，江湖中人才管江湖的事呢，不过江湖中的事情太多，管来管去，恐怕要管一辈子。”

东郭牛揉了揉额头，语重心长地说：“活到老，管到老，不管不问虚度年少白走一遭。”

“快看快看，前面那么多人干吗呢？又有热闹可看了。”上官宛儿摇着孤星娘子的手臂嚷道。

果真，一群人闹哄哄地朝着前方跑去，那些做买卖的人宁可丢下生意，就连店面的客人也放下碗筷跟着跑了过去。

甚至有位大人丢下自己的孩子，跟着人群跑去了，小男孩抹着眼泪哭着喊娘。

孤星娘子上前帮着小朋友擦去泪水，安慰道：“小弟弟，不要哭，姐姐和你玩好不好？”

小男孩还在抹着眼泪，上官宛儿上来扮了个鬼脸，“这么大了，还哭鼻子，还是男孩子，羞不羞呢？”

“好吧，我不哭了，那你可以陪我去找娘吗？”小男孩看到上官宛儿停止了哭声。

“有什么好找的，她把你扔下不管，这么狠心的娘还是不要算了，对了，你娘那么着急跑去干什么了？”上官宛儿好奇地问道。

小男孩大体把事情说了一遍，原来前面有一处玲珑宝塔，玲珑宝塔最近来了一位圣女，据说圣女经常散发一些符水，可以医治百病，十分神奇。更有诚心人许愿，终得偿愿。所以信徒很多，而且据说玲珑宝塔地处风水宝地，鹿城的玲珑宝塔备受人景仰，来此许愿沾染仙气的人特别多。

上官宛儿和邱乐乐的好奇心大盛：“走，咱们也去玲珑宝塔去看看，那么多人都去的地方，肯定好玩。”

墨路路无奈地摇了摇头，看着东郭牛：“我没意见，服从你们的安排。”

东郭牛哼了一声：“你是服从邱姑娘的安排吧，现在越来越重色轻友了。”

一行人也朝玲珑宝塔走去，大街上冷冷清清，哪有热闹繁荣的样子，如果整个王国都陷入这种状态，后果不敢设想。也不知这圣女是何许人也，又怀有什么目的？

小男孩指着前面矗立的一座九层金光璀璨的玲珑宝塔：“那就是了。”

玲珑塔的塔尖有些特别，不是正规的塔顶，而是采用了人的雕像，汗白玉石做成的玉女雕像，线条清晰，轮廓唯美，雕像头戴轻纱笼盖脸庞，总有那么一种熟悉的感觉，雕像手握着一把金光灿灿的大剑直指头顶。

看到雕像时东郭牛眼皮抖动了一下，失踪的上官凤？自己想得太多了吧，怎么会把她们联系在一起呢？

一行人走到玲珑塔下，门前早就挤满了熙熙攘攘的人群，人群都跪在地上虔诚地等待着塔里面的召唤，然后就进去一拨人，也不知进到里面干什么去了。

东郭牛等人走到人群处，一个老大爷回头看着几人双手示意几人跪下，小声说道：“你们几位也是来求圣水的吧，那还不跪下，侵犯了圣女的威严可是要倒霉的。”

“我们倒是想看看这个圣女有多大的法力。”邱乐乐不服地嘟囔着。

东郭牛小声说：“如果想看，就照他们的样子去做，要不然怎么混进去看呢，我们总不能不分青红皂白就闯进去看吧，入乡随俗啊。”

孤星娘子拍了拍上官宛儿和小男孩：“咱们也学他们的样子，这样才能进到玲珑塔中去找他娘，来来，跪下。”

等了一刻钟，东郭牛跟着这拨人被一个带着面纱的人领到玲珑塔中，塔中四周都是水晶石磨成的镜子，四面八方都是映射的影像，乍一看去，眼花缭乱，如果想要找一个人，根本找不到本像在哪里了。

小男孩和上官宛儿张大了嘴巴，从来没有看到过这么神奇的东西。

墨路路也感叹玲珑塔的大手笔，如此大如此多的水晶石极不好找的，而雕磨水晶石的也是能工巧匠。

戴着面纱的人把大家领到石桌前，石桌上摆放着数十个盛满水的白碗：“喝下神圣的水，清净你们的心灵，带着清净的心灵才能去见圣女。”

东郭牛朝墨路路等人眨了眨眼，示意不要喝下圣水。几人用袖口挡着，假装喝下，实际上偷偷地倒在地上。

刚刚喝完圣水的人们，脸部表情莫名地僵硬起来，仿佛涂抹了一层蜡油，看起来油亮油亮的。

“趴下，起立，转圈。”戴着面纱的人像是在训练动物一样指挥着众人，看着众人的表现，十分满意。

东郭牛等人夹杂在人群中也僵硬地学着众人的动作，宛如木偶一般。

这时，一位穿着白纱的曼妙身材的女子蒙着白纱巾走了出来，冷冷地问道：“试验品表现怎么样？”

“回禀圣女，开始那几批加的药量不够，试验效果不合格，但是这批百分之百的成功率，我们把药量加大一倍，按照这个配方就完全没问题了。”

“那么尽快制作吧，圣主马上就要在这个计划中投放使用了。”被称作圣女的看也不看这批试验品就转身离开。

东郭牛高声喊道：“抓住她们。”一时间，玲珑塔里回声阵阵，东郭牛正要去追那白衣圣女，千万条影像迷乱眼睛，一时间竟然不知去哪里抓才好。

孤星娘子等人被这些僵尸似的人群阻挠，却又伤害不得，那个带他们进来的蒙面人也趁机逃脱了。

东郭牛看着这群受人摆布的木偶人，还有那个被称作圣女的神秘女子，心里久久不能平静。

好不容易摆脱了僵尸一样的人群，墨路路松了口气道：“那个圣水里面被她们放了药，而吃了这个药的人就完全受她们摆布控制，她们究竟要做什么啊？”

孤星娘子眉头微蹙：“是啊，细思起来着实恐怖，用活人做试验，而且都是木偶人，活死人一样。”

上官宛儿顽皮地说：“木偶人有什么不好，你想让它干吗它干吗。”

东郭牛点了点头，默不做声，是啊，什么人最踏实？死人肯定最踏实，但是死人不会为你做事，那么木偶人肯定是最听话的了，如果全天下的人都变成木偶人，那么整个天下别无二心。东郭牛想到这头皮发麻，如果这个圣女的组织也打算这么做的话，那将是一场巨大的灾难。

第四十四章 完美陷阱

“小美妞，啧啧，你们身边也没个男伴，多孤单啊？不如让我们哥三陪陪你们。”绝色三鬼嬉皮笑脸地拦在前面。

“这三个色鬼怎么会在一起？那两个淫贼不是被抓了吗？”邱乐乐吃惊道。

“看来淫贼跟我家的老鼠很像，会盗洞，肯定是从洞里钻出来的呗。”上官宛儿眨了眨大眼睛，开起玩笑。

秦寿咧开大嘴，露出大板牙哈哈大笑：“不要浪费时间了，春宵一刻值千金，我可等不及了。”

孤星娘子细眉微挑，冷冷地说：“就凭你们三个？”

“呦呦呦，我们三个还不够吗？”白朗搓着手淫笑着。

邱乐乐早被这三个色鬼的污言秽语气得忍耐不住，狠狠地扔出几枚石子：“砸烂你们的臭嘴。”

绝色三鬼鬼魅般地漂移，轻松地躲过石子，黄瑟拍拍自己的嘴巴，故作丑态，“我们的嘴不是吃石子的，而是用来亲嘴的，哈哈……”说完，黄瑟真个噘起鲶鱼嘴，奔着邱乐乐跳了过来。

“宛儿，你在后面等姐姐，让姐姐教训教训这三个淫贼。”孤星娘子的剑如流星般滑向黄瑟。

绝色三鬼也不是等闲之辈，拿出武器围着孤星娘子和邱乐乐打斗起来，而且绝色三鬼非常狡猾，知道邱乐乐的本事一般，时时刻刻奔着邱乐乐袭击。孤星娘子还要保护邱乐乐，还要防备自己被偷袭，勉强应付得来。战了二十多招，邱乐乐香汗淋淋，眼花缭乱，手法也跟不上了。孤星娘子心里着急，却对绝色三鬼的鬼魅身法毫无办法，眼看孤星娘子和邱乐乐明显处于下风。

“啾啾”上官宛儿吹起哨子，十几只老鼠不知何时从地下冒出，冲着绝色三鬼的小腿张嘴便咬。

“哎哟，什么鬼？”三鬼跳出圈外慌乱地抖落小腿上的老鼠。

“该死的老鼠，老子的肉可不是好咬的。”黄瑟恶狠狠地吐口吐沫，挥一挥衣袖，也不知用了什么法子，十几只老鼠直挺挺地倒在地上动也不动了。

这可急坏了上官宛儿，更是气得直跺脚，“我的老鼠，我的老鼠，你们起来呀……”上官宛儿跑过去翻动老鼠，却不知自己处在危险之中。

“就是这个小丫头鼓捣的老鼠，丫头片子，你过来吧你。”秦寿的披风像一条蛇翻卷扭曲着把上官宛儿卷了过来。

等孤星娘子和邱乐乐想要制止的时候，绝色三鬼早跳到前面不远处去了：“咱们玩个游戏吧，你们要是能在半个时辰内追到我们，我们就放了小鬼，如果追不到我们，可别怪我们没给你们机会，啧啧。”

“你们站住。”邱乐乐气呼呼地喊着。

孤星娘子总感觉有什么不对劲儿，但是为了尽快救出上官宛儿，也不容多想了。“邱姑娘，为了万全之策，你去把东郭牛和墨路路找来，我设法跟住拖住三个淫贼。”

“哦，这样，你一个人要小心啊！”邱乐乐不放心地说，但是确实需要帮手，邱乐乐说完飞奔而去。

流水街上依旧车水马龙，热闹非凡，东郭牛和墨路路两个喝着大碗茶各有所思。

墨路路托着腮帮，看着形形色色的男男女女，幻想着自己和邱乐乐以后的日子。

东郭牛看着繁华的夜市和熙攘的人群，想到：如果失踪的上官凤能在这里出现就好了。想着想着，眼神迷离，人群中有一个熟悉的身影，难道是上官凤？东郭牛放下手中的茶碗，站起身准备去人群中看个究竟。

邱乐乐慌乱地从人群中跑了过来，挡在了东郭牛的面前：“快，快走。”邱乐乐上气不接下气地说，端起桌上的大碗茶“咕咚咕咚”喝了起来。

墨路路细心地又端过一碗茶水，“别急，慢点，怎么回事？”

东郭牛预感到不妙，看了看身后，“孤星娘子和小丫头呢？”

“小丫头被绝色三鬼抓住了，孤星娘子在后面追踪他们，我们快去帮孤星娘子。”邱乐乐拉扯着墨路路往前跑去。

东郭牛看了看刚才的人群处，熟悉的身影？也许是太思念她了吧，怎么可能在这里？在这里的话怎会不出现呢？东郭牛揉揉眼睛，没时间胡思乱想了，紧紧追随邱乐乐而去。

阴暗的胡同，几盏破旧的灯笼随风摇曳着，灯火像鬼火一样抖来抖去。胡同口处出现三条岔口，每条岔口都漆黑无比，没有灯笼，没有光亮。

孤星娘子警惕地看着四周，绝色三鬼明明就在这里消失的，到底去了哪条岔口呢？

“哈哈……”

“啧啧……”

“哼哼……”

每条岔口都传来诡异的笑声，仿佛是勾魂使者，孤星娘子挑起一盏破灯笼甩向正中间的岔口，宛如流星般的划过一道弧线，然后光亮也如流星般消失，被漆黑的夜吞噬……

“孤星姐姐，不要过来……”宛儿话说了一半儿像是被什么捂住了。

孤星娘子知道里面肯定布下了陷阱，但是，上官宛儿的声音就从中间岔道中传来，似乎只隔了那么一层黑色的纱。不能让小丫头在三个淫贼手中太久，孤星娘子十分担心，于是，孤星娘子大踏步闯进这黑色的岔口中，“宛儿？”孤星娘子希望再次能听到上官宛儿的声音，伸手不见五指的夜中，只有声音才是那丝光亮。

孤星娘子只觉得脚被什么东西套住，然后身体失去平衡，正要二次腾跃，脚却被狠狠拉住，伸展开的手臂也被绳索缠住，昏黄的光圈，竟然还有些刺眼。刚刚丢出的破旧的灯笼再次亮了起来，孤星娘子看着被裹成粽子似的自己无奈地苦笑起来。

“哈哈哈哈。”粗犷而洪亮的声音回荡在悠长的岔道内，一个细长的影子出现在孤星娘子面前，这人的声音和背影十分熟悉。

“是你？”孤星娘子惊讶道。

“不错，等会儿还有好戏呢，慢慢看吧。”

“小丫头呢，你把她怎么了？”孤星娘子忽然想到上官宛儿，焦急地问道。

“放心吧，钓不到大鱼，我是不会把鱼饵弄坏的。”影子消失在黑暗中。

邱乐乐喘着气跑在前面，墨路路的胳膊被拽的酸痛，但是墨路路喜欢邱乐乐这样死死地拉着他。

东郭牛看着胡同两旁破旧的墙壁上斑驳不清的鞋印，揉起了额头，想起了什么："等一等。"

邱乐乐止住脚步，墨路路心里还在想着别的事情，一头撞到了邱乐乐的身上，气得邱乐乐抬脚就踹了墨路路一脚。

"什么情况，东郭兄？"墨路路赶紧转移邱乐乐的注意力，生怕惹火了邱乐乐。

"是啊，她们朝前面的胡同跑去了，等什么，再等就晚了，孤星娘子和宛儿碰上那三个淫贼，三只眼，磨蹭什么呢？"邱乐乐不耐烦起来。

东郭牛指了指墙上的鞋印，"难道你们没发现胡同两旁墙上的鞋印吗？"

"有鞋印，是啊，是他们留下的印迹，我们循着印迹正好能找到他们了。"墨路路走近墙壁，点了点头说着。

"你们看，这是几个人的鞋印？有孤星娘子的，有绝色三鬼的，还有一个人的……"东郭牛指着一个胖大的鞋印瞅着两人说。

"他们有同伙，那孤星娘子她们更危险了，我们更得尽快去找到她们了。"邱乐乐的眼睛都急得泛起泪花。

墨路路看不得邱乐乐伤心，拉着东郭牛的衣袖："我说三只眼，你看到这些有什么用啊，快走，还是救人要紧。"

东郭牛慢悠悠地走着，看了看漆黑的胡同，有一搭没一搭地说："救人，也许花捕头帮我们救人去了。"

"花捕头？"邱乐乐张大嘴巴。

墨路路指着鞋印，"就是那个自认为铁面无私的官老爷花捕头？"

东郭牛顺了顺小胡子，讥笑道："那个差点让你出丑的花捕头，他出面抓捕三个贼还是没问题的，问题是被咱们抓的两个贼怎么会从他手中溜走？”

“救命啊！放开我！”前方胡同中响起女人的尖叫求救声。

邱乐乐神色一紧，拎起手中的剑，话也不说就朝前跑去。

墨路路恐怕邱乐乐受到危险，急匆匆地跟在后面。

一层薄薄的黄雾随风笼罩着灯火昏暗的胡同，东郭牛虽已走进黑暗无光的岔道口中，但是他的鼻子还是察觉到了一丝危险的味道。而且，东郭牛总感觉黑暗中有一双眼睛在盯着自己。

“哦，不是孤星娘子。”邱乐乐的声音在前方传来。

地上几盏摔坏的灯笼，三个浓妆艳抹的少妇衣衫不整正坐在地上哭哭啼啼。

墨路路早就害羞地扭过头来，还用手挡着东郭牛的眼睛，“哎哎哎，我说三只眼，你怎么就爱瞧这个？”

东郭牛拨开墨路路，脸色大变，“闪开……”

墨路路被东郭牛猛得一扒拉，身子朝一侧斜倒，心里骂道：奶奶的，你个三只眼还动手了。“我让你看就是了，你……”墨路路再看东郭牛时，东郭牛早跳过去点了三个少妇的穴道，而邱乐乐却不知怎的昏倒在地上。

东郭牛刚要开口询问三个少妇的来历，无数火把齐刷刷如同点亮了，狭小的胡同被照得如同白昼，“抓贼啊，抓色鬼啊……”“铛铛”一时间呼喊声，锣鼓声震天动地。

岔道两端堵满了士兵和围着看热闹的群众，那群众还东一句西一句地说：“原来这两个就是近日作案的淫贼啊，看，地上还坐着四个女的呢，呸，害人精……”

“哈哈哈哈，终于将你们抓获了。”花捕头从士兵身后走出，指着东郭牛，假惺惺地说：“不过我还真不相信，大名鼎鼎的东郭牛竟然是淫邪人士。”

坐在地上的三个少妇哭喊着说：“大人一定要为我们做主啊，就是他们两个，对我们动手动脚的，这可要我们怎么见人啊……”

花捕头指着后面，走到东郭牛身边低声说：“我们今天还抓到一个贩卖儿童的女贼，女贼和儿童都在我们手里，东郭兄是不是乖乖地认罪呀。嘿嘿，不要想着运功发力了，你们已经吸入了融魄烟，吸进去，全身功力都发挥不出来的。”

东郭牛揉了揉额头：“我还能说什么，只能陪你们走一趟了。”

墨路路被士兵架起来，想要挣脱去救醒邱乐乐：“我们不是淫贼，你们冤枉好人，你们冤枉好人，邱乐乐，你快醒醒啊。”

绝天牢阴森而恐怖，不时传来犯人的哀号，东郭牛和墨路路被士兵强行推入有霉臭味的大牢里。

邱乐乐被扔在对面的牢中，孤星娘子和上官宛儿也昏倒在潮湿的地上。

墨路路还沙哑地喊着：“乐乐，快醒醒啊，你到底怎么了？”

花捕头背着双手，站在牢门外神采奕奕，然后开怀大笑：“哈哈哈哈，都说东郭牛智博天下，而且善管天下事，如今却成了阶下囚，而且世人都知道东郭牛是采花贼，东郭兄啊，你有何感想？”

东郭牛看也不看，跷着腿躺着很自然地说：“嗯，这下我可以好好休息休息了，省得自己两条腿不老实，老是管什么天下事，我还得谢谢花捕头啊。”

“哦，东郭兄的心态真好啊，你就不想问问我？”花捕头看到东郭牛无动于衷的样子心里升起一股无名之火。

东郭牛侧过身去，懒洋洋地说：“有何好问的，你花捕头该不会是无聊至极，需要找人聊天吧，折腾了大半夜，我真的困了，墨兄的精神状况好，你跟他聊吧。”

花捕头实在忍不住了，气得嘴唇哆嗦，手指着，“你，你，你……”

连说三个你字。

墨路路讥讽道：“哼，你不就是想要显摆下嘛，好了，这下你威风了，阴险的小人。”

“嘿嘿，我就喜欢听人骂我，阴险小人怎么了，你们光明正大，你们不还是落在我手中。天天多管闲事，想要成为人们心中的英雄，哼哼，我让你们变成狗熊。尤其是你，东郭牛，我最讨厌你，也最恨你，到哪儿都是人们的谈资话题，我要抓的人你凭什么插手？你认为你本事很高是吧，你知不知道背后别人怎么骂我？什么破捕头，连个贼都抓不住。你把好事都干了，我们还去干什么？”花捕头越说越激动。

墨路路顿时明白了，“啊，我明白了，绝色三鬼是你放的，你这么做究竟有什么好处？”

“哈哈哈哈，只要东郭牛抓的，我就要放，只要和东郭牛好的，我就要抓，有什么好处？好处就是我又有事可做了，而且还是人们心目中伸张正义的花捕头。”花捕头拍拍自己的胸脯，心情很复杂。

“大人，外面有人找您……”一名士兵走上前来，凑到花捕头的耳边窃窃私语。

花捕头面色凝重，点了点头，丢下一句，“看好他们，没我的命令任何人不许靠近他们！”

墨路路还在喊着邱乐乐，可是没有任何反应。

“墨兄还是坐下歇息歇息吧，大晚上的你这样叫来叫去，吵得人不得安宁。”东郭牛劝阻道。

墨路路没好气地说：“三只眼啊三只眼，你还真睡得踏实，难道你就令我们处在危险之中？”

“越危险的地方越安全，起码咱们大伙团圆了，没啥好担心的，她们估计也就是睡一觉，就是担心也没用啊，咱们的功力是一点都不起作用了。”东郭牛打起哈欠，睡眼蒙眬。

墨路路无力地斜靠着墙壁，无奈地坐在地上，心里说：是啊，担心也没用了，那就这样困在牢里等着命运……墨路路看着对面的牢房，无精打采地闭起眼睛，此时墨路路也太困了，墨路路做了一个梦，一个非常好的梦，梦到自己和邱乐乐牵手并肩地走在幸福的大道上，突然对面闯出一伙人上前就来抢邱乐乐，墨路路急得和这伙人打了起来，转眼间邱乐乐不见了……

睡梦中惊醒过来的墨路路，揉了揉酸痛的眼睛，站起身来，对面的牢房站着两个人，“你们是谁？”墨路路大声喊着。

两个人缓缓转过身来，其中一位红脸膛的老者阴险地看着墨路路，年轻的小伙怒视墨路路埋怨道：“你看看，邱妹妹跟你们在一起都成什么样子了？我的邱妹妹啊，你可受苦了。”这两人正是邱家父子。

墨路路隔着铁牢喊道：“你们要干什么？”

“小子，我儿子想要的东西从没失过手，干什么，我们当然是来取我们的东西了。”邱金海狂妄地说，“来人，把这个丫头带走。”邱老爷命令士兵打开邱乐乐的牢房，然后士兵们抬起邱乐乐往外走去。

“放下她。”墨路路歇斯底里地喊着。

邱少爷挑衅地看着墨路路，用手指着，不说一句话地走了出去。

冰冷的铁牢，可以冰冻人的心，心若被冻住，就不会想任何事，人若想自由，就得思考。或许阴冷、潮湿和黑暗就是要营造这种压迫人的氛围，如果你气都快喘不过来，你又哪里有闲心思考其他的事。

东郭牛昏昏沉沉地睡着，好像很久没有这样睡过了。

“三只眼，你还有闲心睡觉，快醒醒啊你。”墨路路使劲摇晃着东郭牛。

东郭牛懒洋洋地翻了个身：“我说墨兄，你这晃来晃去的都把我晃晕了，不就是走了个邱大小姐嘛，我跟你说，她出去总比在这里受罪强。”

墨路路听到这话，气不打一处来，质问道：“三只眼，亏我们还跟你交朋友，你这样说根本就是没拿我和乐乐当回事，算我们看错你了。”墨路路别过脸，一边又气又急，心里也埋怨自己没有能力保护邱乐乐，一个劲地长吁短叹。

东郭牛一咕噜坐了起来，扭了扭上身，驱赶身上的疲惫：“好了好了，我要是不了却你这个心结，你小子得骂个没完。”

墨路路听东郭牛这么一说，有点高兴，凑上前来，“真的，我就说你三只眼肯定会有办法的，我可没骂你啊！”

东郭牛翻了个白眼：“切，得了，刚才你嘟嘟囔囔念咒似的，不骂才怪。我们得想办法越狱，拿到解药，这样就能去找你的邱大小姐了。”

“可是我们失去了功力，这样严密结实的铁牢，我们如何才能出得去？”墨路路无力地靠在墙上。

“当然是找人救我们来，嘿嘿。”东郭牛梳理着自己的胡子，自信地说着。

“谁还能救我们，你的朋友知道我们在这里吗？”墨路路根本不相信。

东郭牛指了指外面，故作神秘地说：“有时候不一定是找朋友救，其实敌人也可救我们，而且敌人离我们很近，最容易救出我们。”

“敌人？你是说抓我们的人？”墨路路不可思议地说。

东郭牛点了点头：“对呀，也只有抓我们的人才关心我们，重要的是他们手里有钥匙，关心我们的人可以轻易地来到我们身边，有钥匙的人就能打开这铁牢的大门。”

墨路路不得不佩服东郭牛的智慧，无论到任何时候，东郭牛总是能想出出乎意料的法子。

“来人哪，快来人哪。”东郭牛和墨路路在铁牢中大号大叫起来。

几名士兵被吵得不耐烦，其中一位脸色铁青地进来骂道：“天杀的，嚷什么，惹得老子们不得安宁，是不是要吃点苦头？”“这是花大人的重刑囚犯，花大人没来之前我们不好动他们的，算了，看看他们有啥事？”另个士兵劝阻道。

“是啊，我是你们花大人的好朋友，贵宾，就这待遇吗？我们饭还没吃呢，饿得难受当然要叫了。”墨路路趴在铁栏处嘟囔着。

“你们给三鬼捎个话，话捎到了，三鬼肯定会给你打赏。”东郭牛神秘兮兮地说。

“什么话？”士兵有点动心。

“就是说东郭牛给你们问个好，大人不记小人过，不要记仇，就这。”东郭牛摊开手说。

士兵们相互一笑：“就这？好好，一定带到，他们不给银子，回头朝你要。”

士兵果真去找三鬼说了这事，三鬼听完询问士兵东郭牛的情况：“他们现在饿了，吵着要吃的。”

“嘿嘿，好好，快去给他们做啊，那个这点银子你拿去喝酒，”黄瑟掏出银子塞到士兵手里。

“谢谢三位大爷打赏，小的这就安排厨子做去。”士兵喜滋滋地走了。

三鬼你看看我，我看看你，拍手大笑起来。

绝色三鬼十分痛恨东郭牛，哥仨商量了半天，准备好好折磨东郭牛。虽说东郭牛现在不能动用功力，但是绝色三鬼还是有点害怕东郭牛，于是三鬼想到一个更恶毒的办法，在饭菜和酒中放了剔心毒。

“哈哈，东郭牛不是爱喝酒吗？这回有的喝了。”黄瑟露着发黄的大板牙坏笑起来。

“这个三只眼能喝这酒，能吃这菜吗？”白朗有点不放心，毕竟东郭牛是个万分谨慎的人。

“我们让士兵把酒和菜端过去，东郭牛不会疑心的。”黄瑟拍了拍白朗的肩膀。

“而且我们的剔心毒无色无味，根本发觉不了，这回东郭牛可有的受了，看到他要活不活要死不死的样子肯定很好笑……”老大秦寿诡异地笑着。

三鬼偷偷潜入厨房，在正在做着的饭菜之中撒下剔心毒。厨子把饭菜打包好，跟随着士兵朝牢房走去，这一切都被一个黑衣女子看在眼里，黑衣女子如鬼魂一样无声无息地跟在厨子身后，敲敲拍打下厨子，然后放入厨子嘴里一颗药丸，士兵回头惊讶之时，嘴中也被塞进去一颗药丸。士兵和厨子朝黑衣女子跪下，黑衣女子窃窃私语对他们说了什么，士兵和厨子再次回到厨房内。

三鬼等了好半天，秦寿有些不耐烦了：“做个饭磨磨叽叽的，还没完成吗？我现在想早些看到三只眼痛苦的样子呢。”

黄瑟也是急得跺脚臭骂：“我们得跟着，这帮士兵办事没个靠谱的。”

白朗带头走向厨房：“不妨催一催他们。”

三鬼来到厨房，士兵和厨子见了点头哈腰。

“喂，偷懒呢吧，动作快点，饿坏了花捕头的贵宾，你们吃不了兜着走。”白朗翻着白眼珠喝道。

“好的好的，三位大人，马上好了。”厨子开始打包饭菜。

三鬼利用幻影隐身术尾随着厨子和士兵，来到牢房，厨子把饭菜放到牢笼外，士兵喊着：“开饭了开饭了，好好吃吧，吃饱了别瞎乱喊了。”说完把厨子带出牢房外。

三鬼在暗处偷偷解下士兵的钥匙，在黑暗中偷偷瞧着东郭牛和墨路路。

“哇，好香呢。”墨路路深深吸了口。

东郭牛也是如饥似渴，端起饭菜面过去胡吃海喝起来：“嗯，不错，好吃好喝。”

墨路路也过去抢夺东郭牛手中的饭菜和酒：“好东西别自己一个人霸占啊。”

两人吃了一会儿，突然把盘碟扔到地上，痛苦叫嚷，“哎哟，痛死啦，有毒。”两人在地上挣扎了几下，终于安静下来。

三鬼阴笑着从黑暗中走出：“嘿嘿，聪明一世的三只眼竟然就这样死了。”秦寿洋洋得意，趴到栏杆处看着两个趴着的尸体。

“大哥，三只眼死到咱们手中，咱们的名气那是大大的了。”黄瑟露着大黄牙不可一世。

白朗摇摇手：“先不要声张嘛，那花大人还想利用他们做点事情呢，估计是不想让他们死的，要是知道是咱们做的事情，恐怕不太好。”

秦寿点了点头：“嗯，不要声张，走，进去瞅瞅三只眼，以后就没机会看到他了。”

三鬼打开了牢房，走到牢房中，不承想东郭牛转过身撒出一手灰土来，三鬼呛得一阵咳嗽，刚想动手对付东郭牛。

东郭牛冷笑着问：“你们不要命就动手。”

墨路路也翻身起来指了指脸上：“你们知道刚才撒出去的是什么吗？”

三鬼擦了擦，看看手指中的灰尘似的细粉问：“什么东西？”

“要命的东西，就跟你们在饭菜里下的一样。”东郭牛指着地上的饭菜。

秦寿惊慌失措，“难道，难道你们撒出的是毒药？”

“你们怎么没被毒死？”黄瑟不可思议地追问。

东郭牛摇摇手指，“我们有化毒大法，想学吗？”

“我们身上中的是什么毒？”白朗擦拭着脸颊问道。

“有没有感觉痒痒的，而且有股味道？”东郭牛渲染着气氛。

秦寿闻了闻手指：“有股腥味，三只眼，你赶紧给我们哥仨解毒，我就饶你一命。”

东郭牛摇摇头：“是你饶我们，还是饶你自己的命啊。”

“快点解了我们的毒，我们可以放你们出去。”黄瑟准备以这个交易。

东郭牛拍了拍后脑：“看到我们两个没有，为什么百毒不侵呢，因为把功力暂时封住，毒气不行，自然就没事了。”

秦寿瞪大眼睛，“你让我们封闭运功？跟废人有啥区别？”

墨路路冷哼：“哼，这个时候是命重要还是功力重要，再说了，只是暂时封闭功力。”

东郭牛探口气道：“我撒出的毒要一刻亡，你们都浪费了这么长时间了，看来你们把生死看得很淡，我倒是佩服你们。”

“好吧，你说怎么个封闭法吧，我们照做就是了，只要能保住命。”秦寿担心起来。

“其实只要封闭灵中脉休眠一个晚上，毒气不聚，自然散了。”东郭牛慢条条说道。

三鬼急忙照做，拍了自己的灵中脉，然后个个醉了一样倒了下去。

“他们竟然这么好骗，只是牢房中的臭泥土和着你三只眼的尿水，竟然就让他们折服了啊。”墨路路感觉十分好笑。

东郭牛掏出他们身上的钥匙，解下秦寿的披风穿上，“怕死的人都好骗，好了，你也穿上他们的披风，他们的幻影隐身术实际上就是披风起的作用。”

墨路路和东郭牛穿着披风，拿着钥匙走出牢房，“哎哎，小丫头和孤星娘子怎么办？”

“回头再说，现在我们没有功力，她们也没醒，我们根本应付不了，我们先出去找到解药，恢复功力，其他自然都好说。”东郭牛打量着牢房。

东郭牛和墨路路靠着披风偷偷走出几道管卡，突然，东郭牛眼前一亮，“那不是熟人吗？”

东侧的牢房中，清城圣女靠着墙发呆，西侧的牢房中花子帮帮主南宫询托着左臂。

东郭牛打开牢房，清城圣女和花子帮帮主都纳闷锁头怎么会自己响动打开。“神仙来救你们来了，还不快走。”东郭牛学着唱戏的腔调。

墨路路拍了一下东郭牛：“得了，别逗人家啦。”

东郭牛和墨路路这才现身，和清城圣女和花子帮帮主打了招呼，并把事情大体介绍一遍。

“你们两个派主怎么也和我一样成了阶下囚呢，得罪了官老爷不成？”东郭牛问道。

花子帮帮主拖着受伤的左臂：“我肯定是天天得罪人的，清城派最近很让我佩服呢，把官老爷家那个无赖的儿子给教训了。”

清城圣女宴禾白皙的双手替花子帮帮主黝黑的左臂臂膀包扎伤口，夸赞道：“你们花子帮也不赖啊，替鹿城的百姓做了不少好事，水蛇帮垄断官盐的黑生意都被你们搞黄了，是不是水蛇帮的人陷害你的，他们肯定恨死你了。”

南宫询憨厚地笑笑说道：“恨我的人太多了，也不只水蛇帮，你们清城派不也一样被流星派恨得咬牙切齿嘛？他们保护费的这条财路被你给打断了，鸟为食亡，人为财死，这些人为了财要么让别人死，要么自己死在财上。”

“不过我们更该谢谢三只眼的东郭牛呢，要不是他，我们恐怕彻彻底底地离奇失踪一辈子了。”清城圣女宴禾瞟眼东郭牛，继续包扎南宫询的伤口。

南宫询用右手拍了拍胸脯朗声说道：“我们花子帮都是知恩图报的人，今日有幸得东郭兄出手相救，大恩不言谢，今后我南宫询的命就是东郭兄的了，我花子帮帮众随时听候东郭兄的调遣。”

东郭牛理着自己的八字胡，十分开心，做了开心的事情，碰上让你开心的人，好久没有这样的心情了，“好好好，我也不客气了，没准今后还真得麻烦你们出手相助呢。我在想，其实最恨你们的人不仅仅是这几大门派吧，否则官府何必插手其中呢？”

清城圣女宴禾神色一紧：“的确呢，我们的罪名也是莫须有的。”

墨路路瞪着牢门，愤愤地说：“这还用想吗？根本就是官匪勾结，那个假惺惺的花捕头不是还和绝色三鬼勾结谋害我们吗？”

南宫询惊诧道：“可是我们根本没有得罪官府啊，而且我们还为民做事，协助官府维持了秩序呢。”

东郭牛摇摇头，食指按在额头，“只怕是咱们得罪的是在官府任职的恶人，恶人是不讲道理不讲手段的，可是单单一个花捕头他却没有那么大能力调动官府，他只不过是一只恶狗。”

“恶狗的主人该不会是宫家？”墨路路已经猜得八九分。

东郭牛笑着点了点头，无论盐业和其他的生意，哪个不是宫家名下的？宫家不仅家大业大，更兼宫霸城之王，天下的帮派一半都在给宫家打工，三分之一的地盘归宫家主管，更有大多的官府人员被宫家收买。清城派和花子帮打断的不只是当地几个帮派的财路，他们只是几只恶狗，不过打狗还得看主人，这个主人的确不好惹。

清城圣女宴禾冷冷地说道：“看来我们得罪了大人物，以后的日子恐怕更不好过了。”

南宫询托着受伤的左臂，冲清城圣女点了点头，然后大义凛然地说：“便有十个这样的大恶人又如何，只要我碰见，对待他的狗和人我还是不会放过的。”

“眼下重要的是你们先回到帮派中，现在你们的帮派面临解散或者被吞并的危机，恶狗们已经下手了，鹿城现在很混乱，你们还是先回去料理帮务。等局面稳定之后，再做别的打算，我对此事还有点疑惑，总感觉自己被人牵着走。”

“还有什么可疑惑的，所有的证据都指向了宫霸天，如果还不相信，等我们找喜来客栈的老板确认下就是了。”墨路路认准了所有的阴谋都是宫霸天指使的。

东郭牛揉着额头，自言自语道：“宫霸天是一头狼，这更像是一场猫捉老鼠的游戏，狼通常并不爱玩弄他的猎物，而是直接吃掉。”

外面的雾气渐渐淡了，启明星在空中闪耀着，有的时候，看见了方向却走不到目标，有的时候没有方向却胡乱走到了目标。东郭牛对自己的方向有些迷茫，选择总是件很难很难的事情。

东郭牛送走了清城圣女宴禾和花子帮帮主南宫询后，把墨路路拉了过来，神秘地说：“要想营救你的邱大美女，咱们还得打扮打扮。”

墨路路一头雾水，“打扮，咱们是去救人，有什么好打扮的？”

“正因为去救人，而不是害人害己，咱们冒冒失失地冲进去抢人吗？

你以为邱老头和花捕头是傻子吗？我们不能暴露身份，以现在咱俩这种状况，对付一个卫兵都手忙脚乱的，搞得世人皆知我们越狱了，怎么把解药拿到手？”东郭牛一连串说出好多。

“那你把清城圣女和花子帮帮主放走，他们两个可是一流好手。”墨路路叹息地说着。

“正因为他们是好手，所以得赶紧回去化解他们帮内的危机，你知道的，多停留一刻，一个门派就可能改换门庭了，历史就可能改写，你要我们当这样的罪人？”东郭牛指指墨路路，又点了点自己说道。

“好吧好吧，一切都听你的，难道我们还要反串不成，这可有点难了。”墨路路发起愁来。

东郭牛掏出几匹白色的布来，又拿出两张面具：“你是反串上瘾了吧，难道你想色诱邱老爷和邱家公子去？我们要弄就弄个一鸣惊人的，这个面具和白布交给你了，能改成多恐怖的样子和装扮就怎么改，老子要把那些恶人的屎尿都吓出来。”

墨路路和东郭牛像极了吊死鬼和白无常，两个人按照卫士说的方位摸了过去，找到中央大院那处府宅。很显然，府宅内的人都没有睡，里面可以听到多人讨论的声音。墨路路和东郭牛借着墨路路制作的绳索力道弹飞到空中，像大鸟一样飘落在府宅的屋顶处，小心翼翼地掀开一片瓦。

瓦片下面是一处大厅，里面几条椅子上正坐着邱金海父子和邱乐乐的爹爹，几个丫鬟正围绕在邱乐乐身旁，邱乐乐此时哭红了眼睛，邱乐的母亲在一旁劝说。

“乐乐，你知不知道我和你爹爹都担心死你了，要不是邱老爷神通广大，你就得陪那几个死囚掉脑袋了，我们老两口就再也见不到女儿了。”邱乐乐的母亲也眼泪汪汪地哭着。

“没事了，有我邱金海在，怎会让乐乐受苦呢。邱老弟，乐乐这次真是危险呢，你不知道，那几个人要么是采花大盗，要么是拐骗孩童，当场作案行凶的时候被花捕头抓住了，乐乐和他们混在一起真不安全啊。”邱金海的话里有话。

邱老爷一个劲儿地点头：“是，是，是啊，多亏了邱大哥替乐乐解围，我家乐乐肯定是被那几个歹人威胁蒙骗的，她还小不懂事。”

“嗯，她还小不懂事我们不能怪她，但是邱大哥你是懂事之人哪。”邱金海笑得怪怪的。

邱老爷愣了一下，随后点头附和：“对，对，对，乐乐，还不过来谢过你邱伯伯和邱公子。今天，趁着大家都在这里，我们不如就把乐乐和邱公子的婚事定了吧。”

邱公子拍手叫道：“好呀好呀，这样我就能天天和乐乐在一起了呢。”

邱乐乐气呼呼地说：“你们想嫁你们嫁，我不嫁。”

邱金海的脸又红又紫，瞪得邱老爷头皮有点发麻。

“你不想嫁也得嫁，这事我和你母亲做主了。”邱老爷回应道。

邱乐乐的母亲恳求道：“女儿啊，你就听我们一回吧，你和邱公子门当户对，会过得很好的，娘求求你了，你要是不答应，娘就给你跪下了。”

邱乐乐摇晃着她母亲：“娘，您这哪里是求我，您这是逼我死啊。我已经大了，不是小孩子了，我有选择的权利，你们想要我嫁给他，那好，你们就把一具尸体嫁给他吧。”

“一定是他，一定是他，哼，我要他死，要他死！”邱公子暴跳起来，举止怪异。

墨路路也已经忍耐不住，狠狠把屋顶一拍，“哗啦”一声瓦片掉了下去，墨路路和东郭牛也如鬼魂一样飘落下来。

“哎呀，闹鬼了。”厅堂上的丫鬟们大惊失色，尖叫着逃窜而去。

东郭牛正好掉落在邱公子身旁，当时就把邱公子吓得倒吸一口冷气，呆若木鸡地站那里，东郭牛把邱公子拉了过来当人质，阴阳怪气地说：“你们大晚上不做好事，损阴德，败阳寿，我等特奉阎王之命前来召唤你等。”

邱乐乐的母亲早就吓晕过去，邱乐乐也花容失色，等墨路路走到跟前时刚要拼命，却发现白无常的眼睛眨了几眨，平时的时候墨路路和邱乐乐拿东郭牛开玩笑时经常这样眨眼，这才知道是墨路路的暗号。于是也配合起来，假装害怕地说：“白无常大哥饶命啊，千万不要带我们去见什么阎王。”

东郭牛阴恻恻地笑着说：“刚刚你不还说要去死吗？我们就是听到你说死才来的。”

邱公子磕磕巴巴地说：“是她死……她说死……我们……我没说……”

邱金海抱拳告饶：“求鬼大哥放了我儿子吧，他还小呢，我多给鬼大哥烧点纸钱，烧点元宝，鬼大哥您就高抬贵手吧。”

“是啊，我女儿也还小，您要多少钱，我给鬼大哥去烧就是了。”邱老爷也叩头求饶。

东郭牛“呸”地吐了一口：“你们这些人以为有钱能使鬼推磨是吧，你们做过的坏事可不是用钱就能掩盖的，还是多做点好事吧，下次再做坏事，大罗金仙也救不了你们了。但是这个小姑娘我们得带走，因为她自己说过死的，这谁也救不了她。”东郭牛把邱公子推到邱金海跟前，然后顺手偷取了邱金海身上的解药。

邱公子躲在邱金海身后，东郭牛转过身去把解药含到嘴里，然后偷偷递给墨路路，墨路路吃完解药后朝东郭牛使个眼色，扔出一团白色粉末，

"轰"的一声在厅堂闪出刺眼的光芒。趁着众人扭头闭眼之际，东郭牛、墨路路和邱乐乐早就消失得无影无踪了。

邱金海咬牙切齿也不好发作，邱公子吓得精神失常，自言自语，"不做坏事，我们不做坏事，别要我的命……"

邱老爷扶起自己的妻子，泣不成声。

"你们两个谁出的馊主意，虽然救出了我，却吓坏了我娘，不知道她现在怎么样了。"邱乐乐还有点担心。

墨路路连连摇手："这可不是我出的主意，你是知道的，三只眼最能出这样的点子了。"

东郭牛撇了撇嘴："墨兄这样说就不对了，苦活累活我干了，背黑锅的事情还要让我去做，这救的可是你的梦中人。"

邱乐乐听到拿自己开玩笑，白了一眼东郭牛。

"不过你放心，你娘只是吓昏过去了，待会儿就醒过来了。我们快点回牢房去，把孤星娘子和小丫头救醒再说，真怕邱金海把这事说给花捕头，那花捕头可没这么好骗的。"东郭牛三越两跳，朝铁牢而去。

铁牢中一切如常，东郭牛打开孤星娘子所在的牢门，把解药给服了下去，只见孤星娘子和上官宛儿纷纷打起喷嚏，然后苏醒过来。

"哦，我们这是在哪儿？"孤星娘子感觉眼睛发涩，小声问道。

上官宛儿拍了拍还有些发晕的头，"这一觉睡得好累啊，怎么跑到这个鬼地方睡觉来了，邱姐姐哪里去啦？"

东郭牛把两人拉了起来，指了指外面："走吧，这里不是说话的地方，他们两个在外面放风呢。"

几人安全地从铁牢中出来之后，天已经亮了，东郭牛喜欢这阳光，干净而明亮，只有那些内心阴暗的恶人才喜欢黑，因为躲在黑暗处害人可以掩盖肮脏的嘴脸。

外面虽然有阳光，而铁牢依旧暗无天日，在阴森黑暗的铁牢中花捕头从长长的走廊中走了过来，打开了东郭牛的那间铁牢，绝色三鬼还躺在哪里，像三具尸体一样。

花捕头诡异地笑着，冷声喊道：“来人，把这三个贼人拖出去斩了。”

第四十五章 杀人灭口

喜来客栈是鹿城里面最出名的，这里面不乏乐子，任何来到这里的人都不会失望而归。天下的奇闻妙事在这里你可以不厌其烦地洗耳恭听，这里做出来的菜更是让你舍不得离开。

客栈老板姓穆，是一个非常会做生意的人，对任何一个客人都服务到位，并让他们满意，穆老板的脸总是那一副笑脸，仿佛没有换过表情。或许是因为穆老板很会做人，这客栈每天都是酒桌爆满，但是从来没发生过任何打架斗殴事件。

看似一个普普通通的客栈，为何能把天下三教九流的人物吸引而来？看似一个平平凡凡的客栈老板，为何能把生意做得一帆风顺，并且风生水起？东郭牛心里有太多的疑问，不过喜来客栈近在眼前，一切答案很快就能知晓。东郭牛领头率先走到客栈门口，看着进进出出熙熙攘攘的人群比想象中的还要热闹。

“客官您好，几位里面请。”门口的小二热情地在前带路，客栈里面那个热闹劲就更别提了，简直和闹市差不多。楼下的酒桌早就坐满了，小二带着东郭牛等向二楼走去。

“我说伙计，穆老板在哪儿忙活呢？麻烦您通告一声，就说有朋友来访。”墨路路客气地问道。

店小二把几人让到二楼一间单独的雅居里，“各位客官请坐，我们穆老板待会儿就到，特地给几位留了这间雅座，我先下去安排酒菜，都是穆老板安排好的。”店小二笑脸退出房间。

几人都是一愣，东郭牛倒笑了起来。

“嘿，这穆老板的消息够灵的啊，怎么就知道咱们来找他了？”墨路路一脸茫然。

邱乐乐也拖着粉腮，点了点头，“难道他未卜先知？”

上官宛儿倒是满不在乎：“切，管他呢，待会儿他来了就啥都知道了。”

孤星娘子看着东郭牛，“扑哧”一声笑了，“你们听到了吗？三只眼肚子早就饿得咕咕叫了。”

东郭牛咧开嘴安慰自己的肚子说：“今天你可以好好大吃一顿了，而且还是有人请客，别的就先不管了，先填饱肚子再说。”

“哈哈，说得好，亏待什么也不能亏待自己的肚子，来来来，赶紧把上好的酒菜摆好。”穆老板带着端菜的伙计笑着跟众人打着招呼，还不忘拼盘码菜。

墨路路见是穆老板，激动地正要问话，谁知却被东郭牛拉住：“墨兄，你这是被主人的热情感染了啊，替我们谢谢穆老板。”

穆老板摆摆手，笑着说：“哪里哪里，应该的，何况像你们这几位贵宾，我是请都请不来呢。”

“我们不请自来，尤其俺这肚子不争气，听说这里的菜最可口，宁可忍饥挨饿也要不远千里来这尝尝鲜呢。”东郭牛大口吃菜不忘开玩笑。

穆老板笑得更开心了：“哈哈哈哈，好好好，我们这喜来客栈的菜虽然出名，却也不及天下闻名的三只眼东郭牛吧。”

墨路路身子一震，“嘿，穆老板你认识他啊！”

“天下出名的人自然被天下人认识，我要是不认识，那真是有眼无珠呢,何况,我还没到老眼昏花的地步呢,哈哈哈哈！”穆老板也开起玩笑。

东郭牛揉了子额头，有点惭愧地说：“看来有眼无珠的人是我呢，穆老板这样天下闻名的老板，按理说我早就该结交呢。”

穆老板依旧笑着摇手：“哎哎，哪里哪里，我只不过是一个名不见经传的客栈老板，哪里能值得一提呢。”

上官宛儿歪着脑袋，转着眼睛说：“哪里是一提，这一路上都是三提四提五提六提了。”

“哈哈哈哈，看来老夫是碰到贵人了，终于有人肯想起老夫，谈起老夫了啊。”穆老板端起酒杯敬了众人一杯，然后扬起脖子喝了进去。

东郭牛也喝了杯中酒，砸巴着嘴巴，打着饱嗝：“看我这个肚子，真是没出息,见到好吃的就没命地吃,这回也吃饱喝足了,该谢谢主人了。”

穆老板笑着点了点头：“这一席可还吃得高兴？我们客栈有个规矩，凡是吃好喝好的人都开开心心地出门上路。”

“你这是在赶我们吗？”邱乐乐有点不高兴。

孤星娘子冷冷地说：“可是姑奶奶我没吃高兴，这一桌的好菜都被三只眼那个家伙扫光了，小二麻烦再补一桌。”

店小二看了看穆老板，犹豫道：“这，那……”半天没吭出别的声来，因为客栈从没发生过这样的事情，规矩从来没破过。

穆老板依旧是笑着，笑得上官宛儿有些不适应，上官宛儿吐了个鬼脸，“那个店小二，你还愣着干吗，没听我孤星姐姐说什么吗？”

“东郭牛，你也是个明白人，这规矩破了的后果我是承担不来的，这酒店里的客人也不同意啊，你们今天就到此为止吧，后门已经为你们打开，老夫恭送几位。”这句话说得不软不硬，其中还话里带话。

东郭牛舔了舔嘴唇：“余味十足，穆老板，您这顿菜我是吃好了，但是没吃饱，做得太好了，我这胃口被这吊起来了。”

“你们真的要坏规矩？”穆老板眼睛一亮，笑里藏刀。

墨路路站起身来，早就憋不住了，“穆老板，你也是知道我们今天要来的目的，我们就想问一句，究竟是谁在背后指使你？”

穆老板把手中酒杯往地上一扔，“啪”的一声，客栈里的客人像是得到了暗号，默契地放下手中的碗筷酒杯，拿起武器飞串上二楼。

数十人把二楼围个水泄不通，楼道上，房梁上，桌子上，板凳上，窗口处，还有那门口、屋顶和庭院也都把守住了。

墨路路拿出伞兵刀，邱乐乐拔出玉女剑，两人守着门户。

孤星娘子五彩羽翎剑对着穆老板，“你们要以人多欺负人少吗？”

上官宛儿一点也不慌张，反而觉得好玩，拍拍小手调皮地说：“嗯嗯，有热闹看了，人多也没用，这点人还不够三只眼一个人玩的呢。”

东郭牛“扑哧”一下把嘴里的酒水喷了出去。“咳咳，我说小丫头，你可别害我，这话可不是我说的啊，我就是有三头六臂也只能对付三个人。你看看这里几十人，得几十个东郭牛才行。再说了，我又没说要打架，这客栈哪里是打架的地方呢，对吧穆老板，我东郭牛是个爱好和平的人，武力解决事情那是野蛮人才做的事情。”

“哈哈哈哈，我们就是野蛮人。”“谁跟你和平啊。”“穆老板，您就发话吧，这破了规矩可就没法混了。”酒店里你一言我一语，都跃跃欲试，剑拔弩张。

穆老板哈哈一笑，“三只眼，老夫已经规劝过你们了，唉，天底下多管闲事的人怎么就这么多呢？”穆老板话还没说完，身子却箭一般往后退去。

东郭牛如影随形，“唰”的一下也跟了过去，穆老板只觉得肩膀被人重重得拍了下，回头一看，“哎呀”惊叫一声，东郭牛就在身后看着自己。

“还愣着干啥，抄家伙上啊。”一时间客栈“噼里啪啦”“乒乒乓乓”什么杂音都有，呼喝声、呻吟声此起彼伏。

穆老板和东郭牛打得火热，事到如今，穆老板也使出自己的绝技藏云袖，袖口鼓胀起来，而且袖里藏袖，灌注真气，打上哪里，都被打个大坑。

东郭牛斗转星移步，灵活地围在穆老板跟前转圈，“穆老板，赶紧停手吧，好好的客栈都毁成啥样了？”东郭牛在一旁规劝起来。

穆老板一看可不是嘛，房顶被打出几个窟窿，楼梯砸出几个大洞，桌椅板凳锅碗瓢盆更是零碎一地，穆老板心疼得咬牙切齿：“东郭牛，我跟你往日无怨，近日无仇，你非得找上门来毁我客栈，我苦心经营三十年的客栈就毁到你手里了，你给我拿命来吧。”穆老板像疯狗一样左一下右一下往东郭牛要害处猛攻，“轰”藏云袖把桌子炸裂了。

不知何时，东郭牛手中多出一只筷子，东郭牛弹着筷子朝穆老板的袖口飞去，穆老板流云袖里面真气把筷子又弹了回来，东郭牛乾坤八卦步一个大转身，手中又飞射出十多个牙签。只听“嗤嗤”几声，牙签窜进藏云袖中带着血迹钻了出来扎进墙头和木柱上。

“哎哟。”穆老板呻吟起来，双手颤抖地垂了下去痛苦地哆嗦着，再看鼓胀胀的袖口也瘪了下去。

东郭牛飞身跳到穆老板身边，说了声，“得罪了”然后把穆老板一提，三跳两蹦飞蹿上房顶高喝道："别打了，穆老板在这儿呢。"

众人都停了下来，此时地上躺下了十几位，显然这些人并不是孤星娘子等人的对手，孤星娘子收起手中的五彩羽翎剑，看着众人，冷冷地说："怎么，你们想象地下的那十几个吗？"

穆老板脸色苍白："算了，早就知道碰上东郭牛肯定是栽了，你们走吧，以后不会再有喜来客栈了。"

"穆老板，继续跟他们干，还不定鹿死谁手呢。"还有人不服。

墨路路指着地上的伤员说道："如果是鹿，早就死了，难道非逼得我们手下不留情吗？"

"你们还挺仗义，不错，你们放心，我三只眼不会要穆老板的命，只是打听点事情，打听完了，喜来客栈还是喜来客栈，你们该喝酒喝酒，该吃菜吃菜。"东郭牛把穆老板带到二楼一处被打得歪斜的酒桌旁，拿起一杯酒喝了下去，"别浪费嘛，打了这半天，嗓子都干了。"

"呸，还好意思说呢，你一个人才打一个人，孤星姐姐他们每个人都打五六个人呢。"上官宛儿讥讽道。

墨路路为了及早确认幕后主谋，快步走到穆老板跟前，"事到如今，穆老板您该跟我们透个话了吧，这幕后主谋到底是谁？"

客栈老板看到墨路路走过了，神色异常，额头沁出汗来，"能给老夫来口酒吗？打这么半天，老夫也渴了。"

东郭牛嘿嘿笑道："这话说的，好像我们是客栈老板似的，您的客栈随便喝，小二，快给你们老板来壶酒。"

店小二拎着酒，重新把桌子正了正，摆放几个新杯，然后斟满。

穆老板"咕咚咕咚"大口连喝了几杯，然后深情地环视了一周，突然口中吐出毒针袭击众人，东郭牛孤星娘子和上官宛儿离得比较远，大家都躲过，只有墨路路正好站在穆老板的面前。

邱乐乐正好站在墨路路的身边，为了挡住毒针，护住墨路路的面门，邱乐乐义无反顾地伸出了手臂，几枚毒针正好扎进了邱乐乐的手臂，手臂中了毒针刹那间又痒又麻，重如千斤，邱乐乐感觉神情恍惚，身子摇晃几下就要栽倒。

墨路路一脚蹬中了穆老板，赶紧抱住邱乐乐："乐乐，你没事吧，老家伙，如果乐乐有什么事，我非杀了你不可。"

"噗"的一声，穆老板喷出一口黑血，随之穆老板身子不由自主地颤抖，无力地坐倒在地，"不用你们杀我，我也活不了啦，这世间事还是少管为妙，可是你不想管也不行，这世间事又岂是我们说了算的，咳咳咳……"

东郭牛飞身上前，"你中毒了？是幕后人下的毒？穆老板，如果我们都不管这世间事，幕后主使这种人就会更加猖狂，而且更多。"

穆老板倒在地上，声音微弱断断续续地说："不是他，是我……我自己……做个了断……我……女儿……还在……他手……"一只手蘸了酒水在地上写了个宫字，宫字最后一笔没写完就不动了。

"果然是宫霸天。"东郭牛看着逐渐模糊的字迹。

孤星娘子面露难色，"其实我们早就该想到是宫家了，可是我真的不希望是宫家，单靠我们几个人，面对强大的宫家，根本想都不敢想……"

上官宛儿一脸不在乎："管他什么宫家王家的，如果是他们害的爹爹和姐姐，我就要他的命。"

东郭牛揉揉自己的额头："我也不想和这个老鬼打交道，不过就算他有军队有各大帮派的势力也没什么，宫霸天毕竟也是一个人，人并没什么可怕的，想办法对付一个人还是能做到的。"

墨路路怀中抱着邱乐乐，一脸悲伤。

东郭牛检查了邱乐乐的症状，眉头紧蹙：“又是蝶舞堂，毒针上是蝶舞堂的眉心毒，看到手臂上的黑线了吗？如果走到眉心处，乐乐就没命了。”

孤星娘子惊讶道：“如果是眉心毒，乐乐根本撑不过一个时辰，这毒线随着血液经脉传动很快。”

墨路路哀求东郭牛，“三只眼，我知道你最有本事了，你快想想办法，怎么才能救乐乐，我求求你了，你快想想办法。”

上官宛儿伏在邱乐乐身边，眼泪汪汪地说：“邱姐姐，我不要邱姐姐死，我还要和姐姐一起玩儿哪。”

东郭牛揉了揉额头，犹豫地说：“其实救她的办法倒是有，一是找到蝶舞堂的杀手，因为他们身上有解药，但是，恐怕很困难，要不然你身上的毒也不至于现在还没解；其二，乐乐身上的毒用嘴可以吸出来，但是吸毒的人却活不了啦，这毒血顺着嘴黏膜很快就跑到吸血人的眉心处了，这属于以命换命的法子。”

“什么？”孤星娘子惊讶道。

墨路路毫不犹豫地挽起邱乐乐的袖口，对着流黑血的针孔处吸了起来，邱乐乐虽然不能言语不能活动，但是眼角流出了滚烫的热泪。

邱乐乐表示支持：“对呀，管他什么大人王侯的，没有王法治他我们可以出手代劳，天下人管天下事嘛。”

“说得真好，侠女风范。”墨路路一唱一和地拍起马屁。

“好了，接下来我们要好好计划了，天下事可不是那么好管的呢。”

第四十六章　一触即发

鹿城和宫霸城只有三十里的路程，甚至在晚上站在鹿城的城门顶上可以看到宫霸城繁星似的灯火。东郭牛躺在房顶上看着远处的星火，额头上的第三只眼不用按自己显露出来，东郭牛似乎看到了隐藏在星火下浓重的杀机。

东郭牛分析了很久，决定自己只身一人前去宫霸城，因为这一行凶多吉少，宫霸城是非之地，不想连累大家置身危险之中，所以东郭牛留了一封信在房中，在启明星出现的时候东郭牛独自偷偷溜了出去。

宫霸城雄伟壮观，天下较好的手工制品也出自于此，经济繁荣，冶炼、兵器、采盐制盐、砖瓦、陶瓷、纺织、酿造、金银木器制作等手工业生产也都具有一定的规模和水平，而且宫霸天招贤纳士，凡是有什么本领的都招揽而来。吸引了大批商贩，汇聚了三教九流，堪称独立王国。

宫霸城内处处可见雕龙石柱、石马、琉璃鸱吻和石雕人物像，依旧栩栩如生，光彩照人，街头行人如流水，络绎不绝。

可是繁华的背后，一场巨大的危机已经来临，这场危机是可以毁灭一个城。清城圣女已经带着大批精英手下和门徒混进了宫霸城内，等待着信号发出，然后围攻宫霸天。花子帮的帮众也藏匿在各个角落、偏僻处，南宫询也在等着信号发出后率众出击。

天空飘逸的云朵，自由翱翔的鸟儿，在这阳光明媚的日子里，东郭牛往常会高兴地哼着曲儿，甚至还顽皮地像个孩子一样蹦蹦跳跳，而最近东郭牛却很少有这样的心情了。

一个人若迷失了自己，就模糊了方向，只有看清自己才能找到正确的方向，武林中大多人士都迷失了自己，找不到江湖的路了。东郭牛突然感觉头很疼，一个人想的事情越多，遇到都是麻烦事，任你是谁都得头疼。

一个大块头如巨人般的大汉站在那里，他的眼珠白多黑少，裸露的腱子肉看着富有弹性，那是经常习武有力气的象征。

东郭牛甚至要抬起头仰望着大块头："这位大汉，麻烦您腾个身让个路。"

大块头的眼珠怪异地翻转着，无论谁看到这样的眼神都会背脊发凉，"哼哼，我是来拦路的，你让拦路的人让路，这不可笑吗？"

东郭牛微微一震，从头到脚从脚到头再次把大块头打量了一遍，有些诧异："我身上没有买路财。"

"我不要你的买路财。"大块头冷冷地回道。

"这就难办了，你既不要买路财，我身上又别无他物，只有一条怕死的小命。"东郭牛玩笑地指着自己。

"说对了，要的就是你的命。"大块头已如山般压了过来。

东郭牛被逼得连退数步，摆摆手说道："我这条小命怕死，恐怕不轻易给人的，既然此路不通，我换个路就是了。"

大块头身子也很快，跳到东郭牛的前面如一堵墙拦住了退路："既然你进了宫霸城，这里面的路就都是我的，你无论走哪条路都要留下你的命的。"

"你是宫霸天的大儿子宫无敌？"东郭牛早就想到这么一号人了，一个人的名号和他的气势是相对应的，宫无敌的气势就是给人压迫感。

宫无敌拳头带风，风裹着拳头，逼得东郭牛步步后退，东郭牛本是见招拆招的好手，碰到如此硬拼蛮横无理的招式倒也没法。如果一个人有招有式的去打，肯定是想好策划周全了，只要有想法，就有破解的法子，可是一个人想也不想就胡打乱拼，你就不能按照方法去对付。

东郭牛根本不敢和宫无敌硬碰硬，就跟鸡蛋碰石头一样，东郭牛招架之时已经感到骨头变形扭拉的痛楚，所以只好能躲则躲。

在任何时候，你越退步，就承认你软弱，你越软弱，对方就越强硬。宫无敌要的是东郭牛的命，任你躲到哪里，命还在，手就不会停，"哇呀呀，拿命来吧你。"宫无敌暴叫着把东郭牛逼到墙角。

东郭牛如蜂鸟般灵活地从宫无敌的腋下飞闪了过去，顺便一脚蹬在了宫无敌的后背，宫无敌用力过猛，加上东郭牛这一脚。连拳带人都冲进墙壁上，墙壁"隆"的一声，然后"咔嚓"拳头打出一个大洞，身子把墙面撞出裂缝来。再看宫无敌的脸和鼻子，灰头土脸，血迹斑斑，再金刚般的身体，头也不是铜铁打的，脸也是细皮嫩肉。

"这可不怪我啊，我真不是故意要毁坏墙壁的，我看还是算了吧，我不是来打架的，只不过是找你父亲说点事情。"东郭牛看着恼怒的宫无敌，想给他降降火消消气，东郭牛不想再这么纠缠下去。

宫无鬼在旁拍着手叫道："大哥就是厉害，打得那小子告饶了，爹爹平时还把这小子吹得上天入地有多神通呢，还有二哥劝咱们不要和东郭牛成为敌人，幸好二哥去楚城料理生意去了，不然二哥又得制止咱们了。你看看这个小子，还什么三只眼四只眼呢，简直不堪一击呀。”

东郭牛扮了个鬼脸：“是啊，我又不是妖怪，你们没必要跟个凡人较真吧，我好歹也是宫霸城的客人。”

“嚯嚯，客人，宫霸城没有客人，只有下人和敌人。”宫无鬼一副少年轻狂的样子。

东郭牛揉了揉额头，和没有道理可讲的人聊天是个错误而且累人的事情，东郭牛终于下定决心要做一件自己不愿做的事情：“看来倒霉的地方总是碰上倒霉的事情。”

“谁让你是倒霉的人呢。”宫无鬼继续挖苦道。

“嘿嘿，好像我没有那么倒霉，倒是碰上我的人倒霉了。”东郭牛拍拍手叫道，“老鬼出来吧，早就知道你在旁边看热闹了，那个宫无敌的身手你也看了，你陪他好好玩玩。”

东玄西幻两个老前辈嘻嘻哈哈地从楼顶飞跃下来，东玄看着宫无敌像是看到可口的佳肴，搓了搓手说道：“老婆子，我们做一个人肉球玩玩吧，这个大个身子骨结实，碰石头上都没事，这样的人肉球结实呢。”

“那你还在这啰里啰唆地干吗，还不快去。”西幻催了起来。

宫无敌听到自己被如此戏谑，如一头野兽般猛扑上来，东玄像个陀螺一样围着宫无敌转起了圈圈。转了几十个圈子之后，东玄跳出圈外，如喝醉了一般晃晃悠悠：“哎哟，眼前怎么天地颠倒了呢。”

再看那宫无敌时，果真被团成一个圆圆人肉球，西幻抿了抿嘴，上去一脚把肉球踢出去老远，宫无敌叽里咕噜滚向闹市中。

东郭牛嘻嘻笑着，好久没有这样做恶作剧了，对付恶人恶作剧是最好的法子，而且让人心情大好。“知道谁倒霉了吧，你也要学你哥哥一样倒霉吗？”东郭牛盯着宫无鬼，不紧不慢地说。

宫无鬼摆摆手，身子往后撤了撤：“我先失陪了啊，你不是要去找我爹爹吗？好的，我先去禀告，我就在前面等着你啊。”

东玄回过神来，挠了挠头：“那个小子要溜，待我抓过来惩戒一下。”

“算了，有这时间我去找他老子问事去了，对了，你们怎么有闲心来宫霸城玩耍来了？”东郭牛问道。

东玄奇怪地看着东郭牛，抽出衣服中的信件：“不是你飞鸽传书叫我们来的，说要大闹什么宫霸城吗？我们一看闹闹宫霸城肯定好玩，这不就来了。”

东郭牛大吃一惊，把信拿到手中仔细看了一遍，心中暗叫不妙。

此时听到宫无鬼惨叫一声，再看宫无鬼时，死鱼般的眼睛凸出，就那么惊恐地睁着，嘴角淌着血，竟然死了，而宫无鬼身后那一群跟班慌乱地上前抬起宫无鬼的尸体，怒视着东郭牛急匆匆地跑回宫霸城去。

东郭牛也莫名其妙，刚刚才说完话，人怎么就突发暴毙，难道是被老子气死的？东郭牛都不知道自己的气功还如此厉害，不过，东郭牛和宫霸城肯定是更加矛盾了。宫无敌受伤回城刚走，宫无鬼就死在自己面前，宫霸天肯定恨死自己了。

宫霸天脸色铁青地坐在虎头凳子上，他的后面几大正宗门派和自己的卫队严阵以待，在等着什么。

东郭牛和东玄西幻走到城楼下，看着充满火药味的场面，解释道：“宫城主，我过来没有恶意，只是来打听一件事情的。”

宫霸天指着东郭牛：“你有没有恶意我不管，我对你一点好意都没有。”

“哦，今天我只想弄清楚一件事情，北斗蜀山的事情和追捕我们抢夺蚩尤剑和蚩尤剑谱的事情是宫城主干的吗？”

“不错，我只不过是取回自己家的东西，你现在交出来或许我还可以放了你的朋友们。”宫霸天朗朗说道。

“我手里根本没有这些东西，你又是哪里来的假消息。”东郭牛挠挠头说道。

“看来你要坚持到底了，好吧，新账旧账一起算，现在要你还我儿子的命来。”宫霸城指着东郭牛恨恨地说。

突然，一声响箭穿上天空，清城圣女带着清城派冲了出来，花子帮帮主南宫询也带着花子帮帮众拥了过来，还有很多东郭牛的江湖朋友和门派。

“好啊，还是挺有准备的啊，不过你们以为这点力量就可以和宫霸城作对了？”宫霸天带着大队人马冲下城和东郭牛等人针锋相对。

“你们怎么会出现在这里？”东郭牛指着后面的人问道。

“接到你的飞鸽传书和信号的呀。”众人纷纷回道。

东郭牛暗叫不好，究竟是谁在暗中操作，究竟是有什么目的?

有些人做的事情很疯狂，但是如此疯狂的事情连他自己都想不到怎么做到的，宫霸天从来不去思考这些，他知道权利这东西绝对是好的。一座城，一个武林，如果有了权力，你挥一挥衣袖，甚至你的一个眼神，都足以让一个城腥风血雨，让一个武林波涛汹涌。为了追逐权力拥有权力，很多人不得不疯狂。

“轰”的一声，东南角爆炸声起处，数十人被炸飞，有的人身子炸裂得残枝败叶般，滚烫的血点迸溅到墙壁上刺人眼目，几只苍蝇在墙壁上转来转去，被血的味道吸引而来。所有人都被突如其来的状况吓呆了，死亡并不可怕，死亡迸溅的鲜血却让人生畏，谁也不想让自己的鲜血迸溅到墙壁上，双方都停手观望。

宫霸天脸色黑得像锅底：宫霸城可是我的地盘，这城内巡防审查十分严格，怎么会发生这种情况呢。除非，除非身边有卧底。想到这，宫霸天冷笑道：“嘿嘿，你东郭牛真行，也来这阴招，在我身边埋伏人还埋伏地雷消息。”

东郭牛也是一愣，心说这是怎么回事，谁这么损埋地雷消息，宫霸城和我们的人都炸死炸伤了不少？“宫城主，虽说我不是君子，但我三只眼从来不用这下三烂的手段，我本想还是你布下的雷呢。”

双方再次剑拔弩张，“一定是他们，啥也不用说了，上吧”“城主，叛党还挺嚣张，杀光他们吧”，双方的人互相打起了嘴仗。

东郭牛举起手示意安静下来：“我说宫城主，你怎么还不明白呢，我手里根本就没有你要的东西，你是听谁说的？我后面这些人也不是我叫来的，刚刚你就不给我时间解释呢，我们肯定被人利用了。”

“哦，就凭你说这三言两语就让人相信你？你的朋友明明说是得到了你的飞鸽传书，还要围剿我的宫霸城，哈哈，你们胆大包天，既然来了，一个也别想出去。”宫霸天依然蛮横无理。

正在这时，三道影子飞身上了楼顶，然后就见一人灰白的头发，紫脸膛，眼睛精光爆射，太阳穴鼓鼓着，站在那里有一股王者风范。仔细一看，原来是上官天蜀，上官天蜀带着地狱双魔萨泥兄妹站在宫霸城楼上狂笑道：“哈哈哈哈，都到齐了，好啊。”

城下的人为之一震，上官天蜀不是死了吗？怎么又复活了呢？

“你，你还活着？”宫霸天无论如何也不相信自己的眼睛，自己派出去的杀手明明杀了上官天蜀的，宫霸天怒目瞪着杀手章于，“你们蝶舞堂就是这样完成任务的吗？”

再看章于飞身跃上楼顶，站到上官天蜀身旁，摘下诡异吓人的面具，扯下恐怖丑陋的面皮，天空的彩霞映到粉扑扑的脸上煞是好看，一个女人，一个美丽动人的女人，原来章于是上官凤化装而成的。

“爹爹，姐姐。”上官宛儿亲切地叫着也飞身上前。

“我们都被骗了，上官天蜀居然还活着。”墨路路摇着脑袋自言自语。

邱乐乐茫然道：“她就是上官凤，宛儿的姐姐，而他就是宛儿的父亲上官天蜀？”

东郭牛的心情有些复杂，不过更多的是惊喜，终于见到自己一直在寻找的人了，虽然是在这种环境下，总算是见到了。东郭牛想说什么又说不出口，他只想眼前这件事情快点了断。

上官天蜀非常满意眼前的场面，尽管有很多人恨他、骂他甚至想杀死他，可如今所有的局面都在自己的控制之中，上官天蜀指着城下的所有人说：“你们都是老夫的棋子，老夫让你们怎么走，你们就怎么走，这天下即将都是老夫的，哈哈哈哈。”

“就凭你们几个吗？”宫霸天嗤笑道。

封神圣手颜赠也不服地说：“我们正宗门派怎会听命于你这邪派人士，上官天蜀赶快交出手中的蚩尤剑和蚩尤剑谱，乖乖接受我们的制裁，没准还可饶你一命？”

“哈哈哈哈，你们也不瞧瞧自己有几斤几两，这天下的棋局老夫早就布好了，你们这些没脑子的还是没尝到苦头，看来刚才的爆炸杀伤力不是太强，我需要再引爆几处你们才能更乖些。”上官天蜀摸出一枚哨子含在嘴里，轻轻地吹了一下。

“轰轰”两声，西面和北面又爆炸开来，数十人伤亡。

“你你，你把地下埋了地雷消息？”宫霸天气得咬牙切齿。

封神圣手颜赠往后倒退两步，再也不敢言语。

“你们的脚下每一寸地方都埋上了地雷消息，只要我吹响竹哨，我可爱的小老鼠们就会触动机关，然后就轰轰，你们就能上西天了。”上官天蜀美滋滋地说着。

东郭牛看着天空中绚丽的晚霞，揉了揉自己的额头：“夕阳无限好，大家还是聊些正题吧，老耗子你费尽心思把我们都聚到这里，一定是有什么好玩的吧。”

“三只眼，你说对了，我刚刚不是说了嘛，我要你们为老夫打天下。如果没有你东郭牛，我的计划怎会进展得如此顺利？”上官天蜀捋着灰白胡子说。

东郭牛摆了摆手：“你说你这老耗子太损了，郦城的鼠妖案是你做的引子吧，先是设计把我骗上北斗蜀山，又同时放风把蚩尤剑的事情传到各大宗门和宫城主这儿，让他们咬着我不放，还假借我的名义飞鸽传书把清城派和花子帮及我的好友都骗到这来，武林中最精锐的力量都在这里了。”

“贪心的三老，聪明的三只眼，郦城的青天大老爷，权力倾城的宫霸天，名门正派等等等等，都是老夫手中的棋子。”上官天蜀阴恻恻地说道。

宫霸天冷笑道：“没想到你比我还痴心妄想，我只不过想要武林，你却要天下，哈哈哈哈。”

“所以你的心胸还不够大，你注定要失败。这里所有的人听好了，待会儿吃下灵魂丹，你们会成为我最出色的战士，而且会活得很光彩。如若不然，刚才你们已经看到下场了。”上官天蜀威慑道。

“吃了灵魂丹，跟活死人有什么区别？”宫霸天叫道。

上官天蜀指着宫霸城，笑着说：“活死人还能照样当这个城的城主，而死人只能被这宫霸城中的恶狗吃掉。”

宫霸天脸上红一阵青一阵，原以为自己百无一疏，谁知却掉进别人的坑里了。

东郭牛把手一摊，然后跟后面的人说道：“大伙还是按照老耗子的话去做，我们活着这么好，谁也不舍得死。”

“嗯，还是三只眼识相，宫城主，你们呢？”

“事到如今，还有别的选择吗？”宫霸天无奈地说着。

上官天蜀令女儿和地狱双魔下去派发灵魂丹，自己站在楼顶监视众人。

上官凤走到东郭牛跟前换了个同样颜色大小的活血丹递给东郭牛，看了一眼东郭牛，觉得有些羞愧，一面之缘互生情愫的人偏偏不能在一起，因为父亲的大事，上官凤脸蛋挂上一层红晕，心里十分复杂。如果东郭牛此时叫一声自己，如果东郭牛此时拉着自己远走高飞，再也不管什么天下事、江湖事。

东郭牛心情更是复杂，也许都是自己胡思乱想的，她一直在骗我，从上北斗蜀山就开始设立陷阱，为了她父亲的大事，她什么都肯做，有其父必有其女。不，她不是这样的人，她也有苦衷，要不然她为何把灵魂丹换成活血丹了呢？

宫霸天心里盘算着：不能让这老匹夫控制我，我才是宫霸城的主人。眼看上官凤神情恍惚地走到宫霸天的跟前，宫霸天一看机会来了，右手旋风般锁住上官凤的咽喉，狠狠地说：“上官天蜀，你女儿落到我手里了，我看是不是得重新交易了，把你手里的哨子交出来？”

上官宛儿吃惊地喊着：“姐姐。”

上官天蜀眯缝着眼：“哼，没有任何人有资格和我交易，你就是杀了她又如何？我的女儿为我的天下而牺牲，我为她感到自豪。”

宫霸天没料到上官天蜀比自己冷血一百倍一万倍，如此六亲不认的人怎能不让人害怕。宫霸天颤巍巍地松开上官凤，扬起手准备吞下手中的灵魂丹。

东郭牛弹出几枚石子打飞了上官天蜀脚下的瓦片，上官天蜀只好腾身飞起换个地方，就在这时东郭牛飞蹿到上官天蜀的身旁摸走了控制老鼠发动地雷消息的竹哨。

上官天蜀如影随形追了过来，宫霸天把手中的灵魂丹扔掉，也飞身过来拦截住了上官天蜀。两个人伫立在那里互相凝视着，喷火的眼睛好像要融化掉对方，两个对权力痴迷的人碰到一起，都铁定要吃掉对方。

此时的情况已经不可控制，各方人马刀光剑影，一片混乱。

上官天蜀和宫霸天激烈大战几百回合，功力相当的人物，权力痴迷的霸主，谁也不肯做出让步，都使出必杀之技，却不想落了个两败俱伤。两人的血都喷到了对方的脸上，滚烫的血刹那间冰冷起来，两个不可一世的人甚至已经没有力气站立起来，看着彼此狼狈的样子还在讽刺对方。

上官天蜀讥笑着说："看来宫霸城主的霸气要永远消失了。"

"你想要的天下也没有了，哈哈。"宫霸天依旧不让步。

不过，此时的两人再如何斗嘴，他们都已经不是刚才的人了，他们更像两只斗败的公鸡，散落一地鸡毛，带着血淋淋的伤口奄奄一息。

一个人的梦想破灭了，一个人的意志崩溃了，那么这个人也立刻变得憔悴、衰老而绝望了，上官天蜀再也不是刚才那个上官天蜀了，他的眼神空洞无神，本想让江湖武林都变成活死人的人，此时，他自己已经是一个活着的死人。

宫霸天更好不到哪儿去，看着自己创造的城，看着自己独霸的江湖，竟然短短的一瞬间自己就要离开，不甘心，却无能为力了，那种眷恋的眼神再不是不可一世的霸主的样子了。

所有人都停了下来，看着两个人静静地死去，不管是天王老子还是江湖霸主，只要是死，和常人没什么区别，当初让人可畏可惧的人此时倒让人可怜。

一切似乎已经结束，一个权力可倾城的人物，一个野心霸天下的人物，相互间毁灭了对方，宫霸城一刹那安静下来。

墨路路松了口气，说道："终于结束了。"

东郭牛摇摇头，冷峻地看着城门的方向，"好像又有人登场了，你们看看那不是我们的老朋友吗？"

的确，战马嘶鸣，尘埃起处花捕头神采奕奕地率领着军队围捕上来，而且花捕头身边还站立着逍遥宫的公孙易登、蝶舞堂和蛊惑门的杀手，只听花捕头高声喝喊：“反贼们听着，早就有人举报你们这伙人聚集宫霸城谋反，我奉大王之命前来剿捕你们，如果乖乖认罪，我们就会宽大处理，如果负隅顽抗，一律就地正法。”士兵们张弓弩箭，拔刀舞枪，等待命令。

“我们才不是反贼呢，宫霸天和上官天蜀才是反贼呢。”清城圣女宴禾用剑指着躺在地上的宫霸天和上官天蜀二人。

南宫询和正义人士也都齐声说道：“是啊是啊，我们是来帮官府铲除这些恶势力的。”

“哈哈哈哈，事到如今还说得这么好听，识相的赶紧放下武器，我可没时间跟你们废话。”花捕头打断众人，大声威胁道。

“你来得正是时候，不早不晚，捡了个大便宜呢。”东郭牛指着此时的场面。

花捕头春风得意：“哈哈，那还不是多亏了东郭牛的帮忙嘛，没有你，江湖还真就聚不齐。”

“看来花捕头才是真正的下棋高手，我三只眼果真没看错，螳螂捕蝉黄雀在后，你花捕头暗中勾结宫霸天表面是为他服务受他摆布，实则是你借助宫霸天发展自己的势力利用局势谋划你的登顶阴谋。”东郭牛揉了揉额头。

“都说三只眼能比别人看得多看得透彻，不过很可惜，你三只眼还是少了一个心眼，看看你后面吧，”花捕头阴险地笑着说道。

不知何时，孤星娘子拔出剑对准了东郭牛。

墨路路和邱乐乐大吃一惊，上官宛儿和上官凤更是不可相信。

“我当时就觉得你身份可疑呢，原来我们的身边一直潜伏着这么厉害的高手呢，不用说，飞鸽传书和信号都是你做的了。”东郭牛依旧嬉皮笑脸。

“是的，我们逍遥宫早就和花大人达成协议。”孤星娘子冷冷地说着。

“天下就这么大，武林中你们人心不足蛇吞象，唉，人人都想统治武林独霸天下，难道你们没有看到刚才那两位的下场吗？”东郭牛已经心力交瘁，相处那么久，东郭牛已经把身边的人当作生死之交，最后拿起刀剑对着自己的也是身边的人。

“有时候我很欣赏你，有时候也很同情你，你一个人非要拯救这个挽救那个，无论是谁多大势力你都要挑战，你认为一个人真能撼动这个历史这个社会吗？虽然你很有智慧，虽然你解决了很多事情，但是你还是无法改变眼前的世界。你做的一切都在白白浪费你的时间和精力，回过头来你不觉得可笑吗？”孤星娘子略带同情地说着。

“东郭牛，我知道你是不能和我们一路走的，所以我也不能给你生路，你倒是可以为你的朋友们求条生路，只要他们跟了我，我可以饶过他们。江湖武林的朋友如果为我所用，天下就是我们的了，我们甚至可以推翻这个让你们不满的王朝取而代之，哈哈。”花捕头威胁道。

“休想。”东郭牛身后的人异口同声喊着。

东郭牛拿起哨子含在嘴里：“你们忘了上官天蜀的埋伏吧，既然大家做好准备，那就一起死吧，花大人肯定也是不怕死的了。”东郭牛冷冷地注视着孤星娘子和花捕头。

花捕头脸部扭曲：“你，你当真敢吹，这里面无辜的人有这么多。”

“我有什么不敢的，整个武林一起灰飞烟灭，咱们再到地下斗个你死我活。”东郭牛依旧不忘调侃，引得身后等人一阵大笑，都是一群视死如归的义气之人。

“好，你有胆子，为了无辜的生命，今天先放过你，但是你跑得了和尚跑不了庙。”花捕头带着士兵撤退，孤星娘子跟在身边。

“真正跑不了的人恐怕是你吧，花大人。”此时西门豹带着一队士兵拦住城门。

花捕头微微一愣，随即假装客气：“西门大人您这是要助我一臂之力围剿反贼，还是要助反贼一臂之力谋害我？我可是奉了大王之命的。”

西门豹闪开一边，露出大王：“是吗？奉我的命令还是假借这个之名要挟武林，然后再利用武林的力量造反，刚才我可是听得清清楚楚了，现在可以执法了。”

大王刚刚说完，孤星娘子的剑插入了花捕头的心脏，花捕头至死还不明白，原来逍遥宫是真正服务于大王的秘密卫队，大王一直相信花捕头，除非亲眼所见亲耳听到花捕头造反之事才肯相信花捕头的为人，如今，大王看到了，听到了，才发出了最后的命令。

原本以为一切都结束了，上官宛儿把爹爹的死归咎于东郭牛，对东郭牛恨极了，拿起一把剑朝东郭牛后心刺了过去，上官凤情急之下扑了过去挡在东郭牛的面前。“噗”的一声，剑刺在了上官凤的后心，鲜血开出一朵刺眼的桃花。

东郭牛搂着上官凤嘴唇哆嗦，“为什么，为什么，一切不是都结束了吗？”

“你不要怪我妹妹……你要好好……照顾她……”上官凤拉着上官宛儿的手。

“姐姐，你为什么这么傻，为何要救害了爹爹的人。”上官宛儿受不了失去爹爹和姐姐的痛苦，哭成泪人。

“听我的话……不要……报仇了……姐姐……求你了……”上官凤手臂垂了下去，离开人世。

东郭牛抱着上官凤的尸体，离开了江湖武林，丢下一句，“墨兄，麻烦你和邱姑娘照看下小丫头，我过段时间自然会去找你……”

西门豹吩咐卫士将三老捉拿归案，准备一并治罪。

贾郑敬进言道：“大人，为何不将他们家族一网打尽？那四少也不是什么好东西，斩草不除根，恐留后患啊！”

“三老犯案罪不至于株连九族牵连无辜，四少纵然可恶还不至触犯刑法，此案主谋三老老奸巨猾做事诡秘，断然不会把这等大事让那成事不足败事有余的顽固四少知道。”西门豹回道。

“可是大人你没看到那四少嚣张跋扈的样子，他们定然会变成现在的三老，有其父必有其子。我们必须狠下心铁手腕把潜在的危险及时消灭，不能让萌芽发展成大树。大人，民间传言三老树大根深，都说三老和田子方大人是亲戚，如果真是如此，那田子方可是国内重臣更是魏王的老师。莫非大人也是有所顾忌？”贾政敬再次力劝西门豹。

西门豹摇摇手语重心长地说：“政敬啊，我知道你是一个刚正不阿疾恶如仇的人，我不是畏惧权贵的人，我和田大人也算是老朋友了，我很了解田子方的为人。就算他们之间有亲戚，田大人也不会纵容违法犯罪之人。我想对你说的是铁手腕对待那些十恶不赦之人固然没错，不过作为执法者也要善恶分明执法有度。你知道我们一声令下性命攸关，会有多少人牵扯其中？我们执法的目的不是杀人恫吓，而且要让人心向善，自我改变是最好的方法。”

贾政敬叹息道：“大人说的是，人心所向能自我认知改变最好不过了。可是人是自私贪婪的，在大是大非和利益面前能有几人把持得住？为了蝇头小利有很多人可以小偷小摸，为了身外之财有的人可以拦路抢劫，为了金山银山三老这样的人甚至谋财害命杀人越货。我真的痛恨这些人，恨不得杀光天下所有这样的人，还世道个干干净净。”

三老被押回公堂，街上百姓评头论足甚是欣慰，但是人们依旧惧怕三老的淫威，乐在心里却不敢表现在脸上。

一位胡子花白的老者小声嘀咕：“青天大老爷，你真是青天大老爷，我们终于有口饭吃了。”

“恐怕没那么容易吧，三老可不比巫婆和延椽，三老在庙堂里可是有大靠山的，官要比西门豹大人大得多呢。”旁边一位卖水果的中年男子回道。

三老被抓的消息是邺城的爆炸新闻，比任何疾病病毒传播得都快，府衙门没多大会儿前聚拢了千号人，就连房顶上都爬满了看热闹的人。

聚仙阁是府衙附近最高的建筑物了，房顶一般人上不来，上面排满了一群麻雀叽叽喳喳叫个不停，好像也在看这热闹。正在此时，两个人影飘了上来，像两只大鸟落在房顶上惊飞了那些麻雀，然后两人坐在上面谈笑起来。

“看热闹的人不少，看来别人的热闹总是好看的。”东郭牛拍了拍诸葛飞云的肩膀指着街上熙熙攘攘的人群说。

诸葛飞云指着府衙问：“看谁的热闹，是看三老的热闹还是西门豹大人的热闹？没听人们说吗？三老的亲戚是田子方，那可是魏王的老师一人之下万人之上的大臣。”

府衙的大堂前卫士们把三老推搡进来，三老不情不愿骂骂咧咧地站在大堂上。大堂两侧站立着铁青着脸拿着墨黑色刀枪棍棒泥塑木雕一般的卫士。西门豹端坐在大堂上不怒自威，贾政敬侧立一旁冷面注视着堂前的三老。平日里嚣张跋扈的三老看到这个阵势也心虚了一大截，预感到从未有过的压迫感。

赵一老强作镇定，紧了紧嗓子：“嗯嗯，西门豹大人，我们究竟犯了何事，为何让卫士把我们押回来，这影响多不好。”

“你也知道影响不好，为什么抓你们，心知肚明还要问吗？”贾政敬冷冷地回道。

“你算哪门子鸟官，我们在和西门豹大人说话，有你插嘴的份吗？你就是那个不知天高地厚的贾什么来着，我看你在邺城当官当腻了。”赵三老脾气暴躁，对着贾政敬一顿吼叫。

“你这是咆哮公堂，侮辱官员，三老果真是名不虚传，根本不把官员放在眼里，今天我算是见证了。是谁借你们的胆子如此放肆？”贾政敬针锋相对。

赵二老大声狂笑出来，“哈哈哈哈，你既然知道有人借我们胆子那就识相点，又是谁借你的胆子对我们如此放肆？”

西门豹“啪”的一声拍起案板，“是邺城的百姓给的胆子，是心中所存那股正义给的胆子，是当今圣明的魏王给的胆子，三老你们不要张狂，你们的罪行昭然若揭，邺城的百姓都是人证，你们仓库囤粮的物证就摆在那儿，人证物证齐全。最可恶的是你们配合上官天蜀做出这次鼠妖案，勾结宫霸天哄抬物价榨取民脂民膏，谋财害命丧尽天良，着实十恶不赦。”

三老被吓得一个趔趄，赵一老稳了稳身形：“大人，我们也是受人摆布利用，一时糊涂，还望大人给我们一次机会改过自新，或者能否通报田子方大人一声再对我们做出处置。”

其余二老应声附和道：“是啊是啊，我们和田子方大人是亲戚，大人若是行个方便，我们定会记住大人的恩德。”

“呵呵呵，好个有背景有势力的三老，你要是不提田子方大人还好，田子方大人要是知道你们三老如此辱没他的名声，会像我一样立刻治罪你们。你们死到临头尚不知悔改，来人啊，把三老押赴刑场处以极刑。”

西门豹厉声审判。

三老听到后登时瘫软在地上，曾经无法无天的三老以为在邺城可以为所欲为掌握他人的命运，如今自己性命被别人审判了才知道怕这个字是什么滋味。

“终于结束了，三老的热闹也并不好看，无论谁的热闹都是一场悲剧。”东郭牛额头上的印痕显露出来。

诸葛飞云摇摇头，“你又看透了，看来多一只眼比别人看得透看得多也未必是件好事，有些事看透了总会影响心情。我们还是喝酒去吧，喝一壶你的百家酿，醉眼蒙胧晕头转向。”

“你是在说喝吐也不难受吗？”东郭牛苦笑道。

街上的百姓听闻三老被处以极刑，如炸开锅一般欢呼雀跃，甚至很多站在一起并不认识的人们相互拥抱又哭又笑不知所措。

对面的一处角落里四少咬牙切齿：“老三，你想干什么，这个时候不要做糊涂事。”老大拉住想要现身的老三。

“大哥，就这样眼睁睁地看着我爹和伯父他们任人宰割？现在不管，以后永远也没机会管了。”老三指着府衙大门哽咽道。

“三哥，我们现在是有多远跑多远，等西门豹那个铁面阎王翻脸无情想起我们的时候，我们赵家就要灭族了。”老四主张逃走。

老大摇摇头分析道：“也不尽然，西门豹要想抓我们，我们早就和叔伯们一起定罪了。再者，我们并没有参与那些事情，他西门豹号称青天大老爷，断然不会稀里糊涂就把我们牵扯进去。留得青山在不怕没柴烧，我们要保存实力，记住今天的耻辱，今天丢的东西早晚要找回来。”

法场上西门豹当众宣布：“三老居心叵测，利用鼠妖案四处造谣并参与策划了系列蛊惑人心的事件，之前的河伯娶妻，河中放养水猴子和食人鳄龟发生的系列命案罪大恶极，勾结粮库官员偷盗粮食，然后勾结宫霸城主宫霸天抬高粮价垄断市场罪孽深重，现一切查明，三老和涉案人等一律处斩。”百姓一片欢腾。

东郭牛在北斗蜀山河流边的石头上静静地坐着，树叶已经纷纷掉落，树上坐着上官宛儿，小丫头从怀里掏出一个木黄色的哨子眼前一亮，随即拿起哨子含在口中诡异地笑了……

（第一部完）